KB043389

작은 사람
권정생

작은 사람 권정생

2014년 5월 20일 초판 1쇄 펴냄
2018년 2월 1일 초판 5쇄 펴냄

글쓴이 | 이기영
펴낸이 | 김준연
펴낸곳 | 도서출판 단비
편 집 | 신수진
등 록 | 2003년 3월 24일 제2012-000149호
주 소 | 경기도 고양시 일산서구 일중로 30 505동 404호(일산동, 산들마을)
전 화 | 02-322-0268
팩 스 | 02-322-0271
전자우편 | rainwelcome@hanmail.net

ISBN 979-11-85099-20-0   03810
값 14,000원

국립중앙도서관 출판시도서목록(CIP)

작은 사람 권정생 / 글쓴이 : 이기영 ; — 고양 : 단비,
2014
p. ;   cm

ISBN 979-11-85099-20-0 03810 : ₩14000

권정생(인명)[權正生]
아동 문학가[兒童文學家]

810.099-KDC5
895.7092-DDC21   CIP2014014093

작은 사람
권정생

발자취를 따라 쓴 권정생 일대기

이기영 글

단비
danbi

이야기를 시작하며

〈강아지똥〉과 《몽실 언니》, 이 두 작품을 쓴 사람이 권정생이다. 〈강아지똥〉은 그림책과 애니메이션으로 만들어졌고, 《몽실 언니》는 1990년 텔레비전 드라마로도 방영되었으니 알게 모르게 어린 아이부터 노인까지 권정생의 작품을 한 번쯤은 다 스쳤을 것 같다. 그러나 아동문학가 '권정생'은 사람들에게 아직 낯설다. 〈강아지똥〉이나 《몽실 언니》를 동화로 만나기보다 그림책이나 애니메이션 또는 드라마로 더 많이 만났기 때문일 것이다. 나도 드라마 '몽실 언니'를 본적이 있지만 권정생을 알게 된 것은 1994년 《몽실 언니》를 읽고서다.

몽실이는 어린 나이에 엄마가 돌아가시고, 새엄마도 돌아가신다. 아버지는 전쟁터에 끌려 나갔다가 총상을 입고 돌아오지만 결국 돌아가시고 만다. 《몽실 언니》는 전쟁 때문에 부모님을 모두 잃고 전쟁통에 태어난 이복동생 난남이에게 동냥젖을 물리며 고난의 삶을 살아가는 어린 몽실이의 이야기다. 그러나 나는 이 동화를 처음 읽었을 때 작품도 작품이지만 '남과 북은 절대 적이 아니라 한 민족'이라고 한 '권정생'이란 작가에 큰 충격을 받았다. "국군과 인민군이 서로 만나면 적이기 때문에 죽이려 하지만 사람으로 만나면 죽일 수 없다." 는 문장은 다시 읽어도 절절하다.

그때부터 나는 권정생 동화를 찾아 읽기 시작했다. 혼자서도 읽고 모임에서도 읽고 몇 번이고 반복해서 읽고 또 읽었다. 나는 과거 어린이도서연구회 활동으로 '권정생의 삶과 문학'에 대해 강의를 한 적이 있는데 강의 준비는 권정생 공부를 찾아서 하는 계기가 되었다. 그렇게 권정생 동화를 읽으며 지낸 세월이 어느덧 20년이다. 돌이켜 보면 '권정생 동화 읽고 글쓰기', 이것만 한 공부가 없었던 것 같다. 거기에 자료 정리를 좋아하는 덕에 권정생 작품 목록을 정리하여 작품과 관련된 자료와 에피소드를 모아 〈권정생 책 이야기〉《창비어린이》 2007년 가을호)를 썼다. 그 글을 계기로 《권정생의 삶과 문학》(원종찬 엮음, 창비, 2008)에서 〈권정생 연보〉를 맡기도 했다.

연보 정리를 위해서 숨겨져 있던 권정생 글들을 찾아 나섰고, 작품을 처음 발표한 출처를 확인하기 위해 도서관에서 잡지를 뒤지기 시작했다. 도서관 한쪽 구석에 앉아 누렇게 빛바랜 잡지를 펼치면 마치 권정생을 직접 만나기라도 한 듯 감격스러웠다. 새롭게 그를 만나던 시간들이었다. 수십 년이 지난 뒤 오래된 잡지 속에서 만난 권정생 동화는 곱게 단장하여 출판된 동화책과는 또 다른 감동을 주었다.

그때 나는 처음으로 '권정생'을 쓰고 싶다는 생각을 하였다. 〈권정생 연보〉를 읽기 쉽게 잘 풀어서 쓰는 것, 이 글은 그런 마음에서 시작되었다. 인터넷이나 풍문으로 떠도는 이야기들을 경계하고 정확한 출처를 바탕으로 여기저기 흩어져 있는 자료를 한데 모으기만 해도 그게 어디냐 싶었다. 그러나 아무리 객관적인 자료라 하더라도 그것을 가져다 쓰는 순간 주관적이 된다. 글쓴이의 관점이 들어갈 수밖에 없는 것이다. '자료만 정리하자'고 생각했으나 글을 쓰기 시작하니 곧 '왜' '무엇을' '어떻게'의 문제가 따랐다. 나는 왜 권정생을 쓰는가? 내가 이야기하고 싶은 권정생은 무엇인가? 그리고 어떻게 쓸 것인가? 줄곧 이 질문에서 벗어날 수가 없었다. 한 마디로 말하기 참으로 어려운 질문이다. 궁색하지만 이 글은 그 답을 구하는 과정이었음을 고백한다. 스스로 답을 찾는 마음으로 '끝까지 가보자'고 글을 써나갔던 것이다.

권정생은 전쟁과 가난과 병마의 고통 속에서 몇 번이나 죽음의 문턱까지 갔다가 살아남아 훌륭한 동화를 많이 남겼다. 그리고 삶과 글이 일치하는 거의 성자聖者 같은 삶을 살았다. 어떤 사람들은 그래서 권정생을 우리와는 다른 차원의 삶을 살았던 사람으로 추앙하기도 한다. 그러나 분명하게 말할 수 있는 것은 권정생은 우리와 동시대를 치열하게 살았다는 점이다. 그랬기에 그의 삶은 '현실' 속에서 이야기되어야 한다. 그가 살았던 삶이 평범한 길이 아니었다 해서 미화시키거나 성역화해서는 '권정생'을 온전히 만날 수 없다.

또한 권정생은 '아동문학 작가'이다. 시와 소설, 산문 등 많은 글을 남겼지만 무엇보다 '어린이'를 위해서 글을 썼다. 그는 민들레꽃이 아니라 그것을 피우기 위해 거름이 되어 준 강아지똥 이야기를 썼고 가난과 전쟁으로 고통받는 사람들 이야기를 썼다. 다른 동화작가들이 꽃, 별, 무지개처럼 눈에 보이는 아름다운 것에 대해 쓸 때 그는 누구도 쓰지 않았던 '똥' 이야기와 '거지' 이야기를 썼다. 그는 똥이 꽃보다 아름답다고 생각했고 거지가 부자보다 더 행복하다고 믿었다.

권정생이 세상 사람들과는 달리 '거꾸로' 생각을 하게 된 것은 동화를 막 쓰기 시작한 서른 살 무렵부터였다. 그 무렵 그는 "거지 나사로를 알고부터 세상을 달리 보고 거꾸로 보기 시작했다"고 수기 〈오물덩이처럼 딩굴면서〉에 밝혀놓았다. 누가복음 16장에 나오는 나사로는 "부자의 문간에 앉아서 얻어먹는 거지"이다. 나는 수기를 처음 읽었을 때 거지 나사로가 왜, 어떻게 그의 생각을 바꾸어놓았다는 것인지 그 의미를 몰랐다. 몇 번이나 읽어도 정확하게 알 수 없었다.

이 글을 쓰지 않았더라면 아마 아직도 답을 찾지 못했을지 모른다. 권정생 글을 반복해서 읽고 수정에 수정을 거듭하던 어느 날 나는 깨달았다. '나사로'는 수많은 '거지' 중 한 사람일 뿐이었다. '나사로'에 특별한 무언가가 있을 것이라는 생각에 갇혀 나는 권정생 글을 제대로 읽지 못했던 것이다.

실마리가 풀리니 '거꾸로'라는 단어는 단순히 세상을 뒤집어 보는 차원이 아니라 권정생이 겪은 고난의 현실과 꾸준한 독서를 통해 깨달은 깊은 통찰이 담겨 있는 말이었다. 그의 삶과 문학 전반에는 '거꾸로' 세계관이 관통하고 있었던 것이다. 쉬운 말 같지만, 세상을 뒤집어 '거꾸로' 본다는 것은 아무나 할 수 있는 일이 아니다. 그러나 권정생은 그렇게 세상을 보고 해석하고 이야기로 만들었으며, 한평생을 자신이 말한 대로 살았다.

그의 생애와 사상을 이 글에 모두 담아내기엔 역부족이다. 그러나 권정생의 글에 기대어 직접·간접으로 인용을 최대한 살려 그가 자기 사상을 실현해가는 과정을 담아내려 하였다. 오랫동안 길들여진 나의 건조하고 맨숭맨숭한 문체를 극복하지 못하였으나 권정생이 글을 쓸 때마다 마을 노인들도 읽을 수 있도록 염두에 두었던 것을 잊지 않으며 쉽게 쓰려고 노력했다.

이 글은 본격적인 '평전'이라 하기에도, 재미있게 읽을 수 있는 '인물이야기'라고 하기에도 부족함이 많다. 연대순으로 써나갔기에 '권정생 일대기'라는 부제를 달았다. 하지만 무엇보다 권정생은 우리와 동시대를 치열하게 살았다는 점, 아동문학 작가라는 점, 그리고 그의 삶과 문학 전반에는 그의 깊은 통찰이 담긴 '거꾸로' 세계관이 관통하고 있다는 점, 시종 이 점만은 놓치지 않으려고 했다.

〈강아지똥〉이나 《몽실 언니》를 잘 알든 모르든, 그 글을 쓴 작가가 권정생인 걸 알든 모르든 이 글을 읽는 데는 그리 중요할 것 같지 않다. 잘 모르던 독자가 조금 알게 되고 조금 알던 독자가 이 글을 통해 권정생을 새롭게 만날 수 있다면 그저 감사할 일이다.

책이 나오기까지 감사한 분들이 많다. '작은 사람 권정생'을 책 제목으로 쓰도록 허락해준 임길택 시인의 아내 채진숙 선생님과 귀한 사진을 흔쾌히 제공해준 권정생어린이문화재단에 특별한 감사를 드린다. '작은 사람 권정생'이라는 제목과 빛바랜 사진들은 내 글의 부족한 부분을 따뜻하게 채워주었다. 체계적인 자료정리의 계기가 된 〈권정생 연보〉를 내게 맡겨준 원종찬 선생님께 죄송한 마음과 함께 감사를 드린다. 연보 정리 덕에 이 글을 쓸 수 있었지만 글을 쓰면서는 연락을 드리지 못했다. 출간을 맡은 도서출판 단비의 김준연 대표, 편집을 맡고 조언을 아끼지 않은 신수진 씨, 어린이도서연구회와 똘배어린이문학회, 그리고 '권정생 강의'를 들어주었던 많은 분들에게도 이 지면을 빌려 감사의 인사를 드린다. 힘들 때마다 술 동무 말 동무가 되어준 식구에게도 감사하다.

본문은 크게 넷으로 나누었다. 1부는 권정생 아버지 어머니 이야기부터 권정생이 일본에서 태어나서 어린 시절을 보내기까지, 2부는 열 살 때 고국으로 돌아온 뒤 병을 얻고 시한부를 선고받는 서른 살까지의 이야기이다. 3부는 권정생이 '거꾸로' 세계관을 갖게 되는 과정과 '동화작가 권정생'이 되고서 평생을 함께하게 될 친구이자 동료들을 만나는 이야기, 그리고 권정생 작품의 탄생 배경에 대해 썼다. 4부는 교회 문간방에서 살았던 16년간의 이야기, 그리고 빌뱅이 언덕 작은 집에서 생이 다할 때까지 25년을 살았던 이야기이다.

차 례

1부

일본에서 태어난 권정생

　1929년, 경상도 산골마을에서 농사를 짓던 한 남자가 있었다. 소작농으로 살다가 어느 날 일자리를 찾아 일본으로 떠난다. 그가 권정생 아버지다. 인생사 사연 없는 사람이 없으니 권정생 아버지도 농사를 접고 일본으로 건너간 그만의 사연이 있다. 속속들이 들여다보면 집집마다 사람마다 가지각색 사연이 있겠지만 또 한편으로는 같은 시대를 살았기 때문에 너나 구별할 것 없는 사연도 있다. 권정생 아버지뿐만 아니라 많은 조선의 아버지들이 멀리 일본으로, 만주로, 연해주로 일자리를 찾아 떠날 수밖에 없었던 시대였다.

　제1차 세계대전(1914~1918)에 연합군으로 참가했던 일본은 전쟁이 끝나자 막대한 자본을 축적하며 경제적 호황을 누렸다. 세계를 지배하는 경제대국들이 대부분 그러하듯이 일본 자본주의도 전쟁 특수로 급성장한 것이다. 무엇보다 군수품을 비롯한 중화학공업이 크게 성장하여 일본은 제1차 세계대전을 거치며 농업국가에서 공업국가로 완전히 탈바꿈했다.

그 결과로 일본의 농촌인구들은 공장노동자로 빠져나갔고 쌀 생산량이 급격히 떨어져 급기야는 일본 노동자의 식량이 모자라게 되었다. 조선총독부는 산미증식계획을 세워 식민지 조선의 쌀 생산량을 늘리고 일본의 식량문제를 해결하려고 했다. 산미증식계획이 실시되자 수리사업, 농사개량 등의 명목으로 일본의 자본이 조선으로 들어왔다. 이로써 조선은 일본의 식량공급기지가 되었고 조선의 농업은 일본의 자본 아래 놓인다.

아무리 쌀 생산을 늘린다 해도 조선의 농민들은 여전히 굶주렸다. 게다가 그들이 겪어야 할 고통은 부족한 식량으로 끝나지 않았다. 일본의 자본이 식민지조선의 지주를 중심으로 운영되어 지주들의 세력은 더 강화된 반면 수리조합비나 온갖 세금은 소토지 자작농이나 소작농들이 모두 떠안았다.

세금을 내지 못한 소토지 자작농은 자신의 토지를 빼앗기고 소작농이 되거나 농촌을 떠났다. 소작농은 수확량의 절반이 넘는 소작료에다 본디 지주 몫인 비료, 농기구 구입비는 물론 그 이자, 지세공과금, 수세, 마름 보수, 운반비까지 떠안았으므로 실제 부담은 수확량의 70~80%나 되었다. 이렇게 높은 소작료 부담으로 소작농들은 고리대 부채가 늘었고 그 부담을 견디지 못해 화전민이나 거지가 되거나 도시로 가서 움막을 지어 살며 새로운 빈민층을 형성하였다. 또 한편으로는 일본·만주·연해주 등 나라 밖으로 일자리를 찾아 떠나갔다. 1921~1930년 사이에 일본으로 옮겨간 조선인은 130만여 명이나 되었다.[1]

　권정생 아버지도 그 무렵 일본으로 간 130만여 명 중에 한 사람이었다. 아버지는 비록 소작농이었지만 식구들을 굶기지는 않았다. 무엇보다 아버지 뒤에는 부지런히 농사일을 하며 알뜰하게 살림을 산 권정생 어머니가 있었다. 권정생 어머니는 한시도 쉬지 않고 움직였고 남편도 자신처럼 부지런히 농사일을 해주길 바랐다.

　그러나 권정생 아버지는 조금 달랐다. 어머니만큼 농사일에 열심이지 않았고 게다가 화투를 좋아했다. 권정생 아버지는 갈수록 먹고 사는 일이 고되어지자 그만 노름방을 다시 찾고 만다. 그는 장가들기 전부터 노름방을 들락거리며 밤을 새우곤 했는데 처자식이 생기면서 발길을 끊었다. 그러나 삶이 고달파지니 묻어두었던 노름 병이 슬금슬금 다시 살아나기 시작한 것이다.

　사람들은 한탕을 꿈꾸며 노름방에 들어선다. 권정생 아버지도 그랬다. 돈이건 살림이건 다 내다 노름방에 처넣었고 빚만 잔뜩 지고 왔다. 노름빚 때문에 권정생 어머니는 결국 알뜰살뜰 모은 살림을 모두 잃은 채 한밤중에 아이들을 들쳐 업고 야반도주를 한다. 가진 것 없고 갈 곳도 없던 그들은 고향을 떠나 화전민이 되었다. 그러나 권

---

1. 역사학연구소, 《함께 보는 한국근현대사》, 서해문집, 2004, 194~205쪽 참조.

정생 아버지는 순사들을 피해 도망을 다녔기 때문에 한 곳에 오래 머물 수 없었고 그러다 보니 식구들은 지칠 대로 지쳤다. 하는 수 없이 권정생 아버지는 일본으로 건너가서 돈을 벌어오기로 한다. 아버지가 일본으로 건너가게 된 이야기는 권정생이 어머니에게 들은 이야기로 쓴 자전적 소설 《한티재 하늘》(1998)과 수기들을 통해 짐작할 수 있다.

권정생 아버지는 나이 서른아홉에 아내와 다섯 남매를 두고 홀로 일본으로 떠난다. 일본에서도 돈벌이가 그리 만만한 건 아니었다. 보수가 좋고 편한 일자리는 일본 사람들이 모두 차지했고 더럽고 힘들어서 일본 사람들이 기피하는 일을 조선 사람들이 했다. 하지만 좋은 일자리를 고집하지 않는다면 일본인들이 기피하는 일자리는 얼마든지 구할 수 있었다. 오히려 그런 일자리에는 늘 일손이 부족했기 때문에 조선총독부는 죄를 지은 조선 사람을 감옥에 넣는 대신 일본으로 보내 그 자리를 채우려 하기도 했다. 권정생 아버지도 노름빚 때문에 감옥에 갈 처지가 되니 차라리 일본에 가서 돈을 벌어오는 것이 더 낫겠다고 생각을 한 것이다.

노름이 아니더라도 많은 조선의 아버지들이 고향을 떠나 일자리를 찾아 나설 수밖에 없던 세상이었다. 일본으로 건너간 조선 사람들은 날품팔이나 지게품팔이, 공사장 인부, 청소부 같은 일을 하며 거적 같은 집에서 겨우 생계를 이었다. 권정생 아버지도 처음 일본으로 가서는 똥 푸는 일을 했고, 그 뒤로는 도쿄 거리 청소부를 한다.

도쿄 빈민가의 아버지들은 하루 일과를 마치면 어느 집구석에 모여 노름을 했다. 그러다가 순사에게 무더기로 끌려가곤 했는데 권정생 아버지도 어김없이 거기 끼어 있었다. 일본으로 가서도 노름을 끊지 못했던 것이다. 처음에는 가족과 헤어진 외로움에서 시작했을 것이다. 그러나 점점 헤어나질 못하고 어느새 삶의 자포자기와 의욕상실을 향해 갔다. 시원치 않은 벌이였지만 그것이라도 눈 빠지게 기다리고 있는 고향의 처자식 생각은 노름방 담배 연기와 함께 사라져가고 있었다.

그러다 보니 권정생 아버지는 돈을 모을 수도 보낼 수도 없었다. 처음에 딱 한 번 아내에게 돈을 조금 보내고는 그것으로 끝이었다. 돈 없이 편지만 달랑 보낼 수 없어 편지도 못하고 차일피일 무심히 세월만 흘렀다. 몇 년만 고생하여 돈을 모아 돌아가리라 다짐하며 시작한 일본 생활이 생각처럼 되질 않았던 것이다.

남편이 홀로 일본으로 떠나고, 집도 땅도 아무것도 없는 권정생 어머니 앞에는 한창 먹여야 할 다섯 아이들만 남겨졌다. 권정생 어머니는 "열심히 일해서 돈을 보내줄 테니 고생스럽더라도 몇 년만 참읍시다." 하며 떠난 남편의 기약을 믿었다. 그러나 남편은 깜깜 무소식이었다. 이제나 저제나 애간장을 태운 채 남편 소식을 기다리며 닥치는 대로 일을 한 세월이 7년이었다. 권정생 어머니는 야무지고 부지런했지만 더 이상 버틸 수 없어 남편을 찾아 일본으로 갈 결심을 한다. 1936년 가을이었다.

다섯 남매를 두었으니 아이들과 함께 일본행 연락선을 타려면 여권이 여섯 장 필요했다. 어머니는 손수 주재소와 면사무소로 찾아다니며 수속을 밟았지만 여권을 넉 장밖에 구하지 못해 하는 수 없이 첫째와 둘째 아들을 떼어놓고 가기로 한다. 1936년 그해 첫째는 열일곱 살이었고 두 살 아래인 둘째는 열다섯이었다.[2] 첫째는 엿장사도 하고 쌀집에서 심부름도 하며 만주를 돌아다녔던 적이 있기 때문에 친구들과 함께 만주로 갔다가 따로 일본에서 만나기로 한다. 둘째 목생은 혼자 객지에 나가기에는 아직 어린 소년이었다. 권정생 어머니는 생각 끝에 시어머니(권정생 할머니)에게 맡겨두었다가 일본에 닿는 대로 남편을 보내어 데려가기로 한다.

그 당시 권정생 할머니는 사람들의 눈을 피해 의성 길안골이란 산골에서 문둥병을 앓고 있는 아들(권정생의 삼촌) 병수발을 들고 있었다. 권정생 어머니는 산속에 살고 있는 시어머니를 찾아 가서 "여행증이 모자라서 그러니 목생이 몇 달만 맡아주면 곧 데려가겠어요." 했다. 권정생 할머니는 며느리에게 버럭 소리를 지르며 욕을 퍼부었다. 병든 아들 뒷바라지를 하는 것도 고달프고 배고픈데 며느리가 손자까지 맡기고 가버리니 화가 나지 않을 수 없었던 것이다. 달가워하지 않는 시어머니에게 아들을 맡긴 권정생 어머니도 마음이 편하진 않았지만 별 도리가 없었다.

---

2. 권정생은 〈목생 형님〉(《빌뱅이 언덕》, 창비, 2012)에서 어머니가 일본으로 건너간 1936년 "맏형님은 열아홉 살의 청년"이라고 했다. 그러나 맏형 권일준은 1919년생으로 1921년생인 목생과 2년 터울이고 일본으로 건너갈 때 열일곱이었다. 2년 후 둘째 목생이 죽었을 때 열아홉이었는데 권정생이 〈목생 형님〉 글을 쓸 때 착각한 것 같다.

"목생아, 일본에 닿으면 곧 아버지 보내어 어떡하더라도 널 데리러 갈 테니까 할머니하고 삼촌 말 잘 듣고 기다려라."[3]

마음씨 착한 목생은 어머니의 말뜻을 잘 알아들었다. 어머니는 "몇 달만" "몇 달만"이라고 다짐을 하며 목생을 차마 돌아보지도 못하고 발길을 재촉했다. 그렇게 첫째, 둘째 아들과 헤어진 어머니는 나머지 삼남매만 데리고 일본행 연락선에 몸을 실었다. 손에는 7년 전에 남편이 보낸 편지 한 장이 들려 있었다. 일본으로 가는 연락선 여권을 발급 받고 남편이 사는 곳을 찾아가는 것까지 어머니는 모든 것을 혼자 알아서 준비했다. 경상도 산골에서 농사짓고 살림만 살던 여인이 남편을 만나기 위해서 혼자 용감하게 일본으로 건너간 것이다. 권정생 어머니는 일본에 도착해 물어 물어 찾아가 남편을 만났고 그때부터 일본 생활이 시작되었다. 어머니가 일본으로 건너간 그 이듬해인 1937년 8월 18일[4]에 권정생權正生이 태어났다. 3년 뒤인 1940년 2월 1일에는 동생 권정權靖이 태어난다.

권정생 호적: 단기 4270년, 소화12년 8월 18일 출생, 아버지 권유술, 어머니 안귀순의 4남이라 적혀 있다.

---

3. 권정생, 〈목생 형님〉, 《빌뱅이 언덕》, 78쪽. (앞으로 권정생의 저서는 지은이를 따로 표기하지 않음)
4. 호적에 있는 생년월일이다.

권정생이 태어났을 무렵 도쿄는 겉으로는 경제호황기의 풍요가 남아 있었지만 속으로는 1929년 미국에서 시작된 대공황 여파로 경제 위기가 심각하게 진행되고 있었다. 일본은 공황에서 벗어나려 마침내 침략전쟁을 계획하기에 이른다. 1937년 7월 7일 베이징北京 교외의 루거우차오蘆溝橋에 주둔하고 있던 일본군은 당일 야간 군사훈련을 실시하고 있었다. 훈련 도중 총성과 함께 병사 한 명이 실종되자 일본군과 중국군이 서로 협조하여 찾았는데 발견하지 못한다. 그러자 일본군 현장 지휘부는 중국군이 일본 병사를 납치해 갔다고 주장하며 중국군을 공격했다. 실종되었다던 병사는 똥 누느라 늦어서 20분 뒤에 무사히 귀대하였고 이 사건은 현장에서 협정을 맺고 덮어두기로 한다. 하지만 전쟁구실을 찾던 일본군 상층부는 이 일을 빌미로 본격적인 중국 침략전쟁을 개시한다. 일본은 선전포고도 없이 공격을 했고 중일전쟁이 시작되었다.

　　일본은 수백만의 대군과 온갖 근대 병기를 동원하며 중국을 꺾으려 하였으나 전쟁은 장기화되고 아무런 득이 없었다. 일본은 이러한 국면을 태평양전쟁으로 확대함으로써 돌파구를 찾으려 하였으나, 오히려 전황을 악화시켰다. 중일전쟁에서 태평양전쟁으로 전쟁이 장기화되면서 일본군의 사기는 점점 저하되고 군기도 문란해졌으며, 일본은 결국 패망에 이른다.

　　권정생은 일본에서 중일전쟁이 시작된 해에 태어나서 태평양전쟁까지 줄곧 전쟁 마당에서 자랐고, 전쟁이 끝나서야 비로소 고국 땅으로 돌아왔다. 그러나 어릴 때부터 진절머리 나게 겪은 전쟁을 4년 만에 또 겪는다. 6·25전쟁이었다. 태어나면서부터 전쟁은 늘 그를 따라다녔다. 그는 '전쟁'이란 말만 떠올리면 머리보다 몸이 먼저 무섭게 떨려왔다. 잦은 폭격과 끊임없는 죽음의 공포는 어른이 되어서도 사라지지 않았다. 무엇보다 그가 사는 동안 가장 오래도록 그를 두렵게 한 전쟁의 또 다른 이름은 '굶주림'이었을 것이다. 전쟁과 굶주림, 이 둘은 일본에서 태어나서 자라는 동안, 또 고국으로 돌아와서 사는 동안에도 늘 그를 따라다니며 괴롭혔다.

가족 이야기

　권정생 아버지는 안동 사람이다. 경상북도 안동시 일직면 돌음바우골(광연리)이 고향인 권정생 아버지 권유술權有述은 1891년 2월 10일에 태어났다. 그는 태어나서 줄곧 고향에서 농사를 지으며 살다 안동 삼밭골(평팔리)에 사는 안귀순安貴順[5]과 결혼을 한다. 1904년 12월 9일에 태어난 권정생 어머니 안귀순은 삼밭골에서 십리 길을 걸어 돌음바우골로 시집을 간 것이다.

　안동은 '양반의 땅'이라고 하지만 돌음바우골이나 삼밭골 골짜기에는 양반이 없다. 양반이 없으니 고래등 같은 기와집은 물론이거니와 우뚝한 초가집도 한 채 없다. 다만 나직나직한 돌담집들이 산자

---

5. 어머니 출생일은 호적에 1904년 12월 9일로 되어 있으나 권정생은 〈오물덩이처럼 딩굴면서〉(《빌뱅이 언덕, 30~31쪽》)에서 어머니가 1964년 늦겨울에 자리에 누웠다가 6개월 만에 68세 나이로 숨을 거두었다고 했다. 호적과 권정생의 기록에 6년 이상의 차이가 난다.

락 비탈에 "조갑지처럼"[6] 붙어 있을 뿐이다. 산자락 비탈 골짜기마다 사람들이 터를 잡아 마을을 이루어 살았는데 그곳이 소설 《한티재 하늘》의 무대이기도 한 돌음바우골이요 삼밭골이다. 그곳 돌음바우 골에서 권정생 아버지는 농사를 지었고 어머니는 농사도 짓고 삼베 길쌈도 하고 살림도 살며 고된 시집살이를 했다.

일본으로 가기 전에 그들은 첫째아들 권일준權日俊, 둘째아들 권목생權睦生,[7] 셋째아들 권을생權乙生과 큰딸 권귀분權貴分, 둘째딸 권차분權且粉 등 아들 셋에 딸 둘을 두었다. 그리고 일본에서 권정생과 동생 권정이 태어난다. 권정생이 태어난 집은 도쿄 시부야구 하타가야 혼마치 3초메 595번지(東京都 澁谷区 幡ヶ谷 本町 3丁目 595番) 헌옷장수집 뒷방이었다. 일본으로 건너간 조선 사람들이 살던 집은 대부분 거적같이 낡고 허물어져 가는 곳이었다. 권정생 집도 다르지 않았다.

비가 오는 날이면 시뻘건 물이 천장을 타고 방바닥에 떨어져서 양동이와 밥그릇까지 동원하여 빗물을 받았다. 집은 어둡고 음산했다. 그런 집이라도 주인이 따로 있어 집세를 내야 했다. 집세가 자주 밀렸던 권정생 아버지와 어머니는 집주인이 찾아오는 날이면 한없이 굽신거리며 빌었다.[8] 도쿄 시부야의 한 모퉁이 중에서도 가장 가난한 동네에 다 허물어져가는 보잘 것 없는 집이었지만 권정생은 1944년 12월 도쿄 폭격으로 집이 불타 없어질 때까지 그곳에서 산다.

---

6. 《한티재하늘 1》, 지식산업사, 1998, 6쪽.
7. 〈목생 형님〉에서 권정생은 '할아버지가 나무처럼 살라고 지어준 이름 때문인지 목생 형님은 유달리 나무를 좋아했다'며 한자를 '木生'이라고 썼으나 이는 호적과 다르다.
8. 〈나의 동화 이야기〉, 《빌뱅이 언덕》, 14쪽.

권정생 아버지는 도쿄 거리를 청소했고 어머니는 삯바느질을 했다. 큰누나는 "열두 살 때부터 두 살 위로 속여 사탕공장에"[9] 다녔고 형들도 벌이를 했다. 그래도 가난을 벗어날 수 없었다. 태평양전쟁이 한창인 때에는 모든 것을 빼앗겼고 모든 것이 부족했다. 무엇보다 식량이 부족하여 도쿄 변두리의 가난한 조선 노동자들뿐 아니라 일본인들조차 굶어 죽었다. 잠시라도 한눈을 팔면 그대로 굶어 죽을 수밖에 없는 배고픈 현실이었다. 권정생 어머니는 노름방을 출입하는 아버지와 자주 싸울 수밖에 없었다.

그 퀴퀴한 곰팡내는 아직도 내 코에서 사라지지 않습니다. 그 퀴퀴한 냄새 나는 집안은 언제나 비어 있었습니다. 식구들 모두 일터로 간 것이지요. 동경 거리를 쓰는 청소부 아버지, 열두 살짜리 누나도 공장에 나갔다고 했습니다. 아버지와 어머니는 자주 싸움을 했고, 그래서 몸서리 쳐지도록 무섭고 지루하고 쓸쓸했던 나날이었습니다.[10]

그러나 노름이 아니더라도 권정생 어머니는 남편이 야속하고 원망스러웠다. "몇 달만, 몇 달만"이라고 굳게 약속을 하고 헤어졌던 둘째 아들 목생이 세상을 떠난 것이다. 권정생이 첫돌도 채 안 되었을 때이고 어머니가 목생과 헤어진 지 2년 만의 일이다. 권정생 어머니는 장티푸스를 앓아 첫아이를 사산死産했다. 아이를 잃는 아픔을 겪어

9. 같은 곳.
10. 이오덕·권정생, 《살구꽃 봉오리를 보니 눈물이 납니다》, 한길사, 2003, 150~151쪽.

본 터라 목생의 소식을 들은 어머니는 더더욱 가슴이 미어졌다. 목생의 나이 열일곱, 그렇게 보내기엔 너무 어리고 꽃다운 나이였다. 어쩔 수 없어 시어머니에게 억지로 떼어놓고 헤어졌던 둘째 아들 목생의 죽음은 권정생 어머니 가슴에 큰 응어리가 된다.

슬픔은 말할 수 없이 크고 깊었다. 그렇다고 해도 어머니가 할 수 있는 건 아무것도 없었다. 죽은 아들에 대한 그리움과 미안함에 눈물만 흘렸고 서둘러 아들을 데려오지 못한 남편에게 원망이 쌓여갔다. 하지만 그 무엇보다도 아들을 홀로 떼어둔 자신에 대한 자책이 가장 컸다. 어머니는 죄책감과 슬픔을 이겨낼 방법이 없었다. 게다가 품에는 젖먹이 권정생을 안고 있었으니 마음 놓고 실컷 울 수도 없었다. 그럴 때 어머니가 할 수 있는 것이란 눈물을 삼키고 슬픔과 그리움을 젖먹이 아들 정생에게 풀어놓는 것이었다. 그렇게라도 말을 하지 않고서는 견딜 수가 없었다.

어머니는 불쌍한 목생이 얼마나 착했는지 얼마나 든든한 아들이었는지 이야기했다. 중얼거리듯 새어나오는 이야기가 노래가 되고 타령이 되었다. 그리고 그것이 그대로 어린 정생의 자장가가 되었다. 그 때부터 권정생은 자장가 대신 어머니의 슬픈 타령을 듣는다. 어머니가 정생을 품에 안고 들려준 이야기와 타령은 슬픔을 이겨내려는 어머니의 처절한 몸짓이었다. 어머니는 '이야기'로 슬픔을 견디어냈다.

이 같은 내용은 권정생이 1978년 3월 《새생명》에 〈목생 형님〉을 발표하면서 세상에 알려진다. 원래 이 글을 발표한 지면은 '생각나는 그 사람'을 쓰는 자리다. 권정생은 '생각나는 그 사람'도, '어떤 삶의 계기가 될 만한 영향을 끼쳐준 실재의 인물도 좀처럼 생각나지 않는다'며 "혈육 가운데 잊지 못할 둘째 형님"[11]을 떠올려 그의 이야기를 쓰기로 한다.

'실재實在의 인물'이란 말 그대로 '실제로 존재하거나 또는 존재했던 인물'을 말한다. 목생이 죽었다 하더라도 그는 '가상'이 아닌 '실재'의 인물이다. 그런데 그것을 모를 리 없는 그가 구태여 '실재의 인물'은 생각나지 않는다면서 '둘째 형님'을 떠올린 것은 마음속에 존재해온 목생을 표현한 것 같다. 얼굴 한 번 본 적 없는 목생은 그에게 '실재' 보다는 어머니를 통해 만난 '상상'의 인물이었다. 권정생은 〈목생 형님〉을 이렇게 상상한다.

삼촌은 마음씨가 어땠을까? 성질이 고약했다면 외로운 형님을 가끔 윽박지르지나 않았을까? 산으로 내쫓듯이 보내어 힘든 칡뿌리를 캐 오라고 시키고, 나무를 해 오라고 시키고, 군불을 지피라고 시켰을 게다.

할머니는 어떻게 했을까? 애비 애미가[12] 눈이 화등잔처럼 살아 있는데, 왜 병든 자식 데리고 쫓겨 오듯 숨어 살고 있는 나한테 와서 보채느냐고 구박이나 주지 않았을까? 먹을 것이 있으면 숨겨뒀다가 몰래

---

11. 〈목생 형님〉, 《빌뱅이 언덕》, 77쪽.
12. 《빌뱅이 언덕》에 수록된 〈목생 형님〉에는 "애비 애미"라는 원문이 "아비 어미"로 고쳐 실렸다. 이 글에서는 권정생이 처음 발표했던 《새생명》(1978년 3월호, 40쪽)에 실린 원문 그대로 인용했다. 《오물덩이처럼 딩굴면서》(이철지 엮음, 종로서적, 1986, 157~158쪽)에는 원문 그대로 실렸다.

문둥이 삼촌한테만 주고 형님은 굶기지나 않았을까? 그럴 때마다 형님은 뒤란 구석에서 훌쩍거리며 울었겠지? 때로는 산봉우리 높이 높이 올라가 남쪽 하늘을 바라보며 어머니를 불렀을 게다. 아버지도 불렀을 게다. 동생들 이름도 불렀을 게다.

권정생 어머니는 목생이 할머니의 구박과 주림을 버티지 못하고 죽었다고 생각했다. 그러니 권정생 어머니 이야기에는 시어머니에 대한 분노와 무능력한 남편에 대한 원망이 자신의 슬픔과 뒤섞여 있을 수밖에 없었다. 어머니의 분노와 원망과 슬픔은 그대로 권정생에게로 갔다. 어머니 생각대로 권정생도 목생이 삼촌과 할머니에게 구박을 받았을 것이고 굶주렸을 것이고 무척 외로웠을 거라 상상하는 것이다. 그러나 사실, 목생이 할머니와 어떻게 살았는지 2년간의 생활을 정확하게 아는 사람은 아무도 없다. 권정생은 〈목생 형님〉에서 "후에 들은 소문과 추측으로"[13] 헤아려볼 뿐이라고 했다. 정황으로 봐서 어머니는 마을 사람들이나 일가친척에게 소문을 들었을 것이고 거기에 어머니의 추측이 더해졌을 것이다. 권정생의 추측도 어머니에게 수없이 반복하며 들은 이야기에서 비롯된 것이다.

〈목생 형님〉을 쓰고 몇 년 뒤 권정생은 슬픈 어머니와 외로운 목생이 더 이상 슬프지 않고 외롭지 않기를 바랐다. 그는 〈어머니 사시는 그 나라에는〉이란 시를 써서 어머니와 목생이 '그 나라에서'는 헤어

---

13. 〈목생 형님〉, 《빌뱅이 언덕》, 79쪽.

지지 않고 함께 디딜방아도 찧고 개구리참외도 먹으며 배고프지 않고 슬프지 않게 살기를 소원했다.

어머니는 누구랑 살까
이승에 있을 때
먼 나라로 먼저 갔다고
언제고 언제고 눈물지으시던
둘째 아들 목생이 형이랑 같이 살까 (……)

디딜방아는 누구랑 찧으실까
목생이 형이 찧고
어머니는 확 앞에 앉아서 쓸어넣으실까 (……)

거기서도 어머니는 타령을 부르실까
꾀꼬리 우는 소리보다 더 구슬픈
타령을 길게 길게 부르실까 (……)

개구리참외는
목생이 형이랑 둘이서만 먹을까
거기서도 어머니는 쩔름 들어간
못생긴 참외를 잡수시고
예쁘고 만난 건 아들 주실까

참외꼭지만 남기고 알뜰히 잡수실까 (……)

아아, 거기엔 배고프지 않았으면
너무 많이 배고프지 않았으면
너무 많이 슬프지 않았으면[14]

권정생은 〈목생 형님〉에서는 목생이 문둥이 삼촌과 할머니 밑에서 고독과 주림을 이기지 못해 죽었다고 했지만, 2005년 원종찬과의 인터뷰[15]에서는 지방도로를 놓는 공사장에 나갔다 다이너마이트가 터져서 돌에 치여서 죽었다고 한다.[16] 공사장에서 일하다 다이너마이트가 터져서 죽은 것이나 고독과 주림을 이기지 못해 죽은 것이나 가엾고 불쌍한 죽음이긴 마찬가지다. 그러나 1978년 〈목생 형님〉을 발표했을 때와 달리 2005년 인터뷰를 했을 때는 30년 가까운 시간의 흐름이 권정생의 마음도 흐르게 했다. 목생은 어머니에게는 여전히 슬픔의 원천이었지만 어머니에게서 이입된 권정생의 감정은 조금씩 진정되었다. 목생이 사고로 죽었다고 밝히는 속에서 그런 변화가 느껴진다.

권정생이 둘째 형 목생을 상상 속에서 슬픔으로 만났다면 큰형 셋

---

14. 《어머니 사시는 그 나라에는》, 지식산업사, 1985, 111~124쪽.
15. 〈저것도 거름이 돼가지고 꽃을 피우는데〉, 《창비어린이》, 2005년 겨울. 이후 《권정생의 삶과 문학》(원종찬 엮음, 창비, 2008)에 재수록.
16. 권정생 아버지는 둘째 아들 목생이 죽은 지 20년도 훨씬 지난 1961년 9월 21일에야 1938년 7월 5일 오후 9시에 사망했다고 신고했다.

째 형과는 함께 잠을 자고 함께 밥을 나누어 먹고 함께 몸을 비비며 살았다. 그는 18년이나 나이 차이가 나는 큰형에게는 조금 어려운 마음이 들었지만 12살 위인 셋째 형에게는 살갑게 '꼬마언니'라 부르며 졸졸 따라다녔다. 셋째 형도 권정생을 유달리 좋아했다. 권정생이 어딜 가서 조금만 늦어도 찾아다니고 뭐 좋은 게 있으면 잘 챙겨두었다가 갖다 주었다. 어린 정생이 기억하는 '꼬마언니'는 아주 자상하고 잘생긴 형이었다.[17] 낯설고 외로운 일본생활에서 두 형은 어린 정생에게 든든한 버팀목이 되어주었다. 그러나 권정생은 언제까지나 함께 살 것만 같았던 두 형과 열 살 때 헤어진 뒤로 다시는 만나지도 못하고 영영 이별을 하고 만다. 해방 이듬해에 권정생이 귀국을 할 때 형들은 함께 귀국하지 못했다.

해방되기 여덟 달 전이었던 1944년 12월, 미군의 B-29 융단폭격으로 도쿄가 폐허가 되었을 때 권정생은 태어나서 줄곧 살았던 도쿄 시부야 혼마치를 떠나 군마현群馬縣 쓰마고이嬬恋라는 시골로 이사를 하고 거기서 해방을 맞는다. 해방이 되었지만 권정생 식구들은 바로 귀국하지 않고 후지오카富岡로 잠시 피난을 갔다가 이듬해에 귀국을 한다.

후지오카에서 처음 살던 집은 판잣집이었다. 뽕나무밭이 넓게 펼쳐진 들판 한가운데 다섯 채가 늘어져 있던 판잣집에 한국 노동자

17.《오물덩이처럼 딩굴면서》, 283쪽.

들이 모여 살았는데 그곳에 살면서 권정생 큰형은 함바집을 했다. 함바집이란 건설현장에서 값싸게 식사를 제공하기 위해 만들어진 간이식당이다. 말할 것도 없이 그 식당을 이용하는 사람들은 건설현장에서 노동을 하는 사람들이었고 그들 중에는 좌익이 많았다. 자연스럽게 권정생 형들은 그들과 가까워진다.

몇 달 후 판잣집이 헐리자 권정생은 근처 농가에 누에치는 잠실을 빌려 이사를 한다. 그 집에는 새로운 사람들이 들락거렸다. 함경도, 평안도, 경상도, 전라도 각지에서 도쿄로 온 유학생들이었다. 그들은 비좁은 방안에 모여 밤샘을 하면서 무엇인가 의논을 했고 조선부인회니 조선청년동맹이니 하는 단체를 만들고 자주 모임을 가졌다. 조선 치마저고리를 입은 아주머니들이 모이고 태극기도 만들었다.[18] 권정생 형들은 그들과 함께 모임을 한 것이 아니라 그들이 모일 때 심부름을 한 것이었지만 자연스럽게 총련계와 가까워졌고[19] 조선청년동맹에도 가입하게 된다.[20] 그래서 권정생의 두 형은 식구들이 귀국을 할 때 함께 배를 타지 않았는데 그것으로 영영 이별이 된 것이다.

권정생은 사는 동안 셋째 형 '꼬마언니'와의 이별이 가장 한스럽게 가슴에 아픈 상처로 남는다. 셋째 형으로서도 아픈 마음을 이루 말할 수 없었다. 그토록 예뻐하던 동생과 서로 왕래를 하지 못하고 얼굴도 보지 못하고 이산가족이 되어버린 것이다. 그러나 형의 아픔은

18. 〈분단 50년의 양심〉, 《우리들의 하느님》, 녹색평론사, 2008 개정증보판, 213쪽.
19. 〈저것도 거름이 돼가지고 꽃을 피우는데〉, 《권정생의 삶과 문학》, 51쪽.
20. 〈영원히 부끄러울 전쟁〉, 《우리들의 하느님》, 152쪽.

거기서 끝나지 않는다. 눈에 넣어도 아프지 않을 동생 정생이 열아홉 나이에 결핵이라는 몹쓸 병에 걸려 죽을지도 모른다는 소식을 듣고 절망하지 않을 수 없었다.

다행히 권정생은 어머니의 정성스런 간호를 받아 병세가 호전되지만 어머니가 돌아가시고 난 다음 다시 악화된다. 급기야는 1966년 6월 부산 성분도병원에서 한쪽 신장을 떼어내는 수술을 받는다. 그러나 상태는 오히려 악화되어 그해 12월 30일 부산대학병원에서 재수술을 받는다.'[21] 셋째 형이 병원비를 보내주어 권정생은 겨우 목숨을 건졌다. 수술을 마치고 얼마 후 셋째 형은 "내가 사실은 너를 도와줄 형편이 못 되었는데 남의 돈을 빌려서 너의 입원비를 댄 것이다. 이제 앞으로는 살아가기 어렵더라도 부디 네 힘으로 살아가도록 하여라."[22] 하는 편지를 보낸다.

하지만 말뿐이었지 형과 형수는 그 뒤로도 아픈 권정생을 위해 생활비와 그가 부탁하는 책을 보내주었다. 조총련계 대학을 다니던 조카도 어렵게 아르바이트해 모은 돈으로 야마무라 보쵸山村暮鳥 시집이나 루쉰魯迅 문집 같은 책을 보내준다. 그러나 다 받아볼 수 있는 것은 아니었다. 책은 검열에 걸려 아예 전해지지 않기도 하고 이미 받은 책이라도 정보부 직원이 와서 조사한 다음 빼앗아가기도 했다.

형이 일본에서 책을 보내주던 그 무렵부터 권정생은 일본어 공부를 본격적으로 한다. 일본에 살면서 그림책과 동화책을 읽고 학교도

---

21. 안상학, 〈동시에 매진했던 청년 시인 권정생〉, 《나만 알래》, 문학동네, 2012, 107쪽.
22. 이오덕, 《이오덕일기 1》, 양철북, 2013, 228쪽.

잠시 다닌 터라 일본어를 전혀 못하는 건 아니었지만 문학작품을 읽고 형수와 조카들에게 편지를 쓰려면 공부가 더 필요했던 것이다.[23]

형수님

그동안 별일 없으셨어요?

따뜻한 봄기운이 찾아온 듯합니다.

저도 몸이 조금씩 좋아져서 지금은 밥 한 공기 정도는 먹을 수 있게 되었습니다.

더욱 기쁜 것은 제가 쓴 동시가 2편 《기독교교육》과 《아동문학》에 발표되었다는 것입니다.

선평에서 '공부를 계속하면 좋은 동시를 많이 쓸 수 있는 분'이라는 칭찬을 받았습니다. 정말 기쁜 일이지요.

지금 제가 쓰고 있는 시는 모두 200편 정도 완성되었습니다.

죽기 전까지 예쁜 동시집 한 권에 싣고 싶다는 희망을 가지고 책을 읽고 공부하고 있습니다. 하나님께서도 이 한 가지 소원은 허락해 주시겠지요. (……)

안녕히 계세요.

3. 5 정생으로부터[24]

---

23. 안상학, 같은 곳.
24. 같은 책, 108~109쪽. 안상학은 이 편지에 근거하여 권정생이 1969년 동화 〈강아지똥〉 당선보다 2년 앞선 1967년에 동시 〈마음속에 계셔요〉가 《기독교교육》(1·2월호)에 당선된 것을 확인한다. 그러면서 그는 권정생이 "동시로 먼저 문단에 이름을 올린 이력을 추가해도 무방할 것"이라 했다. 그러나 권정생은 동화로 먼저 이름이 알려지고 그가 낸 첫 책도 동시집이 아니라 동화집이다.

이 편지는 권정생이 수술을 받은 지 두 달 조금 지난 1967년 3월 5일에 일본어로 써서 형수에게 보낸 것이다. 권정생어린이문화재단 사무처장 안상학이 2011년 3월에 일본 니가타에 살고 있는 권정생의 형수를 만나러 갔는데, 형수가 간직하고 있던 이 편지를 보여주었다.

형과 형수는 수술로 죽을 고비를 겨우 넘겨 밥 한 공기 정도 먹을 수 있게 된 것만으로도 충분히 고마운데 동생이 동시로 등단했다는 소식까지 받으니 더할 수 없이 기뻤다. 권정생은 그때까지 200편 정도 동시를 써둔 것이 있어서 그것으로 예쁜 동시집을 내고 싶은 희망을 갖는다. 그러나 먼저 낸 것은 동화집이었다.

1974년에 첫 동화집 《강아지똥》을 펴냈을 때 가장 먼저 "불쌍하게 사시다가 돌아가신"[25] 어머니가 생각났고 그 다음으로는 멀리서 자신을 돌보아준 셋째 형 '꼬마언니'가 생각났다. 동생의 첫 동화집을 받아본 '꼬마언니'는 감격의 눈물을 멈출 수 없었다. 동생이 살아준 것도 고맙고 작가가 되고 싶어 하던 꿈을 이뤄 첫 동화집을 낸 것도 꿈인가 싶었다. 셋째 형은 정성스럽게 마음을 담아 쇼가쿠칸小學館에서 낸 세계명작전집 전 55권 중에서 여섯 권과 고단샤講談社에서 펴낸 장편소년소설 《천사가 대지에 가득하다天使で大地はいっぱいだ》 책을 사서 보낸다.[26] '꼬마언니'는 동생이 좋아하는 책을 보내면 달리 어떤 말을 하지 않더라도 자신의 마음을 알아주리라 믿었다.

25. 〈머리말〉, 《강아지똥》, 세종문화사, 1974.
26. 《살구꽃 봉오리를 보니 눈물이 납니다》, 114~115쪽. 이 책에는 《천사가 천지에 가득하다天使で天地はいっぱいだ》라고 되어 있는데 오자가 난 듯하다. 《천사가 대지에 가득하다天使で大地はいっぱいだ》(고토 류지, 고단샤, 1967)가 맞다.

그러나 1970년대 중반 유신정권의 현실은 이런 형제들 간의 애틋한 정조차 나눌 수 없는 정국이었다. 편지는 모두 검열당했고 경찰들은 권정생의 거동을 몰래 숨어 관찰하고 자꾸 질문하고 은근히 겁을 주곤 했다. 검열과 감시가 싫어 점차 편지는 뜸해지다가 급기야는 완전히 끊어지고 만다. 셋째 형은 나이가 들자 고향으로 돌아오고 싶은 마음이 들었지만 그야말로 마음뿐이었다.

2007년 5월 17일 권정생이 운명을 달리하던 날, '꼬마언니'는 병석에 누워 있었다. 권정생의 형수는 남편이 받을 충격을 생각해서 권정생의 부고를 말하지 않는다. 그리고 2010년 '꼬마언니'는 그토록 그리워하던 동생 정생과 어머니가 계시는 그 나라로 먼 길을 떠났다.

권정생의 큰형은 해방 전 이미 결혼을 해서 어린 딸이 있었다. 해방 후 큰형은 홀로 일본에 남았고 아내와 어린 딸만 고국으로 돌아온다. 가족이 헤어진 지 36년 만인 1982년 큰형은 재일동포 고국방문단에 끼여 고향을 방문했다. 그러나 권정생은 큰형이 조총련이라고 형사들이 똥 누는 데까지 따라 다녀 형을 만나지도 못했고 얘기 한마디도 나누지 못했다.[27] 그는 큰형이 고향을 다녀간 뒤 형과 어린 조카에 대한 애틋한 마음을 담아놓은 듯 〈일본 거지〉라는 시를 쓴다.

---

27. 김용락, 〈빌뱅이 언덕 밑 오두막에 살면서〉, 《우리들의 하느님》, 287쪽.

의성義城 방아실에 살고 있는 은이는
태어나서 백일이 못 되어 아버지와 헤어져
은이는 아버지 모습이 어떻게 생긴지도 몰랐다.

대동아전쟁으로 헤어진 어머니와 아버지
아버지는 일본 대판 어딘가에 살고 있다는
풍편에 들리는 소문밖에 몰랐다.

은이는 자라면서 어머니께 물었다.
— 어매 어매, 우리 아부지는 어디 갔노?
— 너어 아부지, 모린다 모린다.
옹기장수 홀애비한테 훗살이 가서 살고 있는 어머니는
짜증만으로 대답하고 입을 다물어버렸다.

은이는 철이 들고부터
식모살이, 공장직공살이
겨우 나이 들어 공사판 노동자 신랑한테 시집갔다.
남편과 함께 손수레 행상을 하며
자식 남매를 낳아 키우면서
혹시 일본에서 아버지 소식을 기다렸다.

1982년 재일교포 성묘단이 왔을 때

은이네 아버지가 유령처럼 불쑥 나타났다.

은이는 아버지 얼굴을 모른다.
그래서 은이는 마음속에
제 멋대로 아버지 모습을 그리며 살았다.
키가 크고 미남자에 돈 많은 신사 아버지를…….

그런데, 사십 년 만에 찾아온 아버지는 거지가 되어 왔다.
이웃집에서도, 고갯너머 마을까지
은이네 아버지가 왔다는 소문은 떠들썩했다.
— 재일교포는 모두 부자라 카드라
— 은이는 인자 벼락부자됐다
— 은이 신랑, 박서방은 장가 잘 들어 장인 덕 톡톡히 보겠군

그러나, 찾아온 은이네 아버지는
백발에 주름투성이 쭈구러진 거지 노인이었다.
은이는 처음 영문도 모르게
훗살이 가서 역시 늙은 할머니가 된 어머니가
— 너어 아부지다
말했기 때문에 그냥 아버지로 믿었을 뿐이다.

얼굴도 모르는 아버지,

그런데도 은이는
서먹서먹하던 처음과는 달리
그 거지 노인에게 정이 갔다.
— 아부지이!……

은이는 통닭을 사다 고아 드리고
평생 저희들은 먹어보지 못한
불고기 반찬도 만들어 드렸다.

재일교포 성묘단이 떠나던 날
은이네 아버지, 거지 노인은
딸에게 염치도 체면도 없이
용돈 오만 원을 얻어 갔다.

은이는 마을 사람 몰래
남편 박서방 몰래
이리저리 꾸어다 맞추어
오만 원을 드렸다.

1982년 4월에
불쌍한 한국의 딸
은이가 살고 있는 의성 방아실 동네에

사십 년 만에 일본 거지 노인이 다녀갔다.[28]

권정생 자신은 형이 고향을 방문했을 때 얼굴을 제대로 보지도 못했지만 바람에 실려 들렸는지 그저 상상으로 그려본 것인지 어린 조카가 제 아비를 만난 이야기를 이렇게 한 편의 시로 남겨놓았다. 잠깐 헤어지는 것이라 생각했는데 10년, 20년 세월이 지나고 40년, 50년이 지나는 동안 권정생은 모든 게 허망했다. 시간이 갈수록 권정생은 서로 만나서 어렸을 때처럼 알뜰하게 정을 나누며 살 수 있으리라는 희망을 접게 된다. 권정생의 두 형은 일본에서, 권정생은 안동 조탑리에서 이산가족이 된 형제들은 서로를 가슴에 묻고 평생을 산 것이다.

---

28. 〈일본 거지〉, 《어머니 사시는 그 나라에는》, 208~212쪽.

전쟁과 굶주림과 슬픔에 싸인 어린 시절

비가 내리고 꽃이 피고 졌다. 눈이 내려 소복소복 지붕 위에 쌓였다. 그러나 전쟁은 눈이 내려도 계속되고 비가 내려도 쉬지 않았다. 도쿄는 날마다 공습이 끊이지 않았다. 밤마다 비행기소리가 요란하게 들리면 권정생은 잠을 못 이루며 무서움에 떨었다. 비행기소리, 폭격소리, 그리고 어머니 아버지의 싸움소리⋯⋯. 어린 시절 내내 그 소리들이 그를 따라다녔다.

집은 어둡고 음산했으며 아버지 어머니는 자주 싸웠다. 둘째 아들 목생을 잃은 슬픔에서 벗어나지 못한 권정생 어머니는 눈물을 보이는 날이 많았다. 전쟁의 공포 속에서 이런 집안분위기가 더해져 권정생의 어린 시절은 무섭고 슬프고 지루하고 쓸쓸했다. 남편과 자주 싸웠지만 권정생 어머니는 아이들에게는 누구보다 지극 정성이었다. 권정생은 어머니가 있기에 무섭고 쓸쓸했던 어린 시절을 한편으로는 아름다운 추억으로 남길 수 있었다.

어린 권정생이 견디기에 가장 무섭고 큰 공포는 굶주림이었다. 권정생이 살던 시부야 골목에는 조선 사람들과 가난한 일본 사람들이 함께 살았다. 굶주림은 조선 사람 일본 사람 가릴 것이 없었다. 조선의 아버지들은 전쟁이 심해져 먹을 것이 점점 더 부족해지자 더럽고 지저분한 일이건 뭐건 닥치는 대로 일을 하여 식량을 구했다. 그러나 일본 사람들은 조선 사람들이 하는 더러운 일을 체면 때문에 하지 못하고 식량을 구하지 못해 오히려 먹고사는 형편이 더 나빴고 굶어 죽는 사람도 있었다. 조선의 아버지들은 도저히 식량을 구하지 못할 때에는 쓰레기통이라도 뒤졌다. 권정생 아버지도 그랬다.

권정생 아버지는 쓰레기통에서 언 고구마 부대나 상한 빵조각 같은 것을 주워 왔다. 식구들은 삶아도 삶아도 익지 않는 언 고구마를 먹었다. 어머니는 고구마가 어쩌다가 성한 곳이 있으면 떼어서 아이들에게 주었다. 상한 빵조각은 상한 곳을 전부 잘라 내고 화로에 삼발을 놓고 구워 먹었다. 권정생은 뱃속이 메스꺼운 것을 참으며 그 빵조각을 씹었다. 쓰레기통에서라도 먹을 것을 구하지 못하면 굶어야 했다. 권정생은 아버지가 거리청소를 하다 주운 것을 집에 쌓아 둔 쓰레기 더미 속에서 살았고 쓰레기통에서 주워온 음식을 먹고 자랐다. 권정생 어머니는 그런 권정생에게 "이 애기 뉘 집 애기 쓰레기통 집 애기"[29] 하며 노래를 불러 주었다. 비록 "쓰레기통 집 애기"였

---

29. 《살구꽃 봉오리를 보니 눈물이 납니다》, 150쪽.

지만 어머니 손길만은 따뜻했다.

　일본의 노동자들은 사시코剌子라는 누비옷을 입고 일을 했다. 권정생 어머니는 삯바느질을 했다. 사시코 바느질은 옷감을 누벼야 하기 때문에 그냥 바느질보다 손가락이 몇 배나 더 아팠다. 그의 어머니는 미역 오라기처럼 생긴 까맣고 딱딱한 천 조각을 인두판 위에 놓고 한 바늘 한 바늘 박아 누볐다. 바늘을 한 번 꽂아놓고는 천 조각을 뒤집어 바늘 끝을 뽑아내어 폭폭 골이 깊숙이 지도록 딴딴하게 누벼야만 되기 때문에 더디고 까다로웠다.[30] 권정생은 골무를 끼고도 손가락이 아파서 이따금씩 엄지손가락을 검지와 마주 붙여 꼭꼭 눌러 쓰다듬었던 어머니를 안쓰럽게 바라보곤 했다.

　권정생 어머니는 바느질을 하면서 많은 이야기를 들려주었다. 바다 건너 먼 곳에 있는 어머니의 고향 이야기를 시작하면 권정생은 어머니 곁에 바싹 붙어 앉는다. 고향에 핀 꽃 이야기, 나무 이야기, 대추 이야기, 베를 짜던 이야기……. 그러다 보면 어느덧 할머니, 할아버지에 고향 사람들까지, 이야기는 꼬리에 꼬리를 물며 이어졌다. 권정생이 어머니의 바느질 손놀림에서 눈을 떼지 못하면서도 요것조것 궁금한 걸 참지 못하고 물으면 어머니는 다정하게 대답해주었다. 주거니 받거니 어머니의 이야기를 먹으며 권정생은 무럭무럭 자랐다.

　어머니는 어린 정생에게 고향 이야기를 들려줄 때면 둘째 아들 목

30.《슬픈 나막신》, 우리교육, 2002, 81~82쪽.

생 생각에 목이 멨다. 그러면 이야기를 멈추고 들릴 듯 말 듯한 구슬픈 목소리로 타령을 부르기 시작했다. 어머니는 타령을 부르며 눈물을 삼키고 슬픔과 그리움을 이겨냈다. 어머니가 부르던 타령은 단순한 노래가 아니었다. 권정생에게는 슬픈 자장가였고 어머니에게는 슬픔을 발산한 감정의 배출구였다.

권정생은 어른이 되어서도 뒤란 함석지붕의 낡아진 틈 사이로 겨우 햇빛이 스며들어[31] 오는 온통 어두운 집안에서 힘들게 천 조각을 누비며 이야기를 들려주고 타령을 부르던 어머니 모습이 잊히지 않았다. 그는 일본에서 나고 자랐지만 태어나서 가장 먼저 들은 말이 어머니의 구수한 경상도 사투리였다. 어머니가 사투리로 들려 준 고향 이야기는 모두 슬펐지만 그중에서 '목생 형님' 이야기가 가장 슬프고 가슴 아픈 이야기였던 것이다.

젖먹이 때부터 어머니의 이야기로 목생의 죽음을 만난 권정생은 다섯 살 때 또 하나의 죽음을 만난다. 바로 예수의 죽음이다. 권정생은 누나와 누나 친구들이 자기네끼리 주일학교 이야기를 주고받는 걸 곁에서 듣는다. 기도하는 이야기, 잠자리채 같은 연보 주머니에 1전짜리를 던져넣는 이야기, 그리고 십자가의 예수 이야기였다. 옷을 벗고 알몸뚱이가 된 남자가 십자가라는 나무 위에 매달려 죽었는데, 머리에 가시관을 썼기 때문에 얼굴로 피가 줄줄 흘렀고 손과 발에

---

31. 〈나의 동화 이야기〉, 《빌뱅이 언덕》, 13쪽.

못을 박았기 때문에 굉장히 아팠을 거라는 이야기였다.

권정생은 누나들 이야기만으로 예수를 상상해 본다. 핏기 없는 검
푸른 얼굴에 붉은 피를 흘리며 공중에 높이 매달린 예수의 모습이
그려졌다. 상상으로 그려본 예수의 모습이 충격이긴 하였지만 무섭
지 않았다. 오히려 불쌍하고 측은한 마음이 들었다.[32]

누나들이 하는 예수 이야기를 처음 들었을 때 그는 목생이 떠올
랐다. 어머니가 목생의 이야기를 들려주었을 때처럼 불쌍하고 측은
했다. 그리고 주위에서 늘 보던 가난하고 불쌍한 사람들이 떠올랐다.
아침부터 저녁까지 고된 노동을 하는 그의 아버지와 이웃들의 모습
이었다. 권정생은 다섯 살 때 처음부터 예수를 한 남자, '사람'으로 상
상한다. 그랬기에 십자가에 매달려 붉은 피를 흘리던 예수의 모습이
무섭지 않고 오히려 가엽고 측은한 마음이 들었던 것이다.

오랜 시간이 지나 서른 살 무렵이 되어서야 그는 예수가 십자가에
매달려 죽은 의미를 깨닫게 된다. 한마디로 말하기는 어렵지만, 권정
생은 무엇보다 가난하고 고통받는 사람들을 위해서라고 생각한다.
그는 나중에 거지생활을 하며 큰 고통과 시련의 시간을 보내고 나서
예수가 십자가에서 고통스럽게 죽은 의미를 온몸으로 깨닫게 된다.

어린 나이에 상상으로 만난 목생과 예수의 죽음, 이 두 죽음은 자
라는 동안 권정생의 머릿속에서 지워지지 않는다. 그리고 이 두 죽음

---

32. 같은 책, 21쪽.

으로 인해 권정생은 "아주 어릴 적부터 보이는 유형의 세계에 이내 싫증을 느끼고 보이지 않는 무형의 세계를 동경"[33]한다. '보이지 않는 세계를 동경한다'는 말은 한편으로는 '현실에 적응을 잘 못한다'는 말이기도 하다. 권정생은 현실을 치열하게 살았지만 현실과 타협하며 살아갈 줄은 모르는 사람이었다. 그랬기에 사는 게 더 외롭고 힘들었을는지도 모를 일이다. 눈에 보이는 것보다 보이지 않는 세계의 실체를 찾는데 더 간절했던 그는 내성적이고 숫기 없고 낯선 사람들과 잘 어울리지 못하는 성격으로 자라게 된다.

어느덧 몸도 마음도 훌쩍 자란 권정생은 어머니의 품을 떠나 골목으로 나갔다. 골목에는 아이들이 있었다. 날마다 공습과 폭격으로 무서운 공포의 밤을 보내야 했지만 공습이 없고 달밤이 환하게 비치는 날이면 아이들은 빈터에 모여 밤늦도록 놀았다. 놀이를 할 때는 조선 아이 일본 아이 할 것 없이 서로 어울려 놀았다. 남자 아이들은 사무라이 놀이를 했다. 아이들은 조그만 흙무더기나 언덕배기에 올라가 "산꼭대기 대장은 나 하나뿐이다. 뒤에 올라오는 놈은 차 던져버려라."[34] 하며 노래를 불렀다. 전쟁은 아이들 놀이까지도 전쟁놀이로 몰아넣었다. 여자 아이들은 달님놀이를 했다. 달님놀이는 앞에 있는 아이의 허리를 껴안고 〈첫째별 봤다〉 노래를 부르며 쪼그리고 앉아 한 마리 뱀처럼 되게 만드는 놀이다.

33. 〈목생 형님〉, 《빌뱅이 언덕》, 82쪽.
34. 〈개정판을 내면서〉, 《몽실 언니》, 창비, 2000, 3쪽.

첫째별 봤다

둘째별 봤다

셋째별 봤다

달님 나이 몇 살?

열셋 일곱 살

아직 나이 젊구려

저 애를 낳고 이 애를 안고

첫째별 데굴데굴

조롱박 딸깍발이

둘째별 데굴데굴

조롱박 딸깍발이[35]

남자 아이들은 이 달님놀이가 유치하다며 하지 않았다. 그러나 사무라이 놀이를 싫어했던 권정생은 여자 아이들이 끼워줘서 달님놀이를 하고 놀았다. 온 세상 어른들은 때리고 부수며 서로 죽이는 전쟁을 하고 있을 때 아이들은 달빛 아래서 즐겁게 놀았다.

---

35. '한·일 국교 정상화 40주년'과 '2005 한일 우정의 해'를 기념하여 서울 레이디 싱어즈와 우쓰노미야 레이디 싱어즈 아키라가 "그대의 노래는 나의 노래あなたのうたはわたしのうた"라는 제목으로 서울과 동경을 오가며 우정의 무대를 가졌는데 그 공연에 일본 피아니스트 겸 작곡가 테라지마 리쿠야가 작곡한 '강아지 똥'을 노래하는 특별 무대가 있었다. 공연을 앞두고 권정생은 번역작가 박승애에게 〈별빛처럼 아름답기를〉이라는 제목으로 축하 편지를 보내는데 거기에 "첫째별 봤다" 노래가 수록되어 있다. 2007년 겨울 인터넷 블로그(http://blog.empas.com/utaupark/18121127)에 실린 것을 저장해두었는데 안타깝게도 2014년 현재는 찾아지지 않는다.

골목에서 어린 아이들의 즐거움은 저희끼리 놀 때뿐이었다. 어른들 세상은 너무도 흉측했다. 전쟁은 사람들의 일상을 파괴할 대로 파괴하였고, 정신은 황폐화되었다. 어린 아이들은 폭격이 없는 날이면 골목에서 놀았지만 국민학교 상급반만 되면 아이들도 벌써 술에 취해 혀 꼬부라진 소리를 하고 어른들의 못된 흉내를 내었다. 누더기를 입은 아이들, 이곳저곳 골목길에서 옷을 벗어 이를 잡는 아주머니들……. 정말 도쿄 빈민가의 골목은 망측한 일들이 끊이지 않았다.[36]

전쟁으로 인한 어른들의 공포와 황폐화는 아이들에게로 이어졌다. 권정생은 어려서 보았던 빈민가 골목 사람들의 모습을 생각하면 식은땀이 나도록 무서웠다. 전쟁의 공포는 폭격만 있는 것이 아니다. 팔다리를 잃고 목숨을 잃는 것으로 끝나는 것이 아니다. 전쟁이 끝난 후에도 아이들은 자라면서 정신적으로 더 큰 고통을 감당하게 되는데 그 또한 전쟁의 다른 모습이다.

권정생은 일본에서 몸소 보고 겪은 전쟁을 아이들에게 조금이나마 들려주기 위해서 자신의 어린 시절 이야기를 썼는데, 그것이 그의 첫 장편동화 《겨울 망아지들》이다. 이 동화는 《꽃님과 아기양들》(1975)로 출판되었다가 지금은 《슬픈 나막신》(2002)으로 출판되고 있다. 여기에 그는 도쿄 혼마치 골목에서 전쟁과 굶주림의 공포 속에서 살았던 그의 가족 이야기, 골목에서 동무들과 놀았던 이야기, 그리고 그 골목의 이웃들 이야기를 풀어놓는다.

---

36. 《살구꽃 봉오리를 보니 눈물이 납니다》, 150~151쪽.

이 동화를 읽으면 일제강점기에 일본에서 살았던 우리 백성들의 삶이 아프게 다가오지만 한편으로는 권정생의 어린 시절을 엿보는 재미도 있다. '준이'와 준이 어머니 '청송댁'을 통해 어린 정생과 그의 어머니를 만날 수 있고, 자상한 '걸이형'을 통해 그가 그토록 따랐던 셋째 형 '꼬마언니'를, 그리고 '분이'를 통해 권정생이 살던 골목 끄트머리 한 집 건너에 살던 경순이를 만날 수 있다.

경순이는 관동대지진 때 부모를 잃고 식모살이를 하던 아이였는데 가끔 얻어맞아 통통 부어오른 얼굴을 하고 권정생 집으로 도망을 왔다. 권정생 어머니는 그런 경순이를 어루만져 달래주고 밥을 먹이고 재워주곤 했다.[37] 동화 속 분이는 술장사를 하는 호남댁의 딸인데 권정생 이웃에 살던 경순이를 떠오르게 한다. 호남댁이 술에 취해 분이와 동생들을 돌보지도 않고 때리고 집 밖으로 쫓아내면 권정생 어머니가 경순이에게 그랬던 것처럼 준이 어머니 청송댁이 분이를 돌보아준다.

일본에서 살던 권정생의 어린 시절 이야기가 담겨 있어 《슬픈 나막신》을 두고 '자전적'이라고 하지만 어쩌면 이 동화는 태평양전쟁 막바지에 일본에서 얼마나 끔찍하게 전쟁과 가난의 고통을 겪으며 어린 시절을 보냈는지 고발하는 울부짖음인지도 모르겠다.

---

37. 〈유랑걸식 끝에 교회 문간방으로〉, 《우리들의 하느님》, 17~18쪽.

스스로 찾아낸 이야기보물, 동화책

"이 대추 어디서 사온 거예요?"

"저, 바다 건너 먼 나라에서 왔단다."

"바다가 어느 만큼 멀어요?"

"아주 깊고, 그리고 하늘만큼 넓은 물웅덩이야."

"그 바다 저쪽에도 나라가 있어요?"

"그래, 대추가 열리고 감도 열리는 나라야."[38]

    어머니와 이야기를 나누노라면 어느덧 권정생은 고향 마당에서 대추를 따고 감을 따고 있었다. 어머니와 함께 뒷산에 올라 나물을 뜯었고, 들에 핀 꽃향기에도 취해 있었다. 그러나 달달한 대추와 감이

---

38. 《슬픈 나막신》, 82쪽.

열리고 아름다운 들꽃이 만발한 바다 건너 먼 나라 이야기를 들려주는 어머니 목소리는 슬펐다. 어머니의 목소리가 슬픈 것은 어머니 마음이 슬픈 까닭이다. 권정생은 어머니 이야기에 묻어난 슬픈 마음까지도 놓치지 않고 들었다. 마음의 소리는 귀로 듣는 것이 아니라 '상상'으로 가능하다. '상상'으로 듣는 이야기는 더 생생하게 권정생 마음속에 자리 잡았다. 목생의 이야기나 고향 이야기는 모두 슬펐지만 슬픔의 결이 달랐다. 목생의 이야기를 들을 때는 슬픔 속에 아픔이 묻어왔고 고향 이야기에는 그리움이 따라왔다.

젖먹이 때부터 어머니 이야기로 상상의 세계에서 노닐던 권정생은 일곱 살이 되던 해 어머니가 들려준 이야기보다 훨씬 더 넓고 깊은 상상의 세계를 만나게 된다. 그해 골목에서 함께 놀던 아이들이 모두 학교에 들어가는데 나이가 어렸던 권정생은 혼자 학교를 가지 못한다. 아이들이 학교에 간 동안 집에서도 골목에서도 그는 혼자 놀았다. 혼자 골목도 어슬렁거려보고 방바닥을 뒹굴뒹굴거려도 보았다. 그러던 어느 날 그는 어둡고 음산한 집 뒤란에서 보물을 발견한다. 이야기보물, 그림책과 동화책이었다.

권정생 아버지는 거리 청소를 하다 쓰레기 더미에서 헌책을 가려내 뒤란 구석에 차곡차곡 쌓아두었다. '얼마의 돈'이 되기 때문이었다. 헌책은 가끔 온전한 것도 있지만 곰팡내가 나고 반쪽이 찢겨 나가고 불에 타다 남은 것이 대부분이었다. 아버지는 그 책들을 이따금 찾아오는 재활용품 상인에게 모두 팔아버렸다. 하릴없이 뒤란을 오가던 권정생은 어느 날 그 헌책 더미에 눈이 간다. 자세히 보니 그림책과 동화책이 있었다. 처음으로 본 그림책은 《삼국지》였는데 글을 몰라 책장을 넘기며 그림만 보는데도 재미있었다. 권정생은 그 책을 아버지가 내다 팔 때까지 몇 번이고 보았다. 그후로 이 책 저 책 자꾸 반복해서 보다 보니 어느덧 글(일본어)을 다 익혀버렸다. 그렇게 해서 학교에 입학하기도 전에 혼자 책을 줄줄 읽게 된 것이다.

동화책은 앞뒤로 찢겨 나가 줄거리를 다 알 수 없더라도 그 나머지는 제멋대로 '상상'하면 되었다. 아버지가 남김없이 내다 팔았으니 비록 찢어진 책이라도 '내 책 한 권'을 가질 수는 없었지만 상상으로 만난 '이야기'는 고스란히 가슴속에 살아 온전히 그의 것이 되었다.

1944년, 여덟 살 권정생은 드디어 혼마치 소학교에 입학한다. 하지만 태평양전쟁 막바지였던 이 해는 하루도 빠짐없이 공습이 심해져서 학교는 8개월 정도밖에 다니지 못한다. 그 8개월 동안에도 동네에서 공동으로 파놓은 방공호에 숨어 있어야 하는 날이 많아져 학교에 못 가는 날도 점점 더 늘어났다. "애애앵~ 애애앵~." 수업 중에 공습 사이렌이 울리면 권정생은 '방공두건防空頭巾'이라 부르는 솜이 두툼한 방석모자를 어깨까지 덮어 뒤집어쓰고는 고개를 수그리고 추녀 밑으로 몸을 숨기며 집으로 갔다. 밤에 잠자리에 들 때도 옷을 입은 채 머리맡에 방공두건과 조그만 식량보따리를 놓고 잤다. 자다가 공습경보가 울리면 바로 일어나 방공호에 가서 숨어야 했기 때문이다.

그러다 결국 1944년 12월 B-29의 융단폭격으로 도쿄는 폐허가 되고 만다. 권정생이 살던 집도 모두 불타 없어졌다. 권정생 어머니는 아껴아껴 먹던 간장단지와 어렵게 장만한 가구들이 모두 불에 타버려 며칠 동안이나 눈물을 흘렸다. 살던 집을 잃어버리자 식구들은 모두 뿔뿔이 흩어졌다. 권정생은 쓰마고이라는 시골로 피난을 가고 그곳에 가서는 우에하라上原 소학교로 옮겨 6개월을 다닌다.

공습으로 권정생 어머니는 살림살이를 모두 잃었고 권정생은 뒤란 구석에 쌓여 있던 책들과 이별을 한다. 시부야의 낡은 집을 떠나고 나니 읽을 책이 없었다. 학교에 입학하기 전 혼자 글을 배워 책을 읽기 시작해서 집이 불타 없어지기까지 그 짧은 시간이 어린 시절 그가 가장 많은 동화책을 읽은 행복한 때였다. 시부야의 낡은 집은 비가 오면 물이 샜고 해가 들지 않아 어둡고 침침했지만 한편으로는 그가 어른이 되어서도 잊지 못할 아름답고도 슬픈 동화책이 쌓여 있던 보물창고였던 것이다.

권정생이 맨 처음 읽은 것은 이솝의 동화였다.[39] 〈토끼의 재판〉, 〈두 마리의 생쥐〉 같은 동화를 시작으로 그림형제 동화집과 오스카 와일드의 《행복한 왕자》 같은 외국 동화책을 많이 읽는다.

어느 날 겉장이 찢어져 제목도 작가도 모르고 읽기 시작한 책이 있었는데 왕자와 제비가 찬비를 맞으며 떨고 있는 이야기였다. 권정생은 읽는 내내 왕자와 제비가 가엾고 측은하더니 잠자리에 들어서

---

39. 권정생은 맨 처음 읽은 동화가 《동화읽는어른》(1999년 7·8월호)에서는 이솝의 〈토끼의 재판〉이라고 했고 〈우리는 둘 다 승리해야 합니다〉(《우리교육》, 1991년 3월호)에서는 이솝의 〈두 마리의 생쥐〉라고 했다.

까지도 머릿속에서 지워지지 않았다. 이불 속에 누웠는데 천정의 판자쪽 줄무늬가 찬 빗줄기처럼 보였고 왕자와 제비가 그 빗줄기 속에서 떨고 있을 것 같았다. 이 이야기가 오스카 와일드의 《행복한 왕자》라는 것을 그는 훗날에야 알게 된다. 제목도 모르고 책장이 잘려나간 채로 읽었어도 권정생은 그때의 감동을 잊지 못했다. 이야기를 읽으면서 그가 펼친 '상상'의 세계가 있었기 때문이다.

아버지가 쌓아둔 책에는 외국동화가 많았지만 오가와 미메이小川未明의 〈빨간 양초와 인어赤い蠟燭と人魚〉, 미야자와 겐지宮澤賢治의 〈달밤의 전봇대月夜のでんしんばしら〉 같은 일본 동화[40]들도 있었다.

〈빨간 양초와 인어〉 줄거리는 이렇다. 북쪽 바다에 아기를 임신한 한 인어가 살고 있었다. 이 인어는 아기만이라도 쓸쓸한 북쪽 바다 속이 아니라 밝고 아름다운 인간 마을에서 살기를 바랐다. 인어는 인간을 믿었다. 인간은 인연을 중요시하니까 절대로 아이를 무자비하게 버리지 않을 거라 믿었고 아기가 인간들과 함께 행복하게 잘 살 것이라 믿었다. 그래서 인어는 아기를 낳자마자 바닷가 조그만 마을 산 아래에 버려두었고 마침 산 위에 있는 신사에서 기도를 하고 내려오던 할머니가 데려다 키운다. 할머니와 할아버지는 신사가 있는 산 아래에서 양초를 팔았다. 아기는 자라서 하얀 양초에 빨간 물감으로 그림을 그려 팔았다. 인어아가씨가 그린 빨간 양초를 신사에 바치면 어떤 폭풍우 속에서도 절대로 배가 뒤집히지 않고 바다에 빠져

---

40. 〈나의 동화 이야기〉, 《빌뱅이 언덕》, 15쪽.

죽는 재난도 없다는 소문이 퍼지자 더욱 잘 팔려나갔다. 그러나 돈맛을 알게 되어 욕심에 눈이 먼 노부부는 장사꾼에게 큰돈을 받고 인어아가씨를 팔아버린다. 그러자 신사에는 어디서 누가 바치는 것인지 모르게 밤마다 빨간 양초가 켜졌고 빨간 양초를 보기만 해도 그 사람은 바다에 빠져 죽었다. 그렇게 몇 해 지나지 않아 그 마을은 망해서 없어져버린다.

누나들 옆에 앉아서 같이 이 동화를 읽던 권정생은 인어아가씨가 팔려가는 이유가 궁금하였다. "인어아가씨를 사가지고 그것 갖고 뭐 했어?"하고 물으면 누나들은 "유리관에다 담아가지고 여기저기 다니면서 돈 받고 구경시키고 장사하려고 사갔지."[41]라고 대답해주었다. 어린 정생은, 노인들이 자식처럼 키우던 인어아가씨를 돈 때문에 팔아버린 게 도저히 이해가 가지 않고 무서웠다. 인어아가씨가 팔려가서 구경거리가 된 것도 너무 불쌍했다. 잠이 들면 인어가 상인에게 팔려가는 모습이 한동안 꿈속에까지 나타나 슬픔은 지워지지 않았다.

이렇게 상상의 세계를 넘나들며 읽은 동화들은 권정생에게 지혜와 용기를 주었다. 또 나중에 작가가 되어 동화를 쓸 때에는 이때 읽은 동화들이 큰 스승이 되어 주었다. 권정생은 그중에서도 오가와 미메이의 동화에 가장 많은 영향을 받았다고 회고한다.[42] 그는 오가와 미

---

41. 〈저것도 거름이 돼가지고 꽃을 피우는데〉, 《권정생의 삶과 문학》, 63쪽.
42. 〈작가와의 만남: 평생을 잊지 않고 간직할 수 있는 동화를 쓰려고 합니다―《몽실언니》의 작가 권정생〉, 《종로서적》, 1991.6, 32~33쪽.

메이를 두고 "그 사람은 가난하였고 노동자를 사랑했으므로 작품이 어두웠지만 매우 아름다웠습니다. 낭만적이고 감상적인 면도 좀 있었습니다."[43]라고 했다. 이 말을 권정생, 그에게 그대로 되돌려주어도 될 듯싶다.

어머니가 들려준 이야기로 시작하여 어린 권정생이 노닌 상상의 세계는 동화책으로 이어지고 곧 영화로까지 넓어진다. 권정생은 누나와 형들과 함께 시장 모퉁이에 있는 삼류영화관을 갔다. 어느 날은 '찐동야'(광대)집 딸이었던 히데코 누나와 가기도 했다. 그때 본 영화 중에서 가장 기억에 남는 것이 미야자와 겐지의 동화를 영화로 만든 〈바람의 마타사부로風の又三郎〉다.

이 동화에는 미야자와 겐지의 고향 마을 이와테岩手현이라는 일본 동북지방의 정서가 고스란히 그려져 있다. 입춘立春으로부터 210일째 되는 날을 '니햐쿠토카二百十日'라고 하는데 보통 9월 1일경이고 이 무렵에 태풍이 많이 발생한다. 동화는 '다카다 사부로'란 아이가 광석채굴을 하는 아버지를 따라 시골 마을로 전학을 오면서 시작된다. 사부로가 전학을 오는 날이 마침 9월 1일이었고 "휭 휭 휭 휘잉 / 파랑 호도도 날려버려 / 새콤한 모과도 날려버려 / 휭 휭 휭 휘잉 / 휭 휭 휭 휘잉"[44] 소리를 내며 바람이 불고 있었다. 아이들은 니햐

43. 같은 곳.
44. 미야자와 겐지, 심종숙 옮김, 《바람의 마타사부로/은하철도의 밤》, 지식을 만드는 지식, 2008, 23쪽.

쿠토카 날에 바람을 몰고 온 다카다 사부로가 '바람의 마타사부로'라고 믿어버린다. '마타사부로'는 바람을 일으키는 신이다.

미야자와 겐지가 바람 소리에 "파랑 호도도 날려버려" "새콤한 모과도 날려버려"라는 표현을 넣은 것에서도 알 수 있듯이 이 마을의 아이들은 바람(태풍)을 가을의 풍요로운 들판을 망치는 대상으로 생각하고 무서워한다. 그러나 사부로와 함께 놀고 이야기를 하는 중에 바람은 한편으로 풍차를 돌려주는 고마운 존재임을 알게 된다. 바람은, 다시 말해 자연은 좋기만 한 것도 나쁘기만 한 것도 아니라 있는 그대로 사람들과 함께하는 것임을 깨닫는 것이다. 사부로는 전학을 온 지 12일 만에 '바람처럼' 다시 마을을 떠난다. 사부로가 진짜 마타사부로인지 아닌지는 중요하지 않다. 다만 아이들에게 신비한 여운을 남기고 다시 또 어딘가로 간 것이다. 마치 바람이 왔다 가듯이.

권정생은 영화관을 나와서도 "휭 휭 휭 휘잉 / 파랑 호도도 날려버려 / 새콤한 모과도 날려버려 / 휭 휭 휭 휘잉 / 휭 휭 휭 휘잉"하며 마타사부로가 부르던 노래가 귓가에 맴돌며 머릿속을 떠나질 않았다. 영화의 감동에 빠진 그는 원작을 읽고 싶었다. 보이지 않고 들리지 않는 '바람'의 소리를 그의 상상으로 만나고 싶었던 것이다. 하지만 책을 구할 수가 없어 동화는 어른이 되어서야 읽게 되지만 영화로 만난 노랫소리와 함께 바람을 일으키던 환상적인 장면들은 가슴에 깊게 새겨져 어른이 되어서도 잊지 못했다.[45]

---

45. 〈저것도 거름이 돼가지고 꽃을 피우는데〉, 《권정생의 삶과 문학》, 62쪽.

시부야를 떠나 쓰마고이로 피난을 가서 살 때에는 유랑극단의 연극을 보러 갔다. 권정생은 형과 누나들과 함께 밤길을 걸어 창고같이 생긴 낡은 극장으로 갔다. 유랑극단의 연극은 타향살이의 외로움을 달래주는 감상적인 줄거리였다. 눈물을 흘리며 연극에 쏙 빠졌던 권정생은 집에 와서도 그 감동이 가시지 않으면 집 앞에 있는 벚나무에 올라가 혼자 감상에 젖곤 했다.

그가 한창 동화책을 읽고 영화와 연극을 보았던 1944년은 공습으로 비행기 폭격이 점점 더 심해지고 있었다. 1944년 겨울부터는 원자폭탄에 대한 소문이 떠돌았다. 빛이 번쩍 하면 그 둘레 안에 있던 물건이나 사람은 고스란히 재가 되어버린다는 무서운 소문이 입과 입으로 퍼져 나갔다. 앉아있던 사람은 앉은 자세로, 걷던 사람은 걷던 자세로, 모두가 일시에 정지된 채 재가 된다고 했다.[46]

권정생이 아홉 살이 되던 해 그 끔찍했던 전쟁은 일본의 패망으로 끝이 났다. 일본은 무조건 항복을 했다. 해방이었다. 하지만 어린 정생은 해방이 낯설었다. 일본 도쿄 시부야의 좁은 골목길에 모여 살던 사람들, 빈터에서 어둡도록 숨바꼭질하면서 놀던 애들, 오사카사마 신사神社에 축제가 있는 날 온 동네 애들이 야시장에 몰려가서 공짜로 구경을 하며 놀던 일……. 권정생은 전쟁만 없고 폭격만 없었으면 가난한 그 동네에 평생을 살아도 좋았을 거라 생각했다.[47]

남의 나라 남의 땅에서 낯선 이방인으로 사는 것보다 더 고통스러

---

46. 〈영원히 부끄러울 전쟁〉, 《우리들의 하느님》, 152쪽.
47. 같은 책, 157쪽.

운 것이 전쟁이었다. 그는 '조국'이니 '해방'이니 하는 말들이 낯설었고 전쟁이 끝났다는 사실조차 어리둥절했다. 전쟁은 '끝났다'고 선언한다고 해서 끝나는 것이 아니다. 권정생이 일본에서 어린 시절 내내 겪은 전쟁의 고통에는 결코 끝이 없었고, 전쟁의 아픔과 고통은 어두운 그림자가 되어 한평생 그를 따라다녔다.

울타리의 동백꽃이 피던 3월에 후지오카의 버스정류장에서 나는 차에 오르지 않으려 애를 썼지만 끝내 떠밀려 태워졌고 차는 떠나고 말았다. 만 8년 6개월 동안 어렵지만 정들어 자라온 땅을 떠난다는 것은 가슴이 쓰리고 서러운 일이었다.[48]

아홉 살 권정생에게 해방이란 그가 태어나서 자란 일본을 떠나는 것이고, 사랑하는 두 형과 이별을 하는 것이다. 권정생이 일본을 떠난다는 것은 어머니 품에서 목생을 만나고 예수를 만나고 책읽기까지 더해져 상상의 세계를 동경했던 어린 시절과 헤어지는 것이다. 전쟁과 굶주림의 고통 속에서도 아이들과 함께 뛰어 놀던 도쿄 시부야 혼마치 골목, 그 골목도 이제 마음속 한편에 남겨두어야 한다. 권정생은 그렇게 해방과 함께 두 형과, 그리고 자신의 어린 시절과 이별을 한다.

---

48. 같은 책, 18쪽.

2부

안동 조탑리 정착

"목생아, 목생아~."

일본에서 사는 내내 권정생 어머니는 밤마다 고향의 어느 산골을 헤매고 다녔다. 꿈에서 목생을 찾아다니는 것이다. 목생은 딱 한 번 어머니의 꿈에 나타나주었을 뿐이다. 해방이 되자 어머니는 벌써부터 목생에게로 달려가고 있었다. 그러나 어머니 마음과는 달리 권정생은 이야기로만 듣던 "바다 건너 먼 나라"[1]로 건너간다고 생각하니 고향 가는 길이 바닷길만큼이나 낯설고 멀게만 느껴졌다. 권정생 어머니 마음은 조급했고 권정생 마음은 두려웠다. 함께 길을 나서지 못하는 권정생 형들의 마음은 안타까웠다. 몇 안 되는 식구들조차 해방을 맞은 마음이 저마다 다른데 온 백성들 마음이야 오죽했겠는

---

1. 《슬픈 나막신》, 81쪽.

가. 해방정국은 좌우가 대립하며 혼란 그 자체였다.

식민 지배가 끝나고 해방이 되자 백성들은 식민 잔재를 청산하고 독립국가 건설을 기대했다. 그러나 1945년 8월 15일 이후 일본군을 무장해제한다는 명분하에 조선은 미국과 소련에 나뉘어 점령된다. 국제 냉전이 격화된 1946년경부터는 좌우대립이 더욱 격화되어 백성들은 같은 민족끼리 또 다른 전쟁을 치르고 있었다. 1946년, 권정생은 그런 조국 땅으로 귀국길에 오른다.

1946년 3월[2], 시모노세키 항구엔 해방을 맞아 고국으로 돌아가려는 조선 사람들로 북적거렸다. 오가는 연락선은 한정되어 있고 모여드는 사람은 많아 권정생은 귀향민 수용소에서 며칠을 기다렸다. 수용소 안은 말이 아니었다. "시멘트 바닥에 그냥 누워 있는 사람, 앉은 사람, 괜히 서성대는 사람, 구석구석엔 언제 배설해 놓은 건지 지저분한 오물에서 지독한 냄새가 풍겼[3]다. 권정생은 그런 곳에 짐을 바닥에 내려놓고 쪼그리고 잠을 잤다. 그렇게 며칠을 기다리다 연락선을 탔고 다시 밤새도록 화물열차를 탔다가 조그만 시골 역에 내렸다. 너무도 세상이 삭막해서인지 눈물이 절로 흘러내렸다.

권정생이 조국의 품에 안겨 처음 본 것은 벌거숭이산과 키 낮은 초가집과 그 초가집 골목길에 맨발로 뛰어다니는 아이들이었다. 아이들

---

2. 《빌뱅이 언덕》에 실린 〈오물덩이처럼 딩굴면서〉에는 1946년 3월에, 〈열여섯 살의 겨울〉에는 1946년 4월에 귀국했다고 되어 있다.
3. 〈하늘에 부끄럽지 않는〉, 《아동문예》, 1976. 11, 87쪽.

은 얼굴도 입은 옷도 온통 때투성이었다. 두려움 반 설렘 반으로 돌아왔으나 어처구니없게도 배가 너무 고팠다. 권정생이 귀국했던 그해는 보릿고개가 심했다. 거듭된 흉년으로 하루 세끼 먹는 집은 드물었다. 웬만한 집 모두가 쑥과 송피로 죽을 끓여 먹고 있었다. 권정생이 조국의 품에 안기자마자 처음으로 먹은 것은 쑥으로 끓인 죽이었다.[4]

권정생과 식구들은 목생이 잠든 슬픈 고향땅을 밟았지만 먹을 것도 몸을 의지할 곳도 없었다. 아버지 고향에는 아무것도 없었다. 살집도 농사지을 땅도 반겨주는 사람조차 없었다. 반기기는커녕 오히려 '일본 거지'라고 쑥떡거리며 놀림거리만 되었다. 식구들은 모여 살곳을 구할 때까지 모두 뿔뿔이 흩어진다. 권정생은 어머니를 따라큰누나와 동생과 함께 외가가 있는 청송군 화목면 장터마을로 갔다. 권정생 아버지와 작은누나는 안동으로 갔다. 일본에 남편을 남겨두고 온 큰형수는 어린 딸과 함께 친정이 있는 의성으로 갔다.

권정생 외삼촌은 동네 머슴을 살았다. 경제적으로 도울 형편이 되지 못했으나 권정생 어머니는 외삼촌에게 마음을 위로받으며 의지할 수 있었다. 권정생은 외가 마을로 가서 1년 반 남짓 사는 동안 한 곳에 정착을 하지 못하고 여섯 번이나 이사를 다녔고 어머니가 한시도 쉴 새 없이 움직여야 먹을 것을 구할 수 있었다. 권정생 어머니는 약초를 캐고 품을 팔아 겨우 아이들 입에 풀칠이라도 했고 일이 없는 겨울에는 동냥을 나가서라도 아이들을 먹였다. 비록 먹고살기에도

---

4. 〈열여섯 살의 겨울〉, 《빌뱅이 언덕》, 50쪽.

빠듯한 형편이었지만 어머니는 살 곳을 정하자 아이들을 학교에 보냈다. 권정생은 외가 마을에서 사는 동안 청송 화목국민학교에 입학하여 5개월을 다닌다.[5]

권정생이 일본에서 뒤란 구석에 쌓여 있던 책을 읽으며 혼자 익힌 글은 일본어였다. 그는 귀국하여 우리 글을 처음부터 공부해야 했다. 학교에서 그는 남들보다 더 열심히 공부를 했다. 어려서부터 어머니가 구수한 경상도 사투리로 이야기를 많이 들려주어서 우리 말을 하는 것이 어렵진 않았지만 책을 읽고 학교를 다니기 위해서는 따로 더 공부가 필요했다. 가난한 살림에 이리저리 떠돌면서도 그는 공부를 게을리하지 않았다.

어머니가 먹을 것을 구하러 나갔다가 열흘씩 보름씩 돌아오지 않으면 권정생과 누나와 동생은 귀리(호밀) 가루로 끓인 죽을 먹으며 기다렸다. 열흘 보름이 지나도 어머니가 돌아오지 않고 귀리마저 똑 떨어지면 권정생은 누나와 동생과 함께 굶주렸다. 그는 그때 이야기를 동화로 썼는데 그것이 〈쌀 도둑〉이다.

1947년 3월 어느 시골 마을이 배경인 〈쌀 도둑〉에는 누나와 두 남동생이 등장한다. 귀리가 떨어지자 울고 있는 누나를 위해 두 동생은 정미소로 가서 쌀을 훔친다. 처음에는 양손에만 그러쥐어 훔쳤는데 누나와 밥을 지어 먹고 싶은 마음에 다음 날에는 자루를 들고 가서 쌀을 담는다. 쌀자루를 지고 나오다 정미소에서 일하는 아저씨에

---

5. 〈유랑걸식 끝에 교회 문간방으로〉, 《우리들의 하느님》, 18쪽.

게 들키는데 아저씨는 "가난한 사람끼리는 서로 도우면서 살아야 한다."[6]며 오히려 자루에 쌀을 가득 담아주었다. 그러나 얼마 후 그 일꾼 아저씨는 경찰들과 피투성이가 되도록 싸우고 체포된 후 간 곳을 알 수 없게 된다.

동화와 현실은 다르지 않았다. 해방이 되었지만 세상은 혼란했고 아이들은 굶주렸다. 굶주림은 아이들을 '도둑'으로 내몰았다. 그래서 권정생과 동생도 '쌀 도둑'이 되었다. 옛날이야기를 떠올리며 나쁜 사람이 되지 말고 착하고 훌륭하게 살자고 아무리 다짐을 해보아도 배고픈 현실에서는 어쩔 수가 없었다. 정미소 일꾼 아저씨가 쌀을 준 것, 그리고 경찰에 붙들려 간 이야기는 권정생이 직접 보고 겪은 것이다.

권정생은 1947년 4월 청송에 있는 한 초등학교 운동장에 태극기와 붉은 깃발을 들고 백 명도 넘는 사람들이 모여 있는 걸 본다. 그곳에서 그는 정미소 일꾼 아저씨를 보았고 경찰에 체포되어 끌려가는 것도 보았다. 운동장에서 그들은 고루고루 평등하게 사는 나라를 만들자는 연설을 했고 함께 노래를 부르며 만세를 불렀고 다음 날 주재소를 습격했다. 사람들은 그들을 빨갱이, 혹은 공비라고 불렀다.

〈쌀 도둑〉은 권정생이 어릴 때 겪은 이야기지만 어린 시절 '추억'을 이야기하기보다 '왜'라는 질문을 던진다. 가난한 사람, 굶주린 사람 없이 평등한 나라를 만들자는데 경찰은 정미소 일꾼 아저씨를 '왜'

---

6. 〈쌀 도둑〉,《짱구네 고추밭 소동》, 웅진, 2002 개정판, 127쪽.

잡아갔을까? 그리고 그 뒤에 아저씨는 어떻게 되었을까? 어린 권정생의 눈으로 보고 겪은 궁금한 마음을 그대로 동화에 담은 것이다. 사람들은 정미소 일꾼 아저씨를 보고 빨갱이라고 했지만 권정생이 기억하는 그는 다만 굶주린 아이들에게 쌀자루를 가득 채워준, 이웃에 사는 마음씨 착한 '사람'일 뿐이었다.

학교 운동장에서 태극기와 붉은 깃발을 들고 만세를 부른 일이 있고 얼마 뒤(1947년 5월) 그곳에 있었던 한 청년이 권정생의 큰누나를 만나러 집으로 온다. 경찰은 그 청년을 '빨갱이'라며 쫓고 있었다. 청년은 경찰들의 추격을 피해 마을을 떠나야 하는데 떠나기 전에 누나에게 청혼을 하려고 온 것이다. 그러나 누나는 일본에 약혼한 남자가 있었다. 조총련이었던 약혼자는 여건이 되는 대로 뒤따라와 누나와 결혼을 하기로 언약하고 잠시 헤어졌던 것이다. 청년은 약혼자가 있다는 말을 믿지 않으며 누나를 설득했지만 누나는 단호했다. 청년은 눈물을 머금고 떠났다. 하지만 결국에는 누나도 일본의 약혼자와 맺어지지 못했다. 약혼자를 잊지 못하고 평생 혼자 살겠다고 고집을 부리던 권정생 큰누나는 나중에야 평범한 철도원을 만나 결혼을 하게 된다.

경상도에는 일제강점기 때 해외로 나갔다 돌아온 동포가 다른 지역에 비해 상대적으로 많았다. 권정생 아버지가 그런 것처럼 이들도 고향이라고 돌아왔지만 집도 땅도 아무것도 없기 때문에 더욱 굶주림에 허덕였다. 경북 지방, 그 가운데에서도 권정생이 조국의 품에 안겨 처음 둥지를 튼 청송 같은 산간 지방은 다른 어떤 지역보다 먹을 것이 부족해 굶어 죽는 사람이 속출하기 시작했다. 친일파와 민족반역자들은 미군정의 보호를 받으며 권력에 복귀하여 식량을 매점매석하였는데 대구 경북 지역이 그 정도가 가장 심했다. 일제강점기의 지배 체제가 그대로 유지된 미군정과 군정청의 식량정책 실패, 그리고 가혹한 수매로 민심은 흔들렸다. 굶주린 사람들의 편에서 고루고루 평등한 나라를 외치던 사람들은 '빨갱이'가 되었고 경찰과 반공청년단은 그들을 사냥하려고 혈안이 되어 있었다.

1947년, 권정생은 그 어느 지역보다 굶주리고 좌우대립이 극렬한 경상북도 청송 마을에 살고 있었다. 처음 밟은 조국의 땅에서 굶주림에 허덕이며 보게 된 전쟁 같은 대립의 현실이, 열한 살의 어린 권정생에게는 너무도 충격적이고 끔찍했다. 그리고 그 싸움은 그로부터 3년 뒤 6·25전쟁으로 이어진다.

〈쌀 도둑〉은 1970년대 말쯤 쓴 것인데 권정생은 이 동화를 쓰고 나서 얼마 뒤《몽실 언니》(1984)를 쓴다. 6·25전쟁을 다룬 그의 모든 작품에서도 그러하지만 특히《몽실 언니》에서 그는 '국군과 인민군이 서로 만나면 적이기 때문에 죽이려 하지만 사람으로 만나면 죽일 수 없다'며 '남과 북은 절대 적이 아니라는 것'을 강조한다. 권정생이 굶주림에 허덕일 때 쌀자루를 가득 채워주었던 정미소 일꾼 아저씨를 떠올린다면 인민군을 사람으로 만난다는 것, 권정생에게는 그게 그리 어려운 일이 아니었다.

《몽실 언니》에서 인민군 최금순 언니는 몽실이의 젖먹이 동생 난
남이가 먹을 것이 없을 때 쌀과 미숫가루를 주며 몽실이의 손을 꼭
잡아준다. 권정생이 굶주렸을 때 정미소 일꾼 아저씨가 쌀을 자루에
가득 담아주던 마음과 인민군 최금순 언니의 마음은 이렇게 이어진
다. 권정생이 정미소 일꾼 아저씨를 '사람'으로 만나듯이 몽실이는 인
민군 최금순 언니를 '사람'으로 만나는 것이다. 권정생이 열한 살 때
만난 정미소 일꾼 아저씨는 그가 나중에 6·25전쟁 작품을 쓰는 데
출발점에 있는 인물이 된다. 정미소 일꾼 아저씨는 《몽실 언니》에서
까치바위골 앵두나무집 아들이 되기도 하고 《점득이네》(1990)에서
점득이 외사촌인 승호 형이 되기도 하며 작품 속 인물들로 다시 태
어나는 것이다.

식구들이 모여 살 집이 없어 외가 마을에 가서 얹혀 산 것은 비참
하기 그지없는 일이었지만 반가운 일도 있었다. 일본에서 어머니 이
야기를 들으며 성장한 권정생이 외가로 가니 그곳에는 이야기를 좋
아하는 외삼촌이 기다리고 있었다. 그의 외삼촌은 동네 아이들을 모
아 놓고 옛날이야기를 많이 들려주었다.

옛날에 짚신쟁이 할바이하고 수꾸떡장사 할머이가 살았거덩. 할바
이는 짚신을 삼아 팔고 할마이는 수꾸떡 맨들어 팔고 부지런히 부지런
히 살았제. 할방네한테는 아들이 일곱이 있었는데 모두 모두 사이좋게
살았제. 그런데 어는게 여름에 억수비가 쏟아져 가주 온 시상이 물바
다가 돼뿌랬그덩. 할방네 식구들은 큰물에 막카 둥둥 떠내려가 가주

산지사방 흩어졌제. 비가 근치고 물이 줄어들어 보니까 짚신쟁이 할바이는 강건너 동짝에 있고 수꾸떡 장사 할마이는 강물 서쪽에 있었제. 그래, 할바이가 강물을 건너 할마이한테 갈라카이 물이 너무 깊어 건네가지 못했그덩. 그래서 아들 일곱이 똥바가지로 강물을 퍼낼라고 밤이나 낮이나 쉴 틈 없이 물을 퍼도 그게 어디 가당치도 않제. 그르다가 그르다가 할방네는 모두 죽어 하늘에 올라갔거든. 아들 일곱은 똥바가지가 되어 안죽도 강물을 퍼내고 할바이하고 할마이는 그냥 동쪽으로 서쪽으로 헤어져 산단다. 그래서 하늘에 옥황상제님이 하도 불쌍해 까막까치한테 칠석날 밤에 다리를 놓아주게 했제. 요새도 칠석날만 되마 까막까치들이 강물에 다리를 놓아 주고 할바이하고 할마이는 일년 동안 부지런히 짚신 삼고 수꾸떡 맨들어 기다리다가 그날 하리만 만낸단다.[7]

외삼촌 이야기가 끝나면 권정생은 하늘을 보았다. 똥바가지가 된 아들들이 북두칠성 별이 되어 있고 짚신쟁이 할바이도 수꾸떡장사 할마이도 별이 되어 있었다. 몇 번이나 들어 다 알고 있는 것이었지만 이야기는 듣고 또 들어도 재미있고 슬펐다. 외삼촌이 들려준 이야기 중에서 권정생은 〈팥죽할머니〉가 좋았다. 훗날 권정생은 외삼촌이 연극을 하듯 실감나게 들려주었던 그 때를 상상하면서 〈팥죽할머니〉(1985)를 동화가 아니라 동극으로 쓴다. 그리고 그는 외삼촌과의 추

56.《한티재하늘 2》, 지식산업사, 1998, 131~132쪽.

억이 담겨 있는 〈팥죽할머니〉가 무용극이나 가극으로도 많이 공연되어 널리 퍼지기를 바랐다. 권정생은 이 동극을 쓸 때까지만 해도 이 이야기가 다른 옛이야기보다 잘 알려지지 않은 것이 안타까웠다.[8]

　권정생의 흩어진 식구들은 1947년 12월에야 안동 일직면 조탑리에 모인다. 권정생 아버지가 소작을 얻은 것이다. 누나들은 곧 결혼을 하여 나가고 권정생과 부모님 그리고 동생까지 네 식구가 비로소 함께 살게 되었다. 고국에 돌아와 1년 반을 넘게 떠돌다가 그들이 정착한 곳은 소작지에 딸려 있던 작은 농막이었다.

　조탑리는 권정생 아버지의 고향인 돌음바우골에서 안동 시내 쪽으로 이십 리쯤 거리에 있지만 이곳 역시 안동의 변두리이다. 아버지의 고향에는 아무것도 없었고 어차피 모든 것을 새로 시작해야 할 것이라면 고향을 고집할 까닭이 없었다. 먹고 살기나 아이들 공부를 시키기에도 골짜기인 돌음바우골을 조금이라도 벗어나는 편이 오히려 낫다고 생각한 권정생 아버지는 조금이라도 대처에 가까운 조탑리에 소작을 얻었다. 일본에서 살 때도 도쿄 시부야의 가장 가난한 변두리에서 살았던 권정생은 조국의 품으로 돌아와서도 안동의 변두리인 조탑리에 정착을 한다. 그리고 어머니 아버지가 돌아가시고 동생까지 다 떠난 뒤에도 혼자 남아 그 마을에서 생의 마지막까지 보낸다.

---

8. 《살구꽃 봉오리를 보니 눈물이 납니다》, 297쪽.

고구마가게 점원생활

조탑리에는 송양천이 동쪽에서 흘러와 북서쪽과 남서쪽으로 갈라져 흐른다. 미천에서 갈라진 송양천은 낙동강이 지류인데 이 물줄기가 흘러든 골짜기를 따라 조탑리 산골 사람들은 농사를 짓고 살았다. 조탑리에서 2킬로미터쯤 동쪽으로는 넓은 중들이 있다. 중들을 가로질러 북으로는 길게 철길이 나 있고 철둑길 너머엔 신작로가 있는데 그 신작로 가에 일직공립국민학교가 있다. 권정생은 조탑리에 정착한 다음 해인 1948년 3월, 일직공립국민학교 1학년에 입학한다. 그는 일본에서도 학교를 다녔고 귀국 후 청송 외가에 1년 반쯤 살 때에도 학교를 다녔지만 조탑리에 정착한 다음 동생과 함께 다시 또 1학년에 입학을 한다. 그의 나이 열두 살이었다. 나이도 있고 공부도 제법 잘했으므로 담임선생님은 2학년 땐 3학년으로, 3학년 땐 5학년으로 월반을 권했다.

권정생 어머니는 책읽기를 좋아하고 공부도 잘하는 아들을 어찌해서라도 꼭 중학교에 보내려 했다. 그러나 아버지가 소작농사 짓는 것으로는 당장 학비를 대는 것도 어려운데 중학교 보낼 돈까지 생각하는 것은 어림도 없는 일이었다. 생각 끝에 권정생 어머니는 따로 돈을 벌기로 한다. 행상을 시작한 것이다. 어머니는 닷새 만에 돌아오는 장날이 되어야 집에 왔다가 다음 날이면 또 나갔다. 어머니가 집을 비우는 일이 많아지자 집안일은 권정생이 도맡아 했다. 그는 학교에서 돌아오면 밥을 짓고 살림을 했다.

상급반으로 올라가면 수업이 늦게 끝나서 집안일을 하지 못한다. 집안일도 일이지만 어머니는 권정생이 월반을 해서 졸업을 일찍 해도 돈을 모으지 못하면 중학교를 보낼 수 없으니 어머니가 돈을 모으는 동안 천천히 학교를 다니다가 중학교를 보내고 싶은 마음이었다. 어머니는 선생님을 찾아가서 월반을 시키지 말아 달라고 부탁하였다.

"애를 중학교 보내려면 지금이라도 열심히 돈을 모아두어야지요. 앞으로 1년만 더 고생하면 될 것 같으니 그때까지만 그냥 학교에 다니는 걸로 해주십시오."[9]

권정생은 선생님 심부름을 하는 건 괜찮았지만 선생님을 대신해

---

9. 〈열여섯 살의 겨울〉, 《빌뱅이 언덕》, 50쪽.

서 아이들한테 뭘 시켜야 하는 게 싫어서 반장하기를 싫어했다. 그러나 나이도 있고 공부도 잘하는 그는 어쩔 수 없이 반장이 되었다. 선생님이 시험지 채점이나 교실 환경 정리 같은 것을 시키면 집에 늦게 올 수밖에 없었다. 어머니는 다시 선생님을 찾아가서 제발 일찍 보내 달라고 사정을 했다. 권정생과 어머니, 그리고 누구보다 권정생이 상급학교에 진학하기를 바랐던 선생님은 한마음이었다. 모두 그를 중학교에 진학시키기 위해 힘을 모았다. 권정생은 집안일을 하면서 어머니가 돈을 모으기를 기다렸다. 선생님은 반장인 권정생에게 방과 후 심부름도 시키지 않고 월반도 시키지 않았다. 어머니는 쉬지 않고 무거운 바구니를 이고 다니며 돈을 모았다. "돈을 모아 소 한 마리 사서 먹이면 너희들 중학교에 보낼 수 있을 거야."[10] 힘이 들어도 어머니는 아이들을 학교에 보낼 꿈이 있었다.

그럴 때 6·25전쟁이 일어난다. 권정생의 나이 열네 살이었다. 청송 외가 마을에서 보았던 그 싸움이 급기야는 한 민족끼리 총부리를 맞대는 전쟁이 되었다. 권정생은 대구까지 피난을 갔다 돌아왔다. 그는 피난길에서 너무도 많은 죽음을 보았고 자신도 몇 번이고 죽을 고비를 넘긴다. 왜 같은 민족끼리 총부리를 맞대고 싸우는지, 게다가 미군과 소련군까지 합세해 우리나라가 전쟁 마당이 되었는지 권정생은 너무도 궁금하였다. 어린 권정생이 전쟁의 한복판에서 직접 눈으로 보고 겪은 6·25는 도저히 이해할 수 없는 전쟁이었다. 왜 전쟁이 일어

---

10. 〈영원히 부끄러울 전쟁〉, 《우리들의 하느님》, 152쪽.

낳는지 어른들조차 누구도 명쾌하게 설명해주지 못했다. 권정생은 나중에 소년소설《초가집이 있던 마을》(1985)에 자신이 겪은 6·25전쟁 이야기를 모두 쓴다. 피난을 가면서도, 피난에서 돌아와서도 너무도 궁금했던 열네 살 권정생의 눈으로 본 전쟁 이야기이다.

피난에서 돌아와 다시 학교에 가보니 선생님들도 죽거나 총살당하거나 월북을 했다. 권정생과 친구들은 좋아하던 선생님이 월북하자 오랫동안 공부에 대한 의욕을 잃었다. 그런 속에서도 시간이 흘러 1953년 3월 권정생은 국민학교를 졸업한다. 그가 졸업한 일직공립국민학교는 현재의 일직초등학교인데 그 학적부에 '권정생'은 없다. 그가 졸업한 1953년 학적부를 보면 '권정생'이라는 이름이 두 줄로 지워지고 '권경수'라고 씌어 있다. '경수'는 권정생의 아명이다. 권정생은 집에서나 동네에서 '경수'라고 불렀는데 학교에서도 친구나 동생이 '경수'라고 부르니까 선생님이 '권정생'이란 이름을 지우고 '권경수'라고 고쳐놓으며 그 옆에 '호적등본 대조'라는 메모를 적어놓았다. 국민학교가 최종학력인 권정생의 유일한 학적부에 그의 이름이 지워진

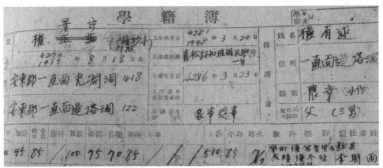

권정생 학적부. '권경수'라고 이름이 고쳐져 있다.

건 그저 행정착오일 뿐이다. 하지만 본명이 두 줄로 지워진 모양새가 마치 전쟁과 굶주림과 병마의 고통 속에 버려진 그의 삶을 보여주는 것 같다.

　권정생은 결국 중학교 입학을 하지 못한다. 어머니가 알뜰히 모은 돈이 소 세 마리를 살 수 있을 만큼 되었지만 그가 학교를 졸업하기 한 달 전에 화폐개혁이 실시되기 때문이다. 1953년 2월의 화폐개혁으로 100원이 1환으로 바뀌면서 화폐가치는 100분의 1로 떨어진다. 어머니가 모은 돈으로는 염소새끼 한 마리도 살 수 없게 되었다. 권정생은 전교 1등으로 졸업을 했으나 결국 중학교 입학의 꿈은 사라지고 만다.

　전쟁 때문이었다. 전쟁은 권정생과 어머니의 꿈과 노력을 수포로 만들어버렸다. 그는 1년 뒤에 중학교에 갈 생각으로 학비를 모으기로 결심한다. 우선 지게를 만들었다. 그는 온 산을 누비며 닷새를 돌아다닌 끝에 지겟감이 될 만한 소나무를 베어 왔다. 그리고 아버지의 지게를 본떠서 이틀 동안 꼬박 일을 해서 지게를 만들었다. 어른들이 그가 만든 지게를 보고 잘 만들었다고 칭찬을 하자 그 말에 기운을 얻어 베어다 놓은 지겟감으로 동생 것도 만든다. 동생과 함께 나무를 해서 내다 팔면 더 빨리 돈을 모을 수 있을 거란 생각을 한 것이다.

　권정생은 동생과 함께 산에 가서 갈비(불쏘시개로 쓰던 솔잎)를 긁어모아 장에 내다 팔았는데 두 번을 팔면 암탉을 한 마리 샀다. 참으로 힘든 노동이었지만 중학교를 가려는 목표가 있었기에 보람을 느끼며 일했다. 그렇게 해서 암탉이 모두 다섯 마리가 되었고 그것이 병아리를 깨어 백 마리가 훨씬 넘게 되었다. 그는 꿈을 꾸었다. 이솝 우화에 나오는 우유장수 처녀가 송아지를 사고 그 소를 키워 송아지를 낳는 꿈을 꾼 것처럼 암탉으로 진학의 꿈을 꾸었다. 그러나 이번에도 전쟁이 그의 발목을 잡는다. 전쟁과 함께 미국에서 따라 들어온 닭 전염병이 덮쳐 키우던 닭이 다 죽어버린 것이다.

6·25전쟁은 어머니의 노동을 휴지조각으로 만들었고 권정생의 노동으로 키우던 닭들마저 모조리 죽여버렸다. 식구들은 너무 억울하고 속상하고 분했지만 달리 어쩔 방법이 없었다. 그저 온 식구가 엉엉 울 뿐이었다. 그러면서도 권정생은 공부를 더 하고 싶은 마음을 포기할 수 없었다.

마음은 공부에 가 있었지만 당장 어쩔 수 없어 시작하게 된 것이 고구마가게 점원생활이다. 이 가게는 읍내 국민학교 뒷문 옆에 있는 가게였는데 권정생이 공부 잘하고 성실하다는 소문을 듣고 가게 주인이 사람을 보내 왔다. 가까운 읍내니까 오히려 부모님은 안심이 된다며 애써 보내려 하는 눈치여서 권정생은 어쩔 수 없이 간다. 처음으로 객지생활을 시작하게 된 것이다.

처음에는 주인이 시키는 대로 고구마를 후하게 주었다. 그러다가 손님이 많이 늘어나자 주인은 이제 덤을 많이 주지 말라고 했다. 권정생은 자신이 꼼꼼히 기록한 매상장부를 보고 그 정도 덤을 주어도 갑절이 넘는 이윤을 남기고 있다는 걸 알았다. 그런데도 주인은 덤을 주지 말라고 하더니 나중에는 저울질을 할 때 요령껏 하라는 주문을 했다. 저울을 속이라는 것이다. 어찌해야 하나 망설이다가 결국 권정생은 주인이 시키는 대로 했다. 양심을 속이며 돈에 복종한 것이다. 그는 고구마를 사러 오는 가난한 사람들에게 무게를 속여서 팔았다. 처음에는 두렵고 떨리고 괴로웠지만 어느덧 악마들의 세상에 길들여졌는지 차츰 아무렇지도 않게 되었다.[11] 그러던 어느 날이었다.

어느 날 고구마가게에 뜻밖에도 어머니가 찾아오신 것이다. 어머니는 학교에서 가을 운동회가 있어서 고구마를 쪄서 팔아보려고 왔다고 했다. 나는 어머니께 고구마 두 관을 팔면서 하마터면 여느 사람들에게 하듯이 속일 뻔했다.

어머니를 보내놓고 나는 그때서야 가슴이 아프기 시작한 것이다. 그날 밤 판잣집 가겟방에서 혼자 자면서 거의 밤을 지새우다시피 울었다.

내가 어린 시절 읽었던 동화가 생각났다.

돈 때문에 결국은 나쁜 사람들에게 구경거리로 팔려 간 오가와 미메이의 〈빨간 양초와 인어〉의 주인공, 금으로 장식된 왕자의 몸보다 가난한 사람들을 위해 온몸을 부수어 이웃을 돕는 오스카 와일드의 〈행복한 왕자〉, 빵 한 조각을 훔치다가 19년이나 옥살이를 하는 '장발장'의 이야기, 고구마 한 개를 가지고 서로 다투다가 힘센 토끼한테 다 빼앗

---

11. 〈열여섯 살의 겨울〉,《빌뱅이 언덕》, 60쪽.

기는 이솝의 '생쥐 이야기', 내 가슴에는 그렇게 아름다운 동화들이 죽지 않고 살아 있었던 것이다.[12]

그 일이 있은 후 권정생은 고구마가게를 떠난다. 속임수로 가난한 사람들의 주머니를 털어 제 뱃속을 채우려는 주인을 탓한들 소용없는 일이다. 권정생, 그 자신도 주인이 시키는 대로 양심을 속였고 돈에 복종했다. 국민학교를 졸업하고 처음 사회생활을 하면서 권정생이 뼈저리게 깨닫고 배운 것은 바로 '돈의 힘'이었다. 주인과 일꾼 사이에는 양심이라든가 정의라든가 이런 것이 자리할 곳은 없었다. 다만 돈을 주고받는 관계에서 양심을 속이는 순간 스스로 돈의 노예가 되는 것이다. 열일곱의 권정생은 돈을 벌기도 전에 '돈의 힘' 저편에 있는 권력과 폭력을 가슴 아프게 경험한다.

그런 반면 권정생은 고구마 값을 깜빡 잊고 그냥 갔다가 그 고구마 값 때문에 며칠 동안 괴로워하는 아주머니도 만났다. 아주머니 같은 사람은 양심을 속이지 못하는 가난한 사람들이다. 생각해보니 권정생은 점원으로 일하기 전에는 자신도 양심을 속이지 못하는 가난한 사람들의 편에 있었다. 그는 텃밭에 고추와 미나리를 심어 농사를 지으면 마을 아주머니들이 풋고추를 따가지고 가는 것이 즐거웠던 기억이 났다. 그는 가난했지만 부지런했고 그것이 착하게 사는 것이라는 것을 알고 있었다. 그런데 고구마가게에서 돈의 노예가 된 뒤

---

12. 같은 책, 62~63쪽.

로 나쁜 길로 들어서게 된 것이 갑자기 두려워졌다. 그는 점원 일을 그만두기로 한다. 이 일로 권정생은 돈을 주고받는 관계에서 주인이 시키는 대로 하는 노동과 함께 먹기 위해 농사를 짓는 노동은 분명히 다르다는 것을 깨닫는다.

돈이 없어 진학을 못했으니 권정생은 돈이 없는 게 한스러울 법도 했다. 수단방법 가리지 않고 악착같이 돈을 벌고 모으면 하고 싶던 공부를 더 할 수도 있었을 것이다. 그러나 그는 돈이 없어 수많은 고통과 시련을 겪게 되더라도 이 일을 계기로 '돈의 힘'에 밀려 양심을 속이는 일은 하지 않기로 결심한다. 속임수를 쓰는 부자보다 착하고 가난하게 사는 삶을 선택한 것이다. 권정생이 돈의 힘에 복종하여 양심을 속이고 있을 때 어머니를 통해 그를 채찍질한 건 다름 아닌 어릴 때 읽은 동화책, 바로 '이야기'였다. 권정생의 가슴에는 어릴 때 상상으로 읽었던 아름다운 '이야기'들이 있었다. 머리로는 순간 잊고 있었을지언정 가슴에는 그 이야기들이 생생하게 살아 있었던 것이다.

권정생은 청송 외가 마을에 살 때 동생과 함께 '쌀 도둑'이 되었을 때에도 '장발장'이 생각났었다. 그러나 어린 권정생은 장발장처럼 감옥을 갈지 모른다는 두려움이 있었을지언정 장발장이 빵을 훔친 것처럼 쌀을 훔칠 수밖에 없었다. 너무도 배가 고팠다. 배고픈 현실은 조카들을 위해 빵 한 조각을 훔치다가 19년이란 긴 감옥생활을 하고 전과자로 차가운 거리에 버려진 장발장을 미워할 수도 손가락질할 수도 없게 하는 것이다. 한 끼 양식이 없어 쌀을 훔치는 것을 '양심 없다' 할 수 없고 먹고 살기 위해 가난한 이웃을 속이는 것을 '양심'이라 할 수도 없다. 그러나 권정생은 정직해야 할 양심에 도전받았고 돈 앞에서 굴복했던 것이다. 그 구렁텅이에서 그를 끌어내준 것은 바로 어릴 때 읽은 동화책이었다.

고구마가게를 떠나 집으로 돌아온 권정생은 아랫마을 예배당에서 연 중등부 야간학교를 다닌다. 그곳에서 영어 알파벳과 수학을 배웠는데 수업료로 한 달에 한 번 나무를 해주었다. 야간학교 선생님은 자신조차 두 시간이나 걸려 간신히 푼 대학입학 수학시험 문제를 권정생이 쉽게 푸는 것을 보고 기회만 있으면 어떻게 해서라도 상급학교에 진학하라고 권했다.

권정생도 진학을 하여 공부를 더 하고 싶었다. 열일곱은 그런 꿈을 키우는 나이였다. 예배당 선생님의 권유도 있었지만 공부를 더 하고 싶은 자신의 뜻을 접을 수 없어 야간학교를 그만두고 1953년 겨울 다시 집을 떠난다. 이제 스스로 살아갈 길을 개척하려면 집을 떠나야 한다. 그는 머릿속에 '고학'을 생각하며 부산으로 떠났다.

부산에서 꿈을 키우다

　1953년 부산은 고향을 떠난 피난민들로 북적거렸다. 권정생처럼 돈을 벌어 고학을 하기 위해서, 혹은 가족을 잃고 혼자 남게 된 고아들이 모두 부산으로 모여들었다.

　당시 부산은 온갖 잡동사니가 쌓인 난지도 쓰레기장 같았다. 물통 속에서 살았다는 그리스의 괴상한 철인 디오게네스처럼, 모두 한 뼘만 한 틈바구니만 있으면 드럼통 속에도 가마니때기 속에서도 사람이 살았다. 넘치는 것이 사람이었다. 거지, 깡패, 양아치, 석탄장수, 부두노동자, 양공주, 암달러장수, 밀수꾼……, 어쨌든 살기 위해서는 인간이 할 수 있는 일은 다 했다. 그걸 크게 나누면 거지와 도둑이란 직업으로 부르는 쪽이 쉽다. 비굴하지 않으면 속이거나 공갈을 쳐야 된다. 한반도의 끝부분인 항구도시엔 총알이 날아오는 전쟁터가 아닌데도 사

람들이 계속 죽어갔다.[13]

전쟁터 같은 부산에서 권정생은 재봉기상회 점원으로 일한다. 재
봉기상회 점원 일은 생각보다 고됐다. 아침 5시에 일어나 저녁 9시까
지, 더 늦으면 밤 12시까지 일을 했다. 일이 고되고 바쁘다 보니 공부
는커녕 오히려 좌절과 실의에서 헤어나질 못했다. 고된 노동에 잠도
부족하고 몸도 많이 힘들었지만 그보다도 권정생은 공부할 시간을
낼 수 없는 것이 더 마음이 아팠다.

오기훈과 최명자는 권정생이 그렇게 홀로 힘든 시간을 보내고 있
을 때 곁에서 힘과 위로를 주었던 친구들이다. 자동차 정비소에서 일
하던 오기훈은 이북 피난민이었고 메리야스 보따리 장사를 하는 집
에서 심부름을 하던 최명자는 6·25 때 부모님을 잃고 고아원에서 자
랐다. 무엇보다 권정생은 용돈이 생기면 오기훈과 함께 초량동에 있
는 '계몽서점'이란 헌책방에서 책을 빌려다 보는 것이 낙이었다.

권정생은 《젊은 베르테르의 슬픔》을 빌려다 읽고는 청년 베르테르
의 사치한 죽음에 실망하며 분노를 느꼈고 《죄와 벌》을 읽고는 '문
학이란 이런 거구나.' 하는 깊은 감명을 받고 울어버렸다. 《플루타크
영웅전》을 읽고서는 영웅을 꿈꾸었다. 그는 세계문학이나 김동인의
〈젊은 그들〉, 박종화의 〈금삼의 피〉,[14] 현진건의 〈무영탑〉과 채만식의
단편들 같은 한국문학들을 가리지 않고 읽었다. 밤마다 책 속의 인

---

13. 〈영원히 부끄러울 전쟁〉, 《우리들의 하느님》, 155~156쪽.
14. 정병진, 〈좀 힘들더라도 가난하게 살아야 합니다〉, 오마이뉴스, 2004. 8. 5.

물을 만나며 아픔과 슬픔과 고독을 달랬다. 〈무영탑〉은 굉장히 두꺼워 하루에 못 읽어 밤새도록 읽고 새벽 4시까지 읽었는데도 이틀이나 걸렸다.[15] 이광수의 《단종애사》를 읽고 나서는 '사육신'을 존경하게 되었고 단종의 슬픔이 자신의 슬픔으로 되살아나는 것 같았다.[16] 그러나 권정생은 나중에 어른이 되어서 이광수가 우리 역사를 많이 왜곡시켜놨다는 걸 알고 이광수 책은 좋아하지 않는다.[17]

어릴 때부터 외로울 때마다 눈물로 위로해준 것은 동화책이었다. 객지생활을 하며 읽은 소설은 외로운 마음을 달래주었다. 동화가 그를 상상의 세계로 이끌어주었다면 소설은 인간의 다양한 모습과 현실을 만나게 해주었고 어떻게 살아야 할지 질문을 던져주었다. 더구나 역사소설을 읽으면서는 어린 시절 일본에서는 알 수 없었던 우리 역사와 문화를 만났다. 일본어로 된 책을 읽다가 한글로 된 책을 읽는다는 것은 단순히 다른 언어로 된 책을 읽는 것만이 아니었다. 조선인도 일본인도 아닌 채 일본에서 어린 시절을 보내야 했던 심리적 괴리에서 벗어나 자기 정체성을 찾아가는 계기가 되었다.

권정생은 오기훈과 함께 《학원》 잡지를 빼놓지 않고 읽었다. 그때 《학원》 책값이 65환(2014년 현재 가격으로 보면 5천 원에서 1만 원 사이쯤 될 것이다)이었는데 저녁이 되면 한 권에 20환에 빌려주었다. 그는 나름 꾀를 내어 아침 일찍 빌려 밤늦게 갖다 주곤 했다. 하루치

---

15. 권정생 강연, 김희경 정리, 〈'사람'으로 사는 삶〉, 어린이문학, 1999. 2.
16. 〈오물덩이처럼 딩굴면서〉, 《빌뱅이 언덕》, 22~23쪽.
17. 정병진, 앞의 글.

값에 거의 이틀을 읽은 셈이다. 《학원》은 1952년 11월에 창간된 잡지로 학습·시사·과학·문예·만화 등 다양한 내용이 실렸는데 권정생은 특히 소설, 시 같은 문학작품을 읽을 수 있고 독자투고도 할 수 있어 좋아했다. '중학생 종합잡지'라는 부제에서 알 수 있듯이 '학생'을 주 독자로 한 잡지였지만 '독자구락부' 란에는 학생이 아니어도 작품을 낼 수 있었다. 작가를 꿈꾸던 권정생은 헌 상품 포장지를 벗겨 틈틈이 소설도 써보고 시도 써보았는데 그렇게 쓴 글을 《학원》 잡지에도 보내고 동아일보 신춘문예에도 응모해본다.[18]

공부를 더 하고 싶었던 권정생으로서는 소설책 한 권을 읽는 것과는 달리 다양한 작가의 문학작품을 읽을 수 있고 지식과 시사정보들이 실렸던 이 잡지가 그야말로 샘물 같았을 것이다. 그러나 한편으로는 잡지가 보여주는 세상과 권정생 자신이 처한 현실에서 오는 괴리감도 컸을 것이다. 특히 '독자구락부' 당선자는 대부분 학생들이었고 (당선 학생 중에는 나중에 작가로 등단한 사람들도 많다) 그들의 작품은 현실보다는 관념과 추상의 세계를 동경하고 있었다.

그러다가 1954년 11월호 '독자구락부'란에 '부산 대창동 3가 32'에 사는 '허만덕'이란 소년이 쓴 시 〈왜 나는 웃는가?〉를 읽고 권정생은 눈이 번쩍 띄었다. 그는 종이를 꺼내 그 시를 적기 시작했다.

---

18. 그는 신춘문예에는 떨어졌지만 《학원》 '독자구락부'에는 당선된 적이 있다고 했는데 그것이 언제인지 알 수 없다. 국립중앙도서관에 가서 그가 부산에서 생활했던 1953년부터 1955년까지 《학원》 잡지를 찾아보았으나 아쉽게도 발견하지 못했다.

목이 마르기에 물을 찾듯이
이토록……
어지럽힌 삶들이기에
목말라 하늘과 바다를 냅쳐 쓰다듬는다.

할배와 아배가 그리고 내가 겪어 왔던 얘기
그것은 전부가 다, 꾸민 얘기,
그것보다 몇 갑절 더 절실했고, 슬펐기 때문에
오히려 대담히도 울지 않을 수 있는
…… 바로 한 시간까지도 얘기하고 있었던
산 한 사람의 친구가,
갑작하게도, 죽은 한 뭉치의 시체로서
우리를 맞아 주었을 때의 '경악' 그것처럼……
서러운 얘기가 다투던,

눈물이 이미 마른 눈앞에 맺힐 리 없을 것은,
산불에 그슬려진 새까만 숯덩어리
나무에서 즙을 구하는 것처럼
내겐 그렇게도 어려운 주문이 되어야 한다.

멍하다 못해 이젠 흥겨워지려는 심사를 안고,
목 타오르는 생활 속에서,

오늘 아니면 내일,

내일 아니면 모래로 문질러 가며 바다 속의 진주알을 찾아내듯이,

하늘 속의 구름을 뽑아내듯이,

잡아보고 잃어보고……

아

웃어보고 웃어보고……

목이 마르기에 물을 찾듯이.[19]

"일흔 살 늙은이가 쓴 것"[20] 같은 소년의 마음은 곧 권정생 자신의 마음이었다. 끔찍한 전쟁의 고통과 죽음 앞에서 억지로라도 웃지 않으면 살 수 없었던 소년의 마음이 권정생의 마음과 서로 통했던 것이다. 그는 이 시를 두고두고 간직하면서 어른이 되어서까지 꺼내 읽곤 하였다. 좋은 시는 어떤 문학적 기교에 있는 것이 아니라 진정한 마음에서 나온다는 것을 권정생은 그렇게 배워가고 있었다. '독자구락부' 당선자는 이름 옆에 학교 이름을 쓰는데 학생이 아닌 경우는 주소를 적는다. 학교가 아니라 주소가 적혀 있던 '허만덕'을 보고 권정생은 동병상련의 정을 더 깊이 느꼈을지도 모르겠다.

　고된 일과 속에서도 권정생은 책을 한번 손에 잡으면 밤을 새우며

19.《죽을 먹어도》, 아리랑나라, 2005, 112~113쪽. 이 책에는 쉼표를 모두 뺐는데 여기
　서는《학원》잡지 원본에 실린 그대로 쉼표를 모두 넣었다.
20. 같은 곳.

읽곤 했다. 어린 시절 일본에서, 함께 놀던 친구들이 모두 학교에 갔을 때 혼자 남아 외롭던 마음을 위로해주었던 동화처럼, 부산 시절에 읽은 소설들은 사춘기 객지생활에 밀려든 고독과 슬픔을 달래주었다. 무엇보다 오기훈은 권정생에게 더할 나위 없이 큰 의지가 되었다. 그들은 밤길을 걸으며 '굳세어라 금순아', '슈샤인 보이'를 목이 터지도록 부르기도 했고 삼류극장에 가서 서부활극을 구경하기도 했다.

권정생은 객지생활을 시작할 때만 해도 고학으로라도 공부를 해야겠다는 마음이 굴뚝같았다. 그러나 현실은 새벽부터 밤늦게까지 고된 노동의 일과를 벗어나기 힘들었다. 그럴 때 그는 친구 오기훈과 함께 소설을 읽고 노래를 부르고 영화를 보며 욕구와 갈망을 채워갔다. 어디에도 없고 누구도 대신해 줄 수 없는 그들만의 시간을 함께 보내며 그들만의 방식으로 세상을 만났다. 일을 하며 책을 읽는 일은 힘들었지만 학교에서도 그 어디에서도 결코 배울 수 없는 인생 공부가 되었다.

그러나 1955년 늦은 여름, 오기훈이 자살을 한다. 권정생은 어려서 목생과 예수의 죽음을 만났다. 그들의 죽음은 모두 상상 속에서 이루어졌다. 그러나 오기훈의 죽음은 그렇지 않았다. 함께 책을 읽고 영화를 보고 노래를 부르며 힘든 노동의 고통도 함께 나누던 친구의 죽음, 그것은 상상 속으로 그려본 죽음과 달랐다. 허만덕의 시처럼 "…… 바로 한 시간까지도 얘기하고 있었던 / 산 한 사람의 친구가 / 갑작하게도, 죽은 한 뭉치의 시체로서" 권정생을 맞은 것이다. 권정생은 충격으로 아무것도 할 수가 없었다. 상점 책상에 엎드려 꼬박 며칠 밤을 새우며 울었다. 오기훈과 함께 읽던 《학원》 잡지도 1955년 8월호로 영원히 인연을 끊는다. 계몽서점을 가는 것도 노래를 부르는 것도 기훈이와 함께하던 것은 모두 그만두었다. 하지만 넓은 바다 가운데 혼자 내던져진 것 같은 감정을 도저히 걷잡을 수 없었다. 그는 소설도 써보고 시도 써보곤 했던 것까지도 모두 그만두었다.[21]

오기훈이 죽고 그해 늦가을에는 최명자가 서울로 떠난다. 명자는 충청도가 고향이다. 열세 살 때 폭격으로 온 가족을 모두 잃고 혼자 살아남아 고아원을 거쳐 남의 집 식모로 여기저기 옮겨 다녔다. 권정생이 명자를 처음 만났을 때는 2년 동안 식모로 살던 집을 나와 메리야스 보따리 장사를 하는 아주머니 집으로 갔을 때였다. 식모살이는 먹고 자는 것만 해결할 수 있었지만 보따리 장사를 따라다니면 얼마 안 되어도 월급을 받을 수 있다. 명자는 돈이 생기면 야학에 나가서 공부도 하고 치마도 새것으로 사 입고 싶어서 보따리를 이고 다니는 힘든 일도 마다 않고 메리야스 장수한테 갔다.[22]

메리야스 장사는 몸도 힘들었지만 주인에게 도둑 누명을 쓰는가 하면 고아라고 시시때때로 무시를 당하니 명자는 그것이 더 견디기 힘들었다. 결국 명자는 서울로 떠났다. 그리고 얼마 후 권정생은 서울로 떠난 명자가 어느 윤락가에서 웃음을 파는 아가씨로 전락해버렸다는 소문을 듣는다. 권정생은 오십 고개 중턱에 이른 1990년 어느

---

21. 〈오물덩이처럼 딩굴면서〉, 《빌뱅이 언덕》, 24쪽.
22. 〈고아 소녀 명자의 열 시간〉, 《빌뱅이 언덕》, 187쪽.

날 명자를 생각하며 〈고아소녀 명자의 열 시간〉[23]이란 글을 쓴다. 그는 "어떤 직분이 곧 그 사람의 인격까지 대신할 수 있는 것"이 아니라며 그 글에 오래도록 잊지 못한 명자에 대한 그리움과 미안한 마음을 풀어놓는다.

힘든 객지생활에 마음을 나누었던 오기훈과 최명자. 권정생은 그들을 모두 슬프게 떠나보냈다. 그는 두 친구들을 그리며 〈갑돌이와 갑순이〉(1973)라는 동화를 써서 그들을 영원히 기억했다. 권정생은 '갑돌이와 갑순이'라는 이름은 '우리네 할머니, 할아버지가 손자들에게 즐겨 붙여주던 겨레의 정다운 이름'이라고 생각했다.[24] 그는 오기훈과 최명자가 전쟁 때문에 날개를 펴보지도 못한 슬픈 운명이지만 그들도 우리 겨레의 사랑스런 아들딸이라는 마음에 〈갑돌이와 갑순이〉라는 제목을 붙였다. 두 번 다시 만날 수 없는 친구들의 가엾은 운명에 그는 목이 메었다. 그런데 이 동화가 출판될 때에는 출판사에서 유행가 제목 같다고 하여 〈별똥별〉(《사과나무밭 달님》에 수록)로 제목을 바꾼다. 안타까웠지만 도리가 없었다.

권정생은 어려서부터 책읽기를 좋아했지만 언제든지 보고 싶을 때 꺼내 볼 수 있는 자신의 책은 없었다. 어릴 때 집 뒤란에 있던 동화책은 아버지가 팔기 위해 쌓아둔 것이었기 때문에 장사가 오면 모두

---

23. 《밀알》 1990년 3월호에 처음 발표했고, 《죽을 먹어도》와 《빌뱅이 언덕》에 수록되었다.
24. 《살구꽃 봉오리를 보니 눈물이 납니다》, 29쪽.

내주어야 했다. 오기훈과 읽은 소설은 빌린 것이었다. 낮에 고된 노동을 하면서도 밤늦도록 책을 읽은 것은 하루를 넘기지 않고 책을 반납하기 위해서였다. 하루가 지나가면 대여료가 올라가기 때문이다.

어느 날 최명자가 책을 사서는 "정새이 니 먼저 보고 줘라" 해서 읽은 다음 돌려주었더니 "나 보관할 곳도 없는데 니 가져라" 했다.[25] 권정생은 언제든지 읽을 수 있는 책을 갖게 되었다. 최명자는 성경책과 찬송가도 주었는데 권정생은 어른이 되어서까지 그 책들을 소중하게 간직했다. 그는 오기훈의 죽음으로 함께 다니던 서점에 발길을 끊고 함께 읽던 책을 덮은 대신에 최명자가 준 성경책을 읽었다.

부산에서 점원 생활을 하던 권정생의 모습을 엿볼 수 있는 작품이 〈두민이와 문방구점 아저씨〉이다. 1981년 《기독교교육》에 처음 발표된 작품으로, 줄거리는 다음과 같다.

문방구점에서 점원으로 일하는 두민이는 15살이다. 두민이는 검정고시를 보아 합격하여 고등학교에 갈 생각으로 혼자 열심히 공부를 한다. 주인집 아이들이 학교에 다니는 것을 보면 부럽지만 혼자 공부를 하고 있으니 그리 괴롭지는 않았다. 그러나 고향에 어머니 아버지와 동생들 그리고 동무들이 보고 싶을 때와 예배당에 가지 못할 때, 두민이는 괴로웠다.

두민이와 주인 아저씨는 소아마비다. 아저씨도 예전에는 예배당을

---

25. 정현상, 〈전우익·권정생 20년 교유기-오성과 한음, 관중과 포숙이 안 부러우니더〉, 《신동아》, 1997. 12.

다녔는데 지금은 예배당을 싫어한다. 예수님은 믿지만 교인들의 비웃음이 싫어서이다. 교인들은 왜 그토록 열심히 교회에 나가서 기도하는데도 하나님이 고쳐주지 않느냐며 아저씨를 비웃었다. 그 뒤로 아저씨는 교회는 다니지 않고 혼자 성경을 읽었다. '예수님은 많은 병든 사람과 죄인들을 사랑하였지만 교회는 안 그렇다'[26]고 생각했기 때문이다. 어느 날 두민이는 아저씨가 〈누가복음〉 18장을 읽다가 덮어둔 걸 보고 아저씨는 교회에 나가지 않아도 긴 세월 마음 속 깊이 예수님을 모시고 있었다는 걸 알게 된다. 그랬기 때문에 아저씨는 30년 넘도록 반질반질 찌들어 있는 한자리 방석 위에서 버티며 살아올 수 있었던 것이다.

권정생은 다섯 살 때 예수를 알고서 줄곧 예수를 믿지만 교회에는 다니지 못했다. 점원생활을 하면서는 아침부터 밤늦게까지 일이 많고 일요일에도 쉬지 않아서 교회에 나가지 못한 것이다. 최명자는 권정생에게 성경책을 주면서 꼭 교회에 나가라고 했지만 그럴 형편이 아니었다. 권정생은 "초량동 삼일교회당 앞까지는 가봤어도 한 번도 예배엔 참석해보지 못했다."[27] 그러나 그는 두민이처럼 '성경'을 읽었다. 혼자 성경을 읽으며 예수를 만나고 예배를 드렸다. 권정생은 부산에서 점원을 할 때는 '두민이'처럼 교회를 갈 형편이 안 돼서 못 가

---

26. 〈두민이와 문방구점 아저씨〉,《짱구네 고추밭 소동》, 웅진, 1991, 57쪽. 이 동화는 《짱구네 고추밭 소동》 2002년 개정판을 내면서 빠져서 현재 출판되는 단행본에는 없다.
27. 〈오물덩이처럼 딩굴면서〉,《빌뱅이 언덕》, 23쪽.

다 결핵에 걸려 집으로 돌아가서 투병생활을 할 때부터 교회에 나간다. 그는 병이 조금 호전되자 교회학교 교사도 되고 집사까지 되지만 점점 '주인 아저씨'처럼 교회에 문제를 느껴 멀리하다가 결국에는 교회에 나가지 않는다.

권정생은 "성서를 좋아한다. 거기엔 살아 있는 예수라는 한 인간이 있기 때문이다."[28]라고 했다. 점원으로 일할 때도 그랬고, 그 뒤 가난과 병마의 시련과 고통을 겪으면서도 그는 교회에서 예배를 보기보다 혼자 '성경'을 읽고 기도를 하는 때가 더 많았다. 그러다 보니 "예배를 보기 위해서는 장소가 있어야 하고 그래서 교회당이란 건물이 필요"하기도 하지만 "꼭 예배당이라 이름이 붙은 건물만이 예배 장소가 아"니라는 걸 알게 된다.[29] 나중에 거지로 떠돌 때에도, 병마로 죽음의 문턱까지 갔을 때에도 고난의 시간을 지날 때마다 그가 의지한 것은 성경이다. 최명자가 준 성경책을 읽고 또 읽으며 자신에게 닥친 고통을 예수와 함께 나누며 이겨낸 것이다.

권정생은 청운의 꿈까지는 아니더라도 공부를 더하려는 희망을 품고 부산에 첫발을 내디뎠으나 전쟁터 같은 부산에서는 사람이 계속 죽어갔다. 희망과 절망이 뒤엉킨 부산에서 그는 오기훈과 최명자와 허만덕을 만났다. 십대 청소년이었던 이들은 살아보려고, 공부를 더해보려고 안간힘을 쓰며 날마다 처절한 싸움을 벌였다. 그러나 오기훈

28. 〈꾸밈없이 산 예수의 말〉, 《생활성서》 1986. 11, 5쪽.
29. 〈교회와 예배〉, 《샘》 2001 봄, 28쪽.

은 싸움을 포기했고 최명자는 꿈을 놓아버렸다. 허만덕은 절망 속에서도 시를 썼다. 친구를 잃은 권정생은 꼭 제 마음 같은 허만덕의 시를 읽으며 위로를 받았다. 끝까지 절망이 내민 손을 잡지 않고 권정생에게 살아갈 힘을 준 것은 '문학'이었다. 그는 밥 먹을 돈을 아껴 시와 소설을 읽었다. 그럴 때 소년 권정생에게 문학이란 무엇이었을까.

시와 소설은 따뜻한 밥 한 그릇을 대신할 만큼 그에게 살아갈 힘이 되어주었다. 소설 속 인물들과 슬픔과 고통을 나누며 위로받았다. 무엇보다도 소년 권정생은 그렇게 온몸으로 문학을 만났다. 이러한 경험은 훗날 작가가 되었을 때 권정생에게 "문학이란 무엇인가?"에 대한 답이 되어준다. 동화와 시와 소설을 어떠한 문학적 기교보다 삶으로 만났듯이 자신도 '서러운 사람에게 위안을 주고 희망을 주는 이야기, 가슴에 맺힌 이야기'를 썼던 것이다.

권정생은 작가가 되려는 꿈을 가지고 객지생활을 시작했지만 학교는 엄두도 내지 못하고 있었다. 학교에 가지 못하는 대신에 열심히 책을 읽었다. 시와 소설은 마음의 위안을 주는 한편, 공부에 굶주린 허기를 달래주었다. 그러면서 점차 그는 사람에게 공부는 필요하지만 꼭 학교를 다닐 필요는 없겠다는 생각을 하게 된다. 점원 일을 하는 동안 가지고 배운 자들이 가난하고 못 배운 사람을 등쳐먹는 세상을 보았다. 그가 학교에 가서 공부를 하고 싶었던 것은 남을 지배하고 남에게 뒤지지 않기 위해서가 아니었다. 경쟁을 위한 공부도 아니었다. 그럴 즈음 그는 병이 들어 진학의 꿈을 접을 수밖에 없는 상황이 되기도 하지만 그러기 전에 점원생활과 독서를 통해 세상에 눈을 뜨며 '공부'에 대한 깊은 성찰을 했다. 점수를 더 많이 따는 공부만 있는 것이 아니라 "슬기를 넓히는 공부, 좀 더 아름답게 생각을 키우는 공부, 다 함께 도우며 살아가는 공부도 얼마든지"[30] 있다는 걸 깨닫는다.

6학년이 되면
나도 이젠
많이 알아야겠어요

하늘빛이 파아란
그 꿈 같은
파아란 마음을 알아야겠어요

산수 시간에 배운 것 말고
이과 시간에 배운 것 말고

엄마처럼 인자한
그런 마음을
나도 배워야겠어요

---

30. 〈열여섯 살의 겨울〉, 《빌뱅이 언덕》, 69쪽.

때로는
선생님의 말씀을
꼭꼭 되씹으며
나대로의 생각을
할 줄 알아야겠어요.[31]

　시집《삼베 치마》에 수록된 이 시는 '열다섯 전후에 쓴 시'이다. 그
가 '산수시간에 배운 것 말고 이과시간에 배운 것 말고 어머니처럼
인자한 마음을 배우고 선생님 말씀을 되새기며 나대로의 생각을 할
줄 알아야겠다.'고 다짐하는 그 중심에는 '책읽기'가 있었다. 어릴 때
부터 스스로 찾아 읽은 책은 청소년기를 거쳐 어른이 되어서도 둘도
없는 친구가 된다. 무엇보다 집을 떠나 홀로 객지생활을 하던 십대 시
절, 그는 책을 읽으며 외로움과 그리움을, 고독과 슬픔을 달랬다. 몸
은 고달팠지만 "나대로의 생각"을 키웠던 그 시간들이 어쩌면 권정생
일생에서 가장 아름답고 행복한 꿈을 꾸었던 시간이 아니었을까 싶
다. 그는 혼자서라도 글쓰기 공부를 계속해볼 생각이었다. 그러나 안
타깝게도 열아홉 권정생의 행복한 꿈은 그리 오래 가지 못한다.

31. 〈6학년이 되면〉,《삼베 치마》, 문학동네, 2011. 111~112쪽.

어머니의 죽음

　권정생은 고독했다. 친구를 잃고서는 마음이 너무 아팠다. 그는 책을 읽으며 조금씩 고독과 아픔을 견뎌내고 있었다. 그러나 이번에는 몸에 이상이 오기 시작한다. 낮에는 일하고 밤을 새워가며 책을 읽고 먹을 것도 변변치 못했으니 그럴 만도 했다. 처음에는 가끔씩 몸에 열이 오르고 기침만 나서 아무에게도 아프다는 눈치를 주지 않았다. 그러나 어느 날부터 자전거를 탄 채 오르막길을 오를 수 없을 정도로 숨이 차서 내려서 끌고 가다 다시 타곤 했다. 권정생은 아픈 것을 참아보았지만 시간이 지날수록 증상은 심해졌다. 그는 식은땀을 흘리며 깼고 몹시 갈증이 나서 냉수를 한 대접씩 떠서 벌컥벌컥 마셨다. 밥맛이 없고, 일을 하다가도 멍해지곤 했다.[32] 그렇게 그는 1년

---

32. 〈오물덩이처럼 딩굴면서〉, 《빌뱅이 언덕》, 25쪽.

동안 아픈 걸 참고 버티다 자리에 눕고 만다. 늑막염에 폐결핵이 겹친 것이다. 그의 나이 열아홉이었다. 더이상 일을 할 수 없게 된 그는 1957년 2월 어머니 손에 끌려 집으로 돌아온다.

떠난 지 5년 만에 집으로 돌아오지만 달라진 건 아무것도 없었다. 아버지 어머니는 남의 집 논밭 다섯 마지기로 소작 농사를 지으며 간신히 살고 있었다. 세 살 아래 동생도 공부를 해야 할 나이였지만 힘겨운 노동을 하고 있었다. 그런 형편이니 식구들은 병을 얻어 돌아온 권정생을 그저 반가워할 수만도 없었다. 그가 아픈 몸으로 고향 집에 돌아가자 동생은 어려운 살림을 위해서 돈을 벌겠다는 생각으로 집을 나간다. 그는 어두운 방안에 꼼짝 않고 누워만 있었다.

마을에는 권정생처럼 객지로 나갔다가 병을 얻어 돌아온 사람이 많았는데 하루가 멀다 하고 한 명씩 죽어 나갔다. 권정생 또래의 어리고 젊은 사람들이었다. 이들은 읍내 보건소에서 약을 타다 먹었는데 환자에게 필요한 만큼 약이 공급되지 않아 한두 달씩 건너뛰기도 했다. 따로 약방에서 구입해서라도 먹어야 치료가 될 터인데 대부분 그런 형편이 되지 못하니 병세는 점점 악화되었다. 이 무렵 권정생도 폐결핵에서 신장, 방광 결핵으로 퍼져 전신 결핵이 되어갔다.

권정생 어머니는 권정생을 임신했을 때 왜간장(일본간장) 냄새 때문에 음식을 거의 먹지 못했다. 그 때문에 그는 태어날 때부터 몸이 약했고 수많은 잔병치레를 하면서 자란다.[33] 권정생은 목생이 죽었을

---

33. 《살구꽃 봉오리를 보니 눈물이 납니다》, 264쪽.

때 어머니의 슬픔을 다 받아주던 아들이다. 권정생 어머니는 그것만으로도 항상 마음 아프고 미안한데 그 아들이 죽음의 문턱에 있는 걸 보니 가슴이 무너져 내렸다. 어머니는 먼저 보낸 목생이 떠올랐다. 열일곱의 목생을 먼저 보냈던 꼭 고만한 나이에 권정생의 생사가 들락거리는 걸 본 어머니는 아들을 살릴 수만 있다면 못할 것이 없었다. 뒤껼 뽕나무 아래서 밤마다 기도를 했고, 산과 들로 나가서 약초를 캐 왔고, 메뚜기와 뱀과 개구리를 잡아와 껍질을 벗겨 먹였다. 약방에 가서 약을 사 먹일 형편이 되지 못하니 산으로 들로 다니며 몸에 좋다는 것을 잡아다 먹였다. "벌레 한 마리 죽이는 것도 못마땅히 여기고, 생명 가진 것을 그토록 소중히 여기던" 어머니지만 아들을 위해서 수천 마리가 넘는 개구리를 잡고 뱀을 잡았던 것이다.[34]

권정생은 제 몸도 어쩌지 못하도록 고통스러웠지만 집 나간 동생과 부모님을 생각하니 차라리 죽어버렸으면 좋겠다는 생각이 간절했다. 그는 밤마다 교회에 가서 밤을 지새우며 고통의 눈물로 하느님을 부르짖었다. 여름은 그래도 나았으나 겨울에는 "주여" "주여"를 되풀이하다가 보면 어느 사이에 "어이 추워, 어이 추워."로 바뀌어 버릴 정도로 추웠다. 기도를 하다 지쳐 그 자리에 쓰러져 잠이 들 때도 있었는데 그러면 젖은 바지가 그대로 빳빳하게 얼어버렸다. 방광결핵으로 소변보기가 어려워지고 횟수와 통증이 잦아진 탓이었다. 권정생은 버려진 바지를 어머니에게 빨리기가 죄스러워 어두운 새벽 우

---

34. 〈오물덩이처럼 딩굴면서〉, 《빌뱅이 언덕》, 29쪽.

물에 가서 물을 길어 손수 빨래를 하며 걷잡을 수 없는 눈물을 흘렸다. 그러나 어머니가 흘린 눈물은 자신이 흘린 눈물의 열 곱절, 백 곱절도 넘을 거라 생각하니 정신적으로도 견디기 힘들었다.[35]

참고 견디다 보니 권정생의 병세는 호전되었다. 죽기만을 기다리던 것이 어머니의 기도와 정성으로 점차 나아진 것이다. 소변 볼 때마다 피고름이 섞여 나오던 것이 차츰 깨끗해지고 그토록 아프던 통증도 조금 가시었다. 누워 있어도 곤란하던 호흡이 점차 안정되어 가고 다리에 힘이 올랐다. 몸이 호전되자 그는 고향집에 돌아온 지 6년 만인 1963년 교회학교 교사가 되었고 유일한 읽을거리인 성경책을 읽으면서 죽지 않을 거라는 신념을 갖게 된다.

국민학교 시절부터 틈틈이 시를 썼던 권정생은 건강이 조금 회복되자 1964년 1월 10일, 그때까지 써두었던 동시 98편을 모아 동시를 직접 쓰고 그림도 그려 넣어 《삼베 치마》라는 동시집을 손수 만든다.

어릴 적
억이랑 주야랑
내 이웃들

재미있게 여기다
적었습니다.

---

35. 같은 책, 28~29쪽.

열다섯 전후의

어릴 적

그때의 생각은

어땠을까?

슬픈 일 기쁜 일

많았습니다.[36]

그의 나이 스물여덟이었다. 작가의 꿈을 꾸며 공부를 더 하고픈 마음에서 객지생활을 시작했다가 죽음의 문턱에서 겨우 살았다 싶으니 가슴 깊이 꼭꼭 숨겼던 꿈이 되살아났다. 《삼베 치마》는 권정생의 꿈이며 이 세상에 하나밖에 없는 "진정한 의미의 첫 시집"[37]인 것이다. 그러나 그가 행복을 느끼며 삶의 희망을 가진 지 1년도 되지 않아 이번에는 어머니가 쓰러진다. 심장판막증이었다. 권정생의 약을 구하느라 산으로 들로 다니던 중에도 고개 너머 저수지 공사 일까지 하며 한시도 쉬지 않은 것이 무리가 되었던 것이다.

일본에서 태어난 권정생에게 어머니의 존재는 남다르고 애틋하다. 일본에서 태어난 것이 운명이라 생각했지만 그래도 자라는 내내 그는 억울했다. 제 땅에서 태어나 제 땅에서 나는 곡식을 먹고 물을 마

---

36. 《삼베 치마》, 5쪽
37. 안상학, 앞의 책, 113쪽.

시고 자라야만 제 나라 사람이 되는 것인데 그는 일본에서 일본의 영향을 받으며 자랐기 때문에 온전한 한국 사람이 되지 못했다는 생각을 떨치지 못했다.[38] 그랬던 터라 열 살에 찾아온 고국 땅이 정이 들지 않았다. 그는 일본에서는 "소외당한 이방인"이었고 고국은 그에게 "전쟁과 굶주림, 병마만을" 안겨주었다. 그는 일본에서도 한국에서도 줄곧 지독한 외로움 속에서 살아야 했다. 그런 그에게 조금이라도 외로움을 달래주고 내 나라 내 고향의 향기를 느끼게 해준 것은 "어머니의 무명 치마폭"뿐이었다.[39]

어머니가 들려주던 이야기는 따뜻했고 평생 힘든 노동을 벗어난 적 없이 고생만 한 어머니의 삶은 구슬펐다. 1964년 늦겨울 어느 날, 어머니가 쓰러지자 권정생은 "가슴을 쥐어뜯는 듯한 고통을"[40] 느꼈다. 그러나 한편으로 몸져 누운 어머니를 간호하면서 어머니와 단둘이 있는 시간이 좋았다. 일본에서 살던 어린 시절부터 어머니에게 많은 이야기를 들었지만 자라면서 어머니는 돈을 버느라 집을 비우는 날이 많았고 쉴 새 없이 바빴다. 어머니가 쓰러지고 나서야 권정생은 어머니와 둘이 여유 있게 마주할 시간을 갖게 된다. 어머니는 쓰러져 누워 있는 동안에도 권정생에게 많은 이야기를 들려주었다. 권정생 자신도 아픈 몸으로 어머니 병간호를 하는 것이 힘들었지만 그 시간 동안 어머니와 마지막 시간을 차분히 보낼 수 있었다. 권정생은 그때

---

38. 〈작가와의 만남―평생 잊지 않고 간직할 수 있는 동화를 쓰려고 합니다〉, 《종로서적》, 1991. 6, 32쪽.
39. 《살구꽃 봉오리를 보니 눈물이 납니다》, 13쪽.
40. 〈오물덩이처럼 딩굴면서〉, 《빌뱅이 언덕》, 31쪽.

어머니에게 들은 이야기를 나중에 자전적 소설 《한티재 하늘》에 고스란히 담아놓는다.

그는 정성껏 간호했으나 어머니는 누운 지 6개월 만에 세상을 떠난다. 병든 자식을 위해 몸부림을 치며 절규하다 결국 어머니는 '아픈' 정생을 남겨두고 '슬픈' 목생의 곁으로 가고 말았다.

배고프셨던 어머니
추우셨던 어머니
고되게 일만 하신 어머니
진눈깨비 내리던 들판 산고갯길
바람도 드세게 휘몰아치던 한평생

그렇게 어머니는 영원히 가셨다.
먼 곳 이승에다
아들 딸 모두 흩어 두고 가셨다.[41]

어머니가 돌아가시자 권정생은 자신이 원망스럽고 세상이 싫어질 만큼 괴로웠다. 그는 "내가 아니었으면 좀 더 오래 사셨을 텐데 자식 병구완하시느라 일찍 돌아가셨다."[42]며 자책했다. 그러나 그 아픔과 괴로움은 마음으로 끝나지 않았다. 한 걸음 한 걸음 천천히 걸음

---

41. 《어머니 사시는 그 나라에는》, 109쪽.
42. 〈유랑걸식 끝에 교회 문간방으로〉, 《우리들의 하느님》, 19쪽.

을 뗄 수 있을 만큼 회복되었던 그의 건강은 과로에 정신적 타격으로 다시 "각혈을 하고 소변보는 횟수가 잦아"[43]지고 만다.

열아홉 살 처음 열이 오르고 기침이 나기 시작했을 때 그때 1년이란 긴 시간을 혼자 버티지 않았더라면, 어머니가 쓰러지지 않았더라면, 그래서 어머니가 돌아가시지 않았더라면, 그랬더라면 권정생의 건강이 회복될 수 있었을까. 그러나 인생에 '만약'이라는 가정은 없고 권정생이 걸어온 그 시간도 돌이킬 수 없는 것이다. 권정생의 건강은 다시 돌이킬 수 없을 정도로 다 망가졌고 그의 어머니는 다시는 돌아올 수 없는 먼 길을 떠났다.

---

43. 〈오물덩이처럼 딩굴면서〉, 《빌뱅이 언덕》, 31쪽.

거지 생활 3개월

어머니가 돌아가시고 나니 남자들만 세 식구가 남게 되었다. 권정생은 또다시 악화된 건강 때문에 고통스럽게 하루하루를 견디고 있었다. 그러던 어느 날 밤, 아버지는 권정생을 몰래 불렀다.

"정생아, 아버지로서 이런 말을 한다는 건 도리가 아니지만, 집안을 생각해서 말하는 것이니, 네가 어디 좀 나가서 있다가 오너라. 한 1년쯤 바람도 쏘이면서……."[44]

권정생 아버지는, 첫째와 셋째 아들은 일본에서 돌아오지 않고 둘째아들 목생은 죽고 넷째 아들인 권정생은 병들어 10여 년을 앓고

---

44. 같은 책, 32쪽.

있으니 막내아들이라도 결혼시켜 가계를 잇게 하려고 했다. 그는 아버지의 뜻을 너무 잘 알았다. 아버지가 말하기 전에 먼저 행동하지 못한 자신이 원망스러웠고 무엇보다 병들어 사람 구실을 하지 못하고 목숨만 연명하는 처지가 저주스럽기까지 했다.

1965년 4월 중순 부활절을 지낸 며칠 후 권정생은 다시 집을 나온다. 국민학교를 졸업하고 부산으로 갈 때는 공부를 더 해야겠다는 꿈을 가지고 건강한 몸으로 스스로 나선 길이었다면 이번에는 좀 달랐다. 팔을 붙잡고 놓아주지 않으려는 동생을 안심시키려 애써 태연한 척했으나 터져 나오려는 울음과 죄인 같은 참담한 심정을 감출 수 없었다. 권정생은 병 때문에 형 노릇 자식 노릇 못하는 자신이 '죄인'이라는 생각을 떨치지 못했다. '죄수가 세상과 격리되어 옥살이를 하는 것처럼 병이 들면 가족과 격리될 수밖에 없는 죄인이 되는 것이다.'[45] 나빠진 건강을 치료할 엄두도 내지 못하고 가족에게 짐이 되기 싫었던 그는 집을 나서서 미리 생각해두었던 기도원으로 갔다. 그러나 그곳에서도 돈이 필요했다. 그는 열흘 정도 묵다가 하는 수 없이 기도원을 나와 1965년 4월 중순부터 8월 초순까지 약 3개월 간 거지생활을 한다. 병 때문에 일을 할 수도 없고 갈 곳도 없고 먹을 것도 없어 구걸을 할 바엔 "철저한 거지가 되기로"[46] 결심한 것이다.

스스로 철저한 거지가 되기로 하는 것, 이것으로 권정생은 세상

---

45. 〈그해 가을〉, 《빌뱅이 언덕》, 321쪽.
46. 〈오물덩이처럼 딩굴면서〉, 《빌뱅이 언덕》, 36쪽.

과의 싸움을 시작한다. 또한 이것은 세상으로부터 자신의 자존심을 지키는 일이었다. 그는 어머니가 알뜰히 모은 돈이 휴지조각이 되었을 때도 세상을 원망하기보다 지게를 만들어 나무를 해다 팔아 다시 돈을 모았다. 그 돈으로 닭을 사서 키우던 것이 모조리 죽었을 때도 억울했지만 하룻밤 눈물로 억울함을 다 씻어버리고 객지생활을 시작했다. 공부를 더 하고 싶은 마음으로 그가 할 수 있는 한 최선을 다했으나 번번이 세상은 그의 편이 아니었다.

거지가 되는 것, 그가 못나서가 아니다. 그의 잘못이 아니다. 세상이 그를 거지로 만들었다. 그가 '철저한 거지가 되자'고 결심하는 것은 비록 구걸을 하지만 세상에 대해 비굴하지는 않겠다는 다짐이었다. "배도 고프고, 춥고, 외롭고, 슬프고, 미움 받고, 업수이 여김 받고, 다만 하나만, 나의 알맹이만은 절대 굽히지 않으면 된다."[47]고 그는 다짐했다.

그는 기도원을 나올 때 "수중에 남았던 60원으로 길가 상점에서 두레박용 깡통 하나와 성냥 한 갑을"[48] 사서 그날 밤부터 노숙을 시작한다. 병든 몸으로 구걸을 하고 노숙을 하기란 더할 수 없는 고통이다. 하지만 친절을 베풀어준 많은 사람들이 있어서 그는 그 힘든 시간을 견디어낸다. 상주지방, 마을 앞에 우물이 있고 늙은 소나무가 있는 외딴집 노부부, 열흘 동안 매일 아침마다 찾아가도 한 번도 얼굴을 찌푸리지 않고 깡통에 밥을 꾹꾹 눌러 담아준 점촌 조그만 식

47. 《오물덩이처럼 딩굴면서》, 258쪽.
48. 〈오물덩이처럼 딩굴면서〉, 《빌뱅이 언덕》, 36쪽.

당 아주머니, 가로수 밑에 쓰러져 있을 때 두레박에다 물을 길어 헐레벌떡 달려와 먹여주던 할머니, 뱃삯이 없다니까 그냥 강을 건네주던 뱃사공 할아버지, 곳곳에 마음 착한 사람들이 있었기에 권정생은 죽지 않고 살아날 수 있었다.

이들의 고마운 손길이 있어 몸을 지탱할 수 있었다면 성경을 읽으면서는 외로운 마음을 의지했다. 혼자 떠돌다 보면 얘기할 상대가 없었다. 그럴 때면 들판에 앉아서 성경을 읽었다.

들판에 앉아서 읽은 성경은 생생하게 몸으로 체험할 수 있었다. 머리로 읽는 성경은 자칫하면 환상에 그치고 말지만 실제로 체험하면서 읽으면 성경의 주인공과 대화하는 느낌이 드는 것이다. 나는 몇 번이나 죽음과의 싸움에서 눈물의 선지자 예레미야를 만났고, 아모스를, 엘리야를, 애굽에 팔려간 요셉을, 그리고 세례 요한을, 사도 바울을 만나 볼 수 있었다. 그리고 가장 가깝게 나의 주 예수님을 사귈 수 있었던 기간이기도 했다.[49]

성경의 여러 구절을 읽는 중에서도 아픔과 고통을 겪는 주인공들의 이야기가 더 눈에 들어왔다. 권정생은 그들이 겪은 시련에 함께 고통을 나누며 위로받았다. 그리고 그중에서도 누구보다 가장 큰 고통 속에서 가장 아름다운 삶을 살아온 예수와 가장 가까운 친구가

---

49. 같은 책, 43쪽.

된다. 눈을 감으면 그가 가장 사랑한 '거지', 예수가 갈릴리 들판을 걷는 모습이 그려졌다.

　지금 내 머리 속엔 갈릴리 들판에 한 무리의 머슴애들이 걷고 있는 모습이 그려지고 있다.

　예수라는 형님을 선두로 하여, 조금 가까이 붙어서 가는 요한과, 항시 예수를 호위하고 있는 베드로가 따르고, 기리옷의 유다는 좀 멀찌감치 떨어져 걷고, 다른 동생들이 무럭무럭 아무렇게나 걸으며 무엇인가 지껄이고 있는 모습이다.

　그들의 발은 맨발이고, 옷은 때에 찌들었고, 얼굴은 태양에 그을러 검고, 조금 배가 고파 피곤한 눈동자들을 하고 있고, 그러나 순하디 순한 양의 모습처럼 서로 기대어 걸어가는 모습이 한없이 아름답구나.

　길섶의 밀밭에는 밀이 누렇게 익어가고, 그래서 배고픈 그들은 안식일도 깜빡 잊고 밀 이삭을 뜯어 손바닥 사이에 넣어 비벼먹다가 매눈 같은 바리새놈들에게 들켜 제법 논쟁까지 벌어졌고,

　철없는 동생들의 잘못을 형님 예수는 언제나 감싸주고, 그들의 인권을 옹호했고 법보다 사랑을 가르치고, 날아가는 참새와, 들꽃을 노래한 한 폭의 그림처럼 살던 그들이 부럽고도 부럽구나.[50]

　권정생은 들판을 떠돌았고, 배가 고팠다. 그럴 때면 갈릴리 들판을

50.《오물덩이처럼 딩굴면서》, 230~231쪽.

거닐던 예수를 떠올렸다. 맨발에 옷은 찌들고 배가 고팠지만 예수는 사랑을 가르치며 아름답게 살았다. 권정생은 그런 예수를 사랑했다. 아무것도 가지지 않고도 "언제나 감싸주고, 사랑을 가르치고, 날아가는 참새와 들꽃을 노래한 한 폭의 그림처럼" 산 예수를 사랑했다. 권정생도 그렇게, 조금 배가 고프더라도 행복하게, 예수처럼 살고 싶었다. 거지로 떠돌며 병마와 굶주림의 고통이 죽을 만큼 괴로웠지만 예수를 떠올리며 위안을 받았다.

　권정생이 아픈 몸을 이끌고 굶주리며 떠돌던 그 고통이 얼마나 컸을지 상상하기 어렵다. 다만 거지로 떠돌면서 그가 적어두었던 시 몇 편으로 가늠해 볼 수 있을 뿐이다. 〈내 잠자리〉란 시에서 "여우도 굴이 있고 날아가는 새도 깃들 곳"이 있는데 갈 곳 없는 권정생은 콘크리트 다리 밑에 누워 하룻밤을 청한다. 외롭고 쓸쓸한 마음에 그는 "주님, 이런 자리에 누추하게 함께 주무실는지요"라며 예수를 불렀다. 그런 밤에는 예수가 사랑 어린 눈으로 안아주어 조금도 춥지 않게 잘 수 있는 것이다.(《나의 친구》)[51] 그는 하루하루 성경과 기도에 의지하며 고난의 시간을 견뎌나갔다. 그러나 너무 배가 고팠다. 그럴 때면 자신도 모르게 튀어나오는 말이 있다. "어머니"였다.

---

51. 〈오물덩이처럼 딩굴면서〉,《빌뱅이 언덕》, 38쪽.

딸기밭

새빨간 딸기밭이

보였습니다

고꾸라지듯 달려가 보니

딸기밭은 벌써

거둠이 끝난 다음이었습니다

알맹이보다 더 새빨간

딸기 꼭지들이

나를 비웃고 있었습니다

불효자에겐

보아스가 룻을 위해 남겨 줬던

그런 이삭조차 없었습니다

건넛산

바위 벼랑 위로

흘러가는 구름이

자꾸 눈앞을 어지럽힙니다

어머니

배가 고픕니다[52]

52. 같은 책, 39~40쪽.

얼마나 배가 고팠으면 수확이 끝난 딸기밭의 딸기 꼭지들이 딸기로 보였을까. 게다가 그것이 딸기꼭지였음을 알았을 때 딸기꼭지들에게 비웃음을 받는 그 심정은 또 얼마나 참담했겠는가. 그러나 곧 흘러가는 구름에도 현기증을 느끼는 극도의 굶주림은 딸기꼭지들의 비웃음 따위를 마음에 담아두는 것조차 사치스럽다. 결국 그의 마음 가장 밑바닥에서 올라오는 가장 고통스럽고 솔직한 한 마디는 "어머니 배가 고픕니다"였다.

권정생이 기도로 마음을 위로하고 외로움을 달래며 하루하루 버티고 있었지만 밤마다 생각한 건 '죽음'이었다. 병든 몸으로 구걸을 하며 떠돌다 보면 언제 죽을지 모를 일이었다. 죽고 나면 추하게 남아 있을 몸을 생각하니 그는 괴로웠다. 그럴 바엔 자취를 남기지 않고 구덩이를 파고 들어가 죽는 게 나을 것 같았다. 그런 생각에 죽을 장소까지 보아두지만 스스로 제 목숨을 버리는 일은 그렇게 간단하지 않다. 낮에는 죽을 장소를 보아두었다가도 밤이 되면 또 다음날로 미루게 되는 것이다.

거지 권정생, 그는 그렇게 죽기도 살기도 힘겨운 나날을 보냈다. 그는 대구, 김천, 상주, 점촌, 문경, 예천 등으로 떠돌다 도저히 더는 버틸 수가 없어 기어 기어 집으로 돌아온다. 1965년 8월 초순, 그가 돌아왔을 때 병석에 누워 있던 아버지는 그해 12월에 돌아가신다. 어머니 아버지가 다 돌아가시고 가족들이 살던 농막집에는 권정생과 동생, 단 둘만 남았다.

3개월 만에 권정생의 떠돌이 거지생활은 끝이 났다. 권정생의 칠십 평생에서 시간으로 따지면 '고작 3개월'일 수도 있겠다. 그러나 그 3개월의 거지생활로 권정생은 많은 것을 경험하고 느끼고 깨달았으며 그로 인해 그의 삶도 이전과 완전히 달라진다. 가장 먼저, 돌이킬 수 없게 치명적인 변화는 병이 더할 수 없이 깊어진 것이다. 늑막염, 폐결핵, 신장결핵을 앓던 몸으로 3개월을 떠돈 탓에 부고환결핵까지 얻었다. 온몸에 결핵균이 퍼진 것이다. 콩팥, 방광까지 다 들어내야 했다. 다행히 일본에서 셋째 형인 '꼬마언니'가 수술비를 대주어 수술에 수술을 거듭할 수는 있었지만 몸은 망가질 대로 다 망가졌다. 1966년, 이제 서른 살밖에 안된 나이에 그는 소변주머니를 밖으로 달았고, 그때부터 40년을 소변주머니를 달고 산다. 의사는 2년을 살 거라고 했고 간호사는 6개월도 못 살 거라 했다. 거지생활 3개월은 그를 병마의 늪 속으로 점점 더 깊이 빠뜨리고 말았다.

권정생은 자신의 거지생활을 마치 예수가 체험한 40일간 금식기도처럼 생각하며 그의 인생에서 가장 고통스러우면서도 가장 보람 있는 시간으로 여겼다.[53] 그리고 이 기간에 예수를 온몸으로 만나며 예수의 십자가 죽음에 대해서도 생각해본다. 그는 예수가 십자가에서 죽은 지 사흘 만에 부활한 것은 '유령'이 아니라 '생명'이라고 믿었다. '생명'은 모습이 없어도 살 수 있고 하나의 모습이 아니라 무수히 많은 모습으로도 살 수가 있다.

---

53. 〈오물덩이처럼 딩굴면서〉, 《빌뱅이 언덕》, 42쪽.

깡통에 밥을 꾹꾹 눌러 담아준 식당 아주머니, 물을 길어 먹여주던 할머니, 강을 건네주던 뱃사공 할아버지……. 그들은 권정생이 굶주림과 목마름에 지쳐 있을 때 모두 친절을 베풀어주었다. 자신이 고통스러울 때 도움을 준 고마운 사람들을 보며 그는 그들이야말로 예수의 십자가를 나누어 진 사람들이란 생각을 한다. 그리고 예수의 십자가 죽음은 가난하고 고통받는 사람들 곁에 수십 수백 수천의 예수로 되살아나기 위해서였음을 깨닫게 된 것이다.

권정생은 스스로 거지생활을 결심하고 선택했지만 그 3개월의 일을 누구에게 이야기하는 것이 한편으로는 부끄러웠다. 더욱이 누나나 동생이 이 사실을 안다면 얼마나 마음이 아플까 생각하니 더더욱 말을 할 수 없었다. 게으르고 못나서가 아니라 몸이 아파 일을 할 수 없는 형편이어서 어쩔 수 없이 선택한 일이지만 솔직하게 밝히는 것이 쉽지 않았다. 자신의 병수발 때문에 어머니가 일찍 돌아가신 것도 몸 둘 바를 모를 일이었는데 어머니의 노고에 보람도 없이 거지생활 3개월 만에 병만 더 깊어졌으니 한없이 죄스러웠다. 보람 있는 시간이었다고는 하나 그 시간을 보내고 돌아온 권정생은 병들고 지친 자신의 몸을 지탱하는 것이 너무나 고통스럽고 힘겨웠다. 서른 살, 그에게 남은 것은 병마와 굶주림과 남은 시간 2년이란 시한부 선고뿐이었다.

아버지가 돌아가시고 나자 권정생은 살던 집마저 비워주어야 했다. 그가 살던 집은 아버지가 소작을 하던 농막이었는데 아픈 몸으로 농사를 지을 수 없으니 별 도리가 없었다. 그럴 즈음 동생도 결혼을 하여 따로 나가게 되어 1968년 2월[54] 그는 혼자 안동 조탑리 일직교회 문간방에 종지기로 들어간다. 그가 살게 된 문간방은 예배당 부속 건물로 서향으로 지어진 토담집이었는데 겨울엔 춥고 여름엔 더웠다. 외풍이 심해 겨울엔 방안에 있어도 귀에 동상이 걸렸다.[55] 봄이 되어 날이 풀려야 얼었던 귀도 함께 풀렸다.

그래도 권정생은 그 방에 홀로 살게 된 것을 하느님이 그에게 베풀어준 최대의 은혜라고 생각했다. 병 때문에 누나나 동생을 힘들게 하면서 더 이상 죄인 같은 마음으로 살고 싶지 않았다. 얼마 살지 못할 것이라 했지만 그는 이제라도 자유를 얻은 것이 기뻤다. 그는 그 조그만 방에서 마음대로 자유를 누렸다. 그가 가장 먼저 하고 싶은 것은 글쓰기였다. 그곳에서 마음대로 글을 쓸 수 있고 마음대로 아이들을 만날 수 있게 되었다. 그러나 그야말로 마음뿐이었다. 고통스런 병마는 글을 쓰고자 하는 작은 소망마저 쉽게 허락하지 않았다. 이틀 열심히 글을 쓰면 사흘째는 열에 시달리며 앓아누웠다. 누워서라도 글을 쓸 수 있는 날이면 삶의 의지가 생겼고 천길 만길 지옥 속에라도 빠져들 것 같이 몸이 무거운 날에는 죽음의 그늘이 드리워졌다. 그는 날마다 삶과 죽음을 왔다 갔다 했다.

54. 〈나의 동화 이야기〉, 《빌뱅이언덕》, 15쪽. 《우리들의 하느님》에 실린 〈유랑걸식 끝에 교회 문간방으로〉에는 1967년으로 되어 있다.
55. 〈유랑걸식 끝에 교회 문간방으로〉, 《우리들의 하느님》, 20쪽.

3부

세상을 '거꾸로' 보다

교회 문간방에 가만히 누워 있으면 너무 외로웠다. 하루는 너무 외로웠고 하루는 고통스럽게 아팠고 또 하루는 너무 억울했다. 착하고 부지런하게 살았지만 현실은 그의 의지와 상관없었다. 그는 전쟁 때문에 하고 싶은 공부를 더 못했고 전쟁 때문에 병이 들었다. 혼자 아무리 애를 쓴다 해도 그의 삶을 송두리째 흔들어놓은 전쟁을 어찌할 수 없었다. 전쟁 앞에서 그의 노력은 속수무책이었다. 그 자신만 전쟁과 가난의 폭풍을 피할 수도 이겨낼 수도 없었다. 아무리 자신의 잘못 때문이 아니라고 위로를 해보아도 지나온 세월을 돌아보면 볼수록 허무하고 괴롭고 고달픈 마음이 가시질 않았다. 어쩌면 학교에 가서 공부를 해보겠다고 객지로 나간 것부터가 허황되고 헛된 마음이 아니었을까 후회가 밀려오기도 했다. 죽기도 살기도 힘겹고 고통스러웠다.

그러나 교회에 방 한 칸을 얻어 사는 처지였기 때문에 그는 날마다 새벽이면 일어나 종을 쳤다. 겨울이면 종 줄에 성에가 끼고 꼬장꼬장 얼어 손이 무척 시렸다. 그래도 그는 장갑을 끼지 않고 종을 쳤다. 맨손으로 종 줄을 조절해서 잡아당겨야 가장 좋은 종소리를 낼 수 있기 때문이다. 종을 치다 보면 깨끗한 하늘에 수없이 빛나는 별들과 종소리가 한데 어우러져 우주의 구석구석까지 아름다운 음악으로 채워지는 것 같았다.[1] 권정생은 새벽마다 종을 치며 마음속 기도를 드리고 그 아름다운 종소리에 괴롭고 고달픈 마음을 날려 보냈다.

외롭고 힘겨운 고통 속에서 하루하루를 보내던 어느 날 어느 한 목사가 "권 선생님의 생활이 누가복음 16장에 나오는 거지 나사로와 꼭 같다고 생각했습니다."[2]라는 편지를 보낸다. 목사는 교회에 부흥회를 인도하러 왔다가 권정생을 보고 간 뒤였다. 목사가 어떤 생각으로 이런 편지를 보낸 것인지 정확히 알 수 없으나 권정생은 이 편지를 읽고 '거지 나사로'에 대해 생각해 본다. 더 정확히는 '거지'에 대해서 생각을 해보는 것이다.

권정생은 세상에 비굴하지 않겠다는 결심으로 거지생활을 시작했고 거지로 떠돌며 멸시를 받으면서도 그 자신 속에 있는 알맹이만은 절대 굽히지 않으면 된다고 스스로를 위로하였다. 그렇다 해도 불쑥불쑥 올라오는 부끄러움을 어쩌지 못했고 사람들에게 거지였음을

1. 〈새벽종을 치면서〉,《빌뱅이 언덕》, 318쪽.
2. 〈오물덩이처럼 딩굴면서〉,《빌뱅이 언덕》, 45쪽.

밝히는 것을 꺼렸다. 그런 마음일 때 그는 '거지 나사로' 같다는 편지를 받고 '거지'였던 자신을 되돌아보는 것이다.

과연 그렇다. 나는 부자의 문간에 앉아서 얻어먹는 거지이다.
분수를 지킬 줄 모르면 그 이상 불행할 수가 없을 것이다. 누구나 자신의 처지에 알맞게 행동하고 지나친 욕심을 버린다면 타인에게 끼치는 해가 훨씬 줄어들 것이다.
나는 그때부터 나사로와 입장을 함께하며 거기서 벗어나려 하지 않기로 했다.[3]

그는 거지로 떠돌던 자신을 돌아보고 나서 거지를 벗어나지 않고 거지 나사로와 "입장을 함께하겠다"는 결심을 한다. 그것은 앞으로도 거지처럼 살겠다는 말이요, 가난을 벗어나지 않겠다는 말과 다르지 않다. 비록 구걸을 하더라도 욕심 없이 가난하게 살겠다는 다짐을 하는 것이다.
열일곱 살 때 고구마가게 점원생활을 하면서 무서운 '돈의 힘'을 경험하고 나서 그는 가난하게 사는 것이 더 사람답게 사는 것이라는 걸 알게 되었다. 돈이면 다 되는 세상이지만 그때부터 그 자신만은 가난하더라도 '돈'보다는 '양심'에 따라 살겠다는 다짐을 한다. 그때 다짐대로 권정생은 스스로 가난을 벗어나지 않고 평생을 가난하

---

3. 같은 곳.

게 산다. 그러나 무엇보다 거지 나사로와 입장을 같이하겠다는 다짐을 하고부터 그는 '가난한 삶', '욕심 없는 삶'을 살겠다는 의지를 더욱 굳건하게 하는 것이다.

그래, 그것이면 족한 것이다. 나는 거지 나사로를 알고부터 세상을 보는 눈을 달리했다. 천국이라는 것, 행복이라는 것, 아름다움이라는 것을 여태까지와는 거꾸로 보게 된 것이다.

내가 다섯 살 때 환상으로 본 그리스도와 십자가의 의미도 조금씩 알게 되었다. 거듭나는 과정은 아마 이렇게 서서히 이루어지는지도 모른다. 그리스도를 믿는 것은 가장 인간스럽게 사는 것이다.[4]

세상 보는 눈을 달리했다는 것은 단순히 세상을 '다르게' 보는 것이 아니다. 그는 세상을 '거꾸로' 보았다. '다르게'는 남들과 같지 않다는 '차이'에 불과하지만 '거꾸로'는 자신의 생각과 주장을 내보이며 기존의 것을 반대로 뒤집는 것이다. 그래서 권정생이 나사로를 알고부터 세상을 '거꾸로' 보게 되었다고 하는 말에는 세상에 대한 강한 '저항정신'이 담긴다. 돈과 권력을 쥔 부자가 지배하는 세상에서 '거지의 시선'으로 세상을 보는 것, 이것이 권정생이 '거꾸로' 보는 세상이다.

권정생은 "갈릴리의 가난한 시골에 태어나서 33년의 생애를 통해

---

4. 같은 책, 45~46쪽.

예수가 이루어놓은 삶의 정상은 바로 가난한 삶"이라 말한다. 예수는 "그 가난을 실천하기 위해 지금 굶주려야 하고, 지금 울어야 하고, 미움을 사서 내쫓기고, 욕을 먹고, 누명을 쓰고, 모욕을 당하고, 비난을 받고, 철저한 아픔을 다 겪어야 한다."고 했다. 예수는 그것이 행복이라고 "역설逆說을 역설力說"했다.[5]

'가난한 사람이 행복하다'고 "역설을 역설"한 예수의 말은 '거꾸로'와 통한다. '빈 깡통'을 들고 구걸을 하는 거지와 창고에 '기름진 음식'을 쌓아둔 부자 중에서 누가 더 행복할까? 누가 더 아름다운 삶을 사는 것일까? 권정생은 단연, 거지라고 답한다. 부자는 창고를 채우기 위해 남의 것을 빼앗아야 하지만 창고조차 없는 거지는 하루 먹을 양식만 있으면 된다. '기름진 음식'을 가득 쌓아둔 부자가 겉으로는 행복해 보일지 모르지만 마음속에는 욕심을 품고 있으니 끝없이 싸움을 일으킨다. 빈 깡통을 들고 하루 먹을 양식만을 구하는 거지는 겉으로는 보잘 것 없어 보일지 모르지만 마음은 평화롭다. 권정생은 부자와 거지의 겉모습이 아니라 보이지 않는 마음을 보았다. '거꾸로'는 또한 보이지 않는 아름다움을 보는 것이다.

세상을 '거꾸로' 보니 권정생은 싸움을 일으키는 부자보다 평화로운 거지가 더 행복하다는 것을 알았다. 예수가 높은 보좌에 임금처럼 앉아 있는 것이 아니라 가난하고 고통받는 사람들 곁에서 함께 고통스럽게 살고 있다는 것을 알았다. 그 고통을 함께 나누며 사는

---

5. 〈다시 김 목사님께 1〉,《빌뱅이 언덕》, 303쪽.

그곳이 바로 천국이라는 것을 알게 되었다. 그러고 나니 눈앞에 예쁘게 핀 꽃보다 거름이 되어준 똥에게로 눈길이 갔고 그것이 얼마나 아름다운지를 깨닫는 것이다.

　권정생이 거지로 떠돌 때 그에게 친절을 베풀어준 사람은 모두 가난한 이웃들이었다. 그들은 가난하게 살았지만 권정생의 빈 깡통에 밥 한 주먹을 나누어주는 아름다운 마음을 가졌고, 손길은 따뜻했다. 그들의 아름다운 마음과 따뜻한 손길에서 권정생이 느낀 것은 예수의 사랑과 다름 아니었던 것이다. 그제야 그는 예수의 십자가 죽음의 의미를 깨닫는다. 예수가 십자가 죽음의 고통을 감내하고 3일 후 생명을 갖고 다시 태어난 것은 가난한 이웃들과 함께 하기 위해서였다. "천국이라는 것, 행복이라는 것, 아름다움이라는 것을 여태까지와는 '거꾸로' 보게 되고서" 권정생은 다섯 살 때 환상으로 본 그리스도와 십자가의 의미를 비로소 알게 되는 것이다.

동화작가 권정생으로

　사람들이 병든 자신의 겉모습만 보면 하찮게 여기겠지만 보이는
것이 다가 아니란 생각이 들자 권정생은 이대로 그냥 죽을 수 없었
다. 죽이라도 끓여 억지로 삼켰다. 여전히 새벽이면 일어나 교회 종탑
의 줄을 당겼고 교회학교에서 아이들을 가르치며 조금씩 몸을 움직
였다. 덜 아픈 날에는 길을 걸으며 산책을 했다. 길을 걷다 보면 어느
덧 외로움도 고통도 억울한 마음도 가라앉았다. 그러나 병마의 고통
은 가시질 않았다. 사람들이 그를 보고 귀신같다고 할 정도로 몸은
점점 더 삐쩍 말라갔다. 사람들이 놀라는 모습을 보고 그는 '이제 곧
죽겠구나.' 생각하기도 했다.

　삐쩍 말라 얼굴도 몸도 볼품없었지만 교회학교에 나오는 아이들은
그 모습에 개의치 않고 "선생님, 선생님." 하며 권정생을 따랐다. 아이
들을 보면 동화를 쓰고 싶은 마음이 더욱 몽글몽글 피어올랐다. 그

릴 때 쓴 것이 동화 〈깜둥바가지 아줌마〉다. '깜둥바가지 아줌마'는 부엌 구석에서 아무렇게나 뒹구는 볼품없는 바가지이지만 작은 사기 그릇의 장난을 너그럽게 보아주는 마음 넓은 어른이다. '깜둥바가지 아줌마'처럼 못생기고 볼품없는 권정생이 아이들과 놀던 마음을 그대로 쓴 동화인데 1968년 대구 매일신문 신춘문예에 보내 예심까지 올랐지만 본심에서 떨어진다.

그러던 어느 비오는 날 산책길에서 그는 강아지똥이 잘게 부서진 자리에 민들레꽃이 핀 것을 본다. 사람들은 민들레꽃에 눈길을 주었지만 권정생은 '거꾸로' 제 몸을 잘게 부수고 있는 강아지똥에서 눈을 떼지 못했다.

"강아지똥은 지렁이만도 못하고 똥강아지만도 못하고 그런데도 보니까 봄이 돼서 보니까 강아지똥 속에서 민들레꽃이 피는구나."[6]

강아지똥 속에서 민들레가 피어났다. 똥이 거름이 되었다. 버려지는 것이 아니라 거름이 되는 것, 똥의 존재와 가치가 달라지는 순간이다. 강아지똥이 민들레꽃을 피우는 귀한 거름이라는 걸 깨달은 권정생은 종이를 꺼내 그것을 동시로 썼다. 그러나 만족스럽지 않아 그냥 구석으로 밀어두고 만다.

1969년 봄 권정생은 월간 《기독교교육》에서 '제1회 기독교 아동문

6. 〈'사람'으로 사는 삶〉, 《어린이문학》 1999. 2.

학상 현상모집' 광고를 보고 〈강아지똥〉을 동화로 고쳐서 응모해보고 싶은 생각이 들었다. 쓰고 고치고 쓰고 고치기를 반복하다 보니 어느새 원고지 150장을 다 써버리고 나서야 마무리했다. 마감까지 50여 일이 남은 날짜를 맞추려니 열에 들뜬 몸을 돌볼 새도 없었다. 아침에 보리쌀 두 홉을 냄비에 끓여 숟가락으로 세 등분 금을 그어 놓고 저녁까지 나눠 먹으며 시간을 아꼈다.[7] 그렇게 써서 보낸 원고를 심사위원들은 제목 때문에 아예 읽어보지도 않고 밀어뒀다가 나중에야 마지못해 읽는다. 그런데 뜻밖에도 내용이 좋다며 당선시킨 것이다.[8]

그렇게 세상에 나오게 된 〈강아지똥〉은 40년이 훌쩍 넘은 현재까지 〈강아지똥〉 하면 권정생이고 권정생 하면 〈강아지똥〉이라 할 만큼 권정생의 대표작이 되었다. 권정생은 몰라도 〈강아지똥〉은 다 알 만큼 우리나라를 대표하는 동화로 우뚝 섰다.

그러나 그것이 다가 아니다. 〈강아지똥〉은 죽음 앞에 선 권정생을 살려낸 동화이기도 하다. 권정생은 〈강아지똥〉을 쓰면서 죽음을 넘겼다. 그가 1966년 12월에 콩팥, 방광을 다 들어내는 수술을 하고 소변주머니를 달 때 의사는 2년 정도 살 수 있을 거라 했다. 1968년 가을 무렵에도 그는 '이제 난 죽는구나.' 생각하지만 〈강아지똥〉을 쓰는 동안 1968년 12월을 넘겼다.[9] 의사가 선고한 시한부 2년을 넘

---

7. 〈나의 동화 이야기〉, 《빌뱅이 언덕》, 16쪽.
8. 《살구꽃 봉오리를 보니 눈물이 납니다》, 60쪽.
9. 〈'사람'으로 사는 삶〉, 《어린이문학》 1999. 2.

긴 것이다.

그는 글을 쓰는 동안에는 곧 죽을 거라는 생각에서 잠시 벗어날 수 있었다. 〈강아지똥〉이 잘게 부서져 거름이 되어 민들레꽃을 피운다는 이야기는 누구보다 그 자신에게 위안이 되었다. 글을 쓰면서 강아지똥처럼 죽어도 끝이 아니라는 희망을 갖고 그 춥고 긴 겨울을 넘겼다. 2년을 넘겨도 죽지 않자 그는 곧 죽지 않을지도 모르겠다는 희망이 생겼다. 죽기 전에 좋은 동화를 실컷 쓰자고 마음먹고 하루하루를 넘기다 보니 그에게 드리워진 죽음의 그늘은 산 너머 저편으로 서서히 넘어가는 듯했다.

1969년 5월 〈강아지똥〉이 당선된 뒤에도 그는 다시 현상모집에 응모를 한다. 1971년에는 대구 매일신문 신춘문예에 〈아기양의 그림자 딸랑이〉를 응모해서 가작에 입선했다. 이 동화는 "서로가 같은 동족"인데도 뿔을 맞대고 "까닭도 없이 어마어마한 싸움을 벌"[10]이고 있는 아기 양들을 등장시켜 6·25전쟁을 상징적으로 묘사한다. 이 동화를 쓸 무렵은 베트남전쟁이 한창이었다. 전쟁을 반대하는 이야기를 당시 직접 표현하기 어려운 현실이었기에 아기양의 그림자인 '딸랑이'를 등장시켜 전쟁터가 되어버린 세상을 꼬집었다. 그런데 이 동화를 당선작으로 뽑기 전에 심사위원이었던 아동문학가 김성도가 권정생에게 전화를 한다. 권정생은 우체국까지 가서 전화를 받았는데

10.《강아지똥》, 세종문화사, 1974, 230쪽.

"권 선생님, 이거 문제가 되는데, 이건 이대로 안 되니까 이걸 삭제하는 조건으로 입선작으로 하겠습니다."[11]라고 했다. 문제가 될 만한 곳이 어디인지는 밝히지 않아 지금으로서는 알 수 없게 되었으나 어쨌든 그는 그 상금이면 1년을 살 수 있었기 때문에 어쩔 수 없이 심사위원이 말한 부분을 삭제하기로 한다.

권정생이 현상모집에 계속 응모를 한 것은 무엇보다 당선되면 상금을 받을 수 있기 때문이었다. 〈강아지똥〉으로는 당선 상금 만 원을 받았고 〈아기양의 그림자 딸랑이〉 상금은 2만 원이었다. 권정생은 동화를 써도 발표할 지면을 찾기 어려웠다. 어렵게 발표를 한다 해도 원고료는 생활비와 약값을 대기에 턱없이 부족했다. 상금은 그에게 중요한 수입원이었다. 그는 상금 때문에 응모하는 것이 마음에 걸렸지만 살아가기 위해 어쩔 수 없었다. 그 당시 잡지에 동화 한 편 발표해도 원고료가 몇천 원에 불과했던 것에 견주면 권정생이 받은 당선 상금은 상당히 큰돈이었다.

권정생은 〈강아지똥〉 상금으로는 5천 원을 주고 새끼 염소 두 마리를 샀다. 〈아기양의 그림자 딸랑이〉가 당선된 신춘문예 시상식이 끝나자 당선자들은 상금을 그대로 모아 술을 사 마셨다. 그러나 권정생은 김성도가 따로 불러 돈을 쥐어주며 빨리 가라 해서 그대로 돌아온다.[12] 그의 형편을 생각한 배려였다. 생활비가 언제나 부족했지만 그는 죽기 전에 써야 할 것을 어서 써야겠다고 마음먹으니 자꾸

11. 〈저것도 거름이 돼가지고 꽃을 피우는데〉,《권정생의 삶과 문학》, 65쪽.
12. 〈나의 동화 이야기〉,《빌뱅이 언덕》, 16쪽.

'조선일보' 1973년 1월 7일자 5면, 〈무명저고리와 엄마〉 동
화와 권정생의 당선소감(오른쪽)과 이원수의 심사평이 함
께 실렸다.

초조한 생각이 들어서 상금을 받으면 쌀이나 최소한의 생활비를 떼
어놓고는 원고지부터 샀다.

1973년에는 조선일보 신춘문예에 〈무명저고리와 엄마〉가 당선되고
상금으로 8만 원을 받는다. 이 동화는 일제강점기와 6·25전쟁의 소
용돌이 속에서 남편과 일곱 아이를 떠나보내는 어머니의 삶을 그린
것으로 처음부터 신춘문예를 생각하고 쓴 것이 아니다. 1970년 무렵
부터 '우리 슬픈 역사 이야기니까 써놓고 죽으면 누구를 통해서라도
작품을 남길 수 있으니 이것만은 꼭 써놓고 죽어야겠다.'는 생각에서
시작한다. 3년에 걸쳐 조금씩 노트에도 적고 생각나는 대로 종잇조
각에도 적어두었던 것을 원고지에 옮겨 적고 보니 60장 정도가 되었

다. 그런데 1973년 조선일보 신춘문예는 50장 내외로 원고모집을 했다. 그는 "60장 조금 넘더라도 안 되겠나" 싶은 생각에 되든지 안 되든지 보내보자 하고 보냈는데 당선되었다.[13]

권정생이 〈무명저고리와 엄마〉를 쓸 때는 월남전이 한창이었다. 그가 살던 조탑리 마을에도 전쟁터로 갔다 죽거나 다쳐서 돌아오는 사람들이 많았다. 그의 집 윗마을에 살던 긴대골 할머니는 둘째가 월남전에 참전했다. 할머니는 아들에게서 편지가 오면 권정생을 바쁘게 찾아왔다. 편지는 빠뜨리지 않고 한 달에 한 번씩 1년이 넘도록 오고 갔다. 권정생이 편지를 읽어주면 할머니는 아들을 대하듯 눈물을 흘리며 들었다. 그런데 어느 날 할머니는 보통 때 보던 항공용 봉투가 아니라 누런 피지 봉투를 가지고 온다. 전사 통지였던 것이다. 권정생은 주먹으로 방바닥을 치며 통곡을 터뜨리는 할머니 옆에서 함께 눈물만 흘렸다. 정미소 뒷집 아주머니의 딸은 식모살이를 하다가 미군 부대에 위안부로 갔다. 그리고 얼마 후 어느 흑인 병사와 살림을 차려 미국으로 갔다. 그 딸에게서 오는 편지는 길고 긴 소설처럼 이어지고 있었다. 권정생은 제발 더이상 불행해지지 않길 빌면서 편지를 읽었다.[14] 그는 편지로 이렇게 저렇게 훔쳐본 그 어머니들의 슬픔과 고통을 생각하며 〈무명저고리와 엄마〉를 쓴다.

이 작품은 자신이 듣고 경험한 '이야기'가 바탕이 되었지만 권정생은 이 작품을 쓰면서 역사의식에 눈뜨게 된다. 글을 쓰고 나서 그

---

13. 《살구꽃 봉오리를 보니 눈물이 납니다》, 18쪽.
14. 《오물덩이처럼 딩굴면서》, 182~183쪽.

는 슬픔과 고통의 세월을 살아온 어머니들이야 말로 우리 역사의 주인공이고 이들의 이야기야말로 우리 역사를 이어온 이야기라는 믿음이 더욱 강해졌다. 〈무명저고리와 엄마〉 당선은 그가 "동화 창작에 한 발 앞서 나가게"[15] 되는 계기가 되었다. 권정생은 〈강아지똥〉으로 이미 등단하여 작가로서 이름을 올리지만 〈아기양의 그림자 딸랑이〉, 〈무명저고리 엄마〉의 연이은 신춘문예 당선으로 명실상부한 '동화작가 권정생'이 되었다.

<hr>

15. 〈나의 동화 이야기〉, 《빌뱅이 언덕》, 17쪽.

이오덕을 만나다

1971년 1월 대구 매일신문에 〈아기양의 그림자 딸랑이〉가 실렸을 때 '권정생'이란 이름을 조용히 마음에 새겨둔 사람이 있었다. 이오덕이다. 이오덕은 그 무렵 도시 학교에서는 교육을 제대로 할 수 없다고 생각하여 안동군 동부국민학교 대곡분교장으로 가서 교직생활을 하고 있었다.[16] 그는 신문에 실린 권정생의 주소가 시골 교회로 되어 있어서 마음이 끌렸다. 권정생을 한번 만나 얘기라도 하고 싶었지만 이오덕은 그해 3월에 안동군에서 대구시 비산국민학교로 전근을 간다. 하지만 그는 도시 학교에서 적응을 하지 못하고 한 달 만에 다시 산골학교 발령을 신청하여 문경에 있는 김룡국민학교에 교감으로 간다. 그러느라 이오덕은 권정생을 찾아가지 못했고 편지도 한 장 쓰지

---

16. 이주영, 《이오덕 삶과 교육사상》, 나라말, 2006, 174쪽.

이오덕(왼쪽)과 함께 교회마당에서

못하고 두 해를 넘기고 만다. 그러다 조선일보 1973년 1월 7일자 신문에서 〈무명저고리와 엄마〉를 읽고는 놀라움과 기쁨에 권정생을 찾아갔다.[17]

1973년 1월 14일 일요일 아침, 버스 정류장에 내린 이오덕은 십 리 길을 걸어 안동 일직면 조탑리 탱자나무 울타리로 둘러싸인 조그만 교회로 들어섰다.[18] 교회의 부속건물 한쪽에 권정생이 살고 있는 작은 방이 있었다. 권정생은 이오덕을 반갑게 맞았다. 권정생은 이오덕을 본 적은 없지만 그의 마음속에는 '이오덕'이란 이름이 있었다. 1970년 가을, 이따금 들르던 헌책방에서 이오덕 동시집 《탱자나무 울타리》(1969)를 발견하고 사서 읽었는데 이 시집에 실린 "시 한 줄 한 줄이 읽는 이의 폐부를 찌르며 시들었던 양심을 일깨우고 용기를 북돋"아주는 것 같았다. "동시 자체에 풍기는 싱싱한 저항정신이라든가 후기에서 밝힌 시 정신"이 여태까지 읽었던 아동관과 너무 달라 권정생은 이오덕이 아직 30대가 못 되었을 거라 생각했다. 시집을 다 읽은 후 이오

17. 이오덕, 〈대추나무를 붙들고 운 동화작가〉, 《새생명》 1977. 1, 《오물덩이처럼 딩굴면서》, 297쪽 재인용.
18. 권정생·이오덕 대담, 이송희 정리, 〈권정생 이오덕 선생님과 함께〉《우리말과 삶을 가꾸는 글쓰기》 1999. 5, 29쪽)에서 권정생은 1973년 1월 14일 십 리 길을 걸어 이오덕이 찾아왔다고 말하고, 《이오덕 일기 1》(227쪽)에서 이오덕은 1973년 1월 18일 목요일에 진흙탕이 된 길 5리를 걸어 권정생을 찾아갔다고 쓴다.

덕에게 편지를 쓰지만 부치지 못하고 시간이 흘렀는데 그《탱자나무
울타리》의 주인이 찾아온 것이었다. 처음에는 "20대의 팔팔한 젊은
이가 아닌 50이 가까운 촌스러운" 이오덕을 보고는 몹시 당황했지만
곧 반갑게 맞았다.[19] 동시로 먼저 만나 알고 있었기에 권정생은 이오
덕을 만난 것이 처음이 아닌 듯 반가웠다.

그러나 사실 이들의 인연은 훨씬 더 오래전으로 거슬러 올라간다.
1947년 권정생이 조탑리에 정착하기 전 청송 외가 마을에서 살 때
이오덕은 청송화목공립보통학교 교사로 재직 중이었다. 권정생은 이
오덕이 있던 그 학교를 5개월 동안 다녔다. 그 당시 그들은 서로의 존
재를 몰랐고 나중에야 연도를 맞춰보고 알게 되지만 참으로 깊은 인
연이라 하지 않을 수 없다. 권정생은 이오덕과 이야기를 하면서 서로
마음이 통하는 걸 느꼈다. 이오덕과 마주 앉은 권정생은 가슴이 따
뜻해졌다. 권정생은 사람들 앞에서 좀처럼 마음을 터놓지 않는데 이
오덕 앞에서는 마음 놓고 이야기를 할 수 있었다.

권정생은 1972년 한 해 원고료 수입 4천 원에다 어느 낯선 할머니
가 5백 원을 주어서 총수입이 4천5백 원이었다. 그 무렵 국민학교 평
교사 월급이 만2천 원쯤이었으니 교사 한 달 월급의 반도 안 되는
돈으로 1년을 산 셈이다. 입을 옷도 여비도 없고 게다가 건강 때문에
서울까지 갈 수도 없어 조선일보 신춘문예 시상식에는 가지 못했다.
권정생은 처음 만난 이오덕 앞에서 투정을 부리듯 이런 이야기들을

19. 〈분교 마을 아이들〉,《내가 만난 고독》, 아리랑나라, 2005, 201~202쪽.

다 한다. 참으로 오랜만에 느낀 행복이었다.

권정생을 처음 본 이오덕은 〈무명저고리와 엄마〉를 읽었을 때보다 더 놀랐다. 삐쩍 마른 몸에 병색이 가득한 얼굴로 권정생이 들려준 이야기는 그의 모습보다 더 놀랍고 마음 아팠다. 이오덕은 권정생의 이야기를 들으며 미안하고 고마운 마음이 가시지 않았다. 혼자서 우리 민족의 온갖 불행을 한 몸에 지고 살아온 것처럼 느껴져 미안했고 그동안 힘겹게 생활하면서도 포기하지 않고 이렇게 훌륭한 글을 쓴 것이 너무도 고마웠다. 이오덕은 "여기다 동화 하나 써 보내 주세요." 하며 가방 속에 있던 원고지 한 권을 내놓았다. 그리고 원고지 사 쓰라며 억지로 돈 천 원을 두고 집으로 돌아온다.[20]

권정생을 만나고 돌아온 이오덕은 권정생이 병마의 고통을 견디어 조금이라도 더 오래 살며 좋은 작품을 쓰도록 도와주고 싶었다. 그는 권정생처럼 훌륭한 작가가 글을 쓰고 발표할 수 있도록 돕는 일이야말로 자신이 꼭 해야 할 일이라고 생각했다. 그만큼 권정생의 작품에 대한 믿음이 컸다. 이오덕을 처음 만났을 때 권정생은 9백 장짜리 장편동화《겨울 망아지들》[21]을 써둔 것이 있었고 단편 미발표 작품 20여 편(원고지 천 장 분량)이 있었다. 이오덕은 얼른 그것을 발표하여 원고료를 받도록 해야겠다고 생각했다. 권정생이 글을 쓰며 생활할 수 있는 최소한의 여건을 만들어주는 일이었다.

이오덕이 권정생의 동화를 훌륭하게 생각하는 것과는 달리 사람

---

20. 《이오덕 일기 1》, 232쪽.
21. 같은 책, 230쪽.

들은 낯설어했다. 특히 출판사나 잡지사에서 그리 환영받지 못했다. 심사위원들이 제목만 보고 〈강아지똥〉을 밀어놓았던 것처럼 제대로 읽기도 전에 사람들은 그의 동화에 심드렁했다. 권정생은 비록 얼마 안 되는 원고료와 상금으로 생활을 하는 형편이었지만 돈과 바꾸기 위해, 상을 타기 위해 동화를 쓸 생각은 없었다. 낯선 동화를 세상에 알리기 위해 이오덕은 더 많은 다리품을 팔아야 했다.

그 즈음 권정생은 동화를 쓰면 쓸수록 스스로 공부가 부족함을 느꼈다. 배우지 못한 것이 제일 슬프고 고통스러웠다. 책 한 권을 읽는데도 수없이 사전을 보아야 했고 글 한 편을 완성하는 것도 갈수록 힘이 들었다. 어려운 말을 쓰는 것도 어렵지만, 쉬운 말로 쓰는 것은 더더욱 어려운 일이었다. 그러나 그는 앉아서 배길 수 있는 힘만 있으면 열심히 읽고 무엇이든 썼다. 그러나 자신의 동화가 작품으로서 제대로 씌어졌나 하는 고민이 늘 따라다녔다. 생활을 위해서는 원고료가 꼭 필요했지만 한편으로는 원고료가 없더라도 우선 동화를 발표하고 싶었다. 여러 사람이 읽고 평해주기를 바랐기 때문이다. 권정생은 이오덕에게 원고료를 받지 않아도 되니 어디든 지면만 있으면 자기 작품을 내주라고 부탁한다.

마음은 그랬다 해도 권정생은 돈이 절실하게 필요할 때면 어쩔 수 없이 이오덕에게 펜을 들었다. "어쩌다 보니 겨울 동안 많은 낭비를 한 것 같습니다. 무연탄도 전보다 꼭 갑절을 소비시켰으니까요. 신문 대금도 밀려버렸습니다. 오천 원만 보내주세요. 선생님께 빚진 것 아무래도 갚을 수는 없을 것 같습니다."[22] 권정생은 이오덕에게 편지를 보내며 정신적으로나 물질적으로 보살펴준 것을 죽는 날까지 갚을 수는 없겠지만 잊지는 않겠노라고 다짐한다. 원고를 발표할 지면을 찾는 것도 어려운 일이지만 싣는다 하더라도 원고료를 바로 받는 건 아니었다. 이오덕은 바쁘게 지내느라 권정생의 원고료를 챙겨주지 못한 것을 오히려 미안해하며 급한 대로 자신의 주머니를 털어 돈을 보내주었다. 그 돈으로 권정생은 먼저 양식과 연탄을 사고 약을 샀다.

권정생은 봄이면 쑥을 뜯어 와서 밀가루 반죽을 해서 쑥나물 부침개도 해 먹고 산나물을 무쳐 먹기도 했다. 그럴 때면 봄기운이 몸으로 들어와 기운이 나는 듯했지만 여름이나 겨울에는 추위와 더위를 잘 견디질 못해 열에 시달리고 입맛도 없어졌다. 보통때는 보리밥에 나물만 먹어도 견딜 수 있는데 열에 시달리고 입맛이 없어지면 아무것도 삼킬 수가 없었다. 입맛이 없을 때는 어머니가 무쳐주었던 무생채와 산나물들이 생각났고 아무것도 삼킬 수가 없을 때는 살찐 암탉을 잡아 찹쌀을 넣고 끓인 닭고움국이 생각났다.[23] 그러나 어머니는 너무 먼 나라에 계셨고 주머니에는 닭을 살 돈이 없었다. 그는 먹어야 살 수 있다는 생각에 값싼 새끼명태를 사다 끓였다. 밥이든 죽이든 넘어가는 데까지 삼키고 나면 이젠 살았다 싶어졌다.[24]

돈이 있으면 가끔 입맛에 맞는 것을 사다 먹었지만 돈이 없어도

22.《살구꽃 봉오리를 보니 눈물이 납니다》, 45쪽.
23. 같은 책, 28쪽.
24. 같은 책, 51쪽.

그는 내색을 하지 않았다. 사람들이 궁금해 하면 보리밥이라도 맛있게 잘 먹고 있다고 말하곤 했다. 그는 너무 아프고 너무 배고프고 너무 슬퍼도 절대 남 보는 데서는 울지 않고 아픈 척도 하지 않았다. 그러나 이오덕에게만은 달랐다. 권정생이 자신의 마음을 모두 드러내놓고 솔직할 수 있을 만큼 이오덕은 권정생을 진심으로 대했던 것이다.

권정생은 병들고 가난하면 사람들이 짐스러워하고 업신여긴다고 생각했다.[25] 병든 사람은 병든 사람만이 위로해줄 수 있고 가난한 사람은 가난한 사람만이 도와줄 수 있다고 생각했다. 식구들 중에 누구 하나라도 아픈 사람이 있다면 식구들 모두가 고통스럽다. 가난한 집이라면 그 고통은 더더욱 크다. 권정생은 가난한 식구들이 자신 때문에 겪지 않아도 되는 고통을 겪은 것이 늘 마음 아팠다. 그래서 그는 교회 문간방에 정착해서 혼자 살게 된 것에 오히려 감사했고 죽을 때까지 누나와 동생과도 거리를 두고 산다.

권정생은 세상이 알아주는 유명한 사람이 되고, 돈이 많아지고, 건강해진다면 좋을 수도 있겠지만 자신만은 그러고 싶지 않았다. 그렇게 되면 잃는 것이 더 많아질 것이라 생각했다. 이름을 날리고 돈이 많아지면 가난한 이웃을 잃을 것이고 건강해지면 병든 이웃을 잃을 것이다. 그는 자신만 병마와 가난에서 탈출하여 이웃을 잃고 싶지 않았다. 아프고 가난한 사람들에게 이야기를 들려주며 위안을 주고 희망을 주고 싶었다. 이야기로 그들의 가슴에 맺힌 것을 풀어주고

---

25. 같은 책, 50쪽.

싶었다. 가난하고 병든 사람들을 떠나면 그에게 '이야기'는 더이상 없다. 그들과 함께 살며 이야기를 들어주고 들려주는 것이야말로 그가 글을 쓰는 진정한 이유였기 때문이다. 원고료를 조금이라도 더 받아주려고 애쓰는 이오덕의 마음은 알았지만 그는 한 끼 보리밥만 있으면 된다고 생각했기에 너무 애쓰지 말기를 바랐다.

이오덕은 권정생을 만나고 돌아온 뒤 사람들에게 권정생 이야기를 하며 그의 작품을 잡지 등에 실어주도록 도움을 청했다. 이원수는 〈무명저고리와 엄마〉를 당선시킨 심사위원이었는데, 이오덕이 적극적으로 나서자 그를 도울 방법을 함께 찾았다. 당시 한국아동문학가협회 회장이었던 이원수는 권정생이 회원으로 가입하면 작은 혜택이라도 받을 수 있지 않을까 생각했다. 권정생은 회원가입서와 함께 회비와 책값을 보냈다. 협회에서 회비 천오백 원과 기타 책값을 알려왔기 때문이다. 그 소식을 들은 이오덕은 당장 먹을거리를 걱정해야 하는 그에게 회비를 받는 것이 마땅치 않다며 돈을 돌려받도록 하였다. 이오덕의 마음을 모르지 않았지만 권정생은 가능한 만큼은 책임을 다하고 싶었다. 특별히 자신만 회비를 내지 않는 것은 진정 어린 도움을 받는 것과 달랐다. 할 수 있는 한 신세지지 않고 책임을 다하는 것, 그것이 권정생의 생각이고 자존심이었다.

이오덕은 이현주에게도 권정생 이야기를 꺼냈다. 이현주는 당시 대한기독교서회 편집기자로 있었고 1964년 조선일보 신춘문예에 동화 〈밤비〉가 당선되어 권정생보다 먼저 동화작가로 등단하였다. 이오덕은 출판 관련 일을 하고 있던 이현주가 아무래도 더 많은 도움을 줄 수 있을 거라고 생각했다. 이오덕의 말을 들은 이현주는 바로 권정생에게 엽서를 보냈고[26] 권정생은 이현주에게 작품을 보낸다. 그때부터 이현주는 권정생과 지기가 되어 호형호제하며 누구보다 솔직하게 서로 마음을 주고받는다. 권정생은 힘들고 외로울 때마다 '사랑하는 현주야', '내가 좋아하는 현주야'로 시작하는 편지를 쓰며 그에게 마음을 털어놓았다.

권정생을 만나고 5년쯤 지났을 때 이현주는 〈권정생이라는 사람과 강아지똥〉[27]이란 글을 발표한다. 이현주는 "이 글을 읽으면 그는 얼마나 화가 날까?" 생각도 해보지만 "태어나면서부터 당하기만 한 그가 이번에도 한 번 더 당했다 셈치고 하루나 이틀쯤 언덕배기에 올라 잔디 씨앗이나 쥐어뜯다가 그만둘 것이라는 음흉한 계산"[28]을 하며 가까이에서 보고 들은 권정생의 아픈 얘기, 동화 얘기, 사는 얘기들을 쓴다. 서로에 대한 믿음이 있었기에 가능한 일이었다.

역시나 이현주의 글은 파장이 컸다. 조용히 읽고 '권정생'이라는 사람을 마음에 새긴 사람들이 있는가 하면 부산 YMCA, YWCA 회원들은 4만2천5백 원을 모아 권정생에게 성금을 보낸다. 권정생은 고맙다는 답장을 정중하게 보내긴 하지만 정말 서럽고 오히려 외로운

---

26. 권정생은 이오덕에게 쓴 1973년 2월 8일자 편지에 이현주에게 엽서를 받았다고 쓴다.(《살구꽃 봉오리를 보니 눈물이 납니다》, 14쪽) 이현주는 〈동화작가 권정생과 강아지똥〉(《오물덩이처럼 딩굴면서》, 303쪽)이란 글에서 1974년에 이오덕의 소개로 권정생을 처음 만났다고 쓴다. 정황으로 봐서 이현주의 착각인 듯싶다.
27. 《뿌리깊은나무》 1978. 12. 이 글은 이현주 글모음 《한 송이 이름 없는 들꽃으로》(1984)에 〈동화작가 권정생과 강아지똥〉이란 제목으로 실렸고 같은 제목으로 《오물덩이처럼 딩굴면서》, 《권정생의 삶과 문학》에도 있다.
28. 《권정생의 삶과 문학》, 73쪽.

마음이 들었다. 그 글이 발표된 지 1년이 다 되어가던 어느 날은 전라도 송광사의 한 스님이 권정생을 찾아온다. 스님은 권정생이 고난 속에서 살아온 것이 무슨 성인聖人의 삶처럼 생각되었는지 어떻게 살아야 할지 가르쳐 달라고 했다. 권정생은 쥐구멍이라도 들어가고 싶었지만 용기를 내어 "죄 짓지 않으려고 산 속에 숨어 사는 것만큼 큰 죄는 없다. 그러니 가장 죄 많은 세상에 나와 죄인 괴수가 되자."[29] 고 딱 부러지게 말했다.

어쨌든 성금을 보내오는 것도, 삶을 한 수 가르쳐달라고 하는 것도 권정생으로서는 부담스러운 관심이었다. 권정생은 이오덕과 이현주가 다른 사람들에게 그의 이야기를 하는 진심을 모르지 않았다. 그러나 세상 사람들과 관계를 만들어가는 일이 그에게는 쉬운 일이 아니었다. 무엇보다 수줍음이 많았고 사람들이 멋대로 생각하는 관심에 마음이 편하지 않았다. 그러나 이오덕과 이현주가 있었기에 권정생은 평생 마음을 나누며 의지할 수 있는 사람들도 여럿 만나게 된다.

---

29. 《오물덩이처럼 딩굴면서》, 248쪽.

그리고, 사람들을 만나다

1973년 어느 날 경북 봉화군 삼동국민학교의 점심시간이었다. 이오덕은 갑자기 아이 우는 소리가 나서 나가 보니 한 아이가 다른 한 아이를 피투성이가 되도록 주먹질을 하고 있었다. 피범벅이 되어 맞고 있는데 말리는 놈 하나 없이 아이들은 무슨 재미있는 영화라도 보듯이 구경만 하고 있었다. 이오덕은 이때 이야기를 가지고 아이들 현실은 이러한데 아동문학작가들은 귀엽고 아름답게만 쓰려 하고 선생들도 제대로 된 교육을 하고 있지 않으니 이 지구 위에 우리 아이들보다 더 '비참한 아이들'은 없을 거라는 글을 쓴다.

〈비참한 아이들〉이라는 이 글은 《여성동아》 1973년 12월호에 발표된다. 봉화군 상운면에서 농사를 지으며 글을 쓰던 전우익은 이 글을 읽고 이오덕에게 감상문을 보냈다. 생전 보지도 못한 이오덕에게 대뜸 '이 형' 하며 편지를 썼는데 이오덕은 그런 그에게 오히려 친근

한 느낌을 받으며 한번 만나고 싶은 마음이 들었다.[30] 그로부터 이오덕과 전우익의 우정이 시작된다.

1976년 어느 날, 이오덕은 전우익의 손을 잡고 권정생을 찾아간다. 권정생은 둘을 처음 보았을 때 너무 닮아 쌍둥이는 아니더라도 사촌쯤은 되는가 싶었다.[31] 전우익은 권정생을 만나고 얼마 안 되어 일어로 된 소설책 한 권을 선물한다. 니콜라이 오스트롭스키Nikolai Alekseevich Ostrovskii의 《강철은 어떻게 단련되었는가》였다. 작가는 가난한 노동자의 아들로 태어나 초등학교도 제대로 다니지 못하고 전기공 보조로 일하다 1919년 러시아 국내전에 적군으로 참전하는데 그때 중상을 입어 실명失明을 하고 전신마비가 된다.[32] 그런 상태에서 집필한 이 책은 가난한 노동자 소년이 혁명 전사가 되어가는 삶을 그린 자전소설이다. 권정생은 소설을 읽는 동안 자신의 소년시절이 떠올랐다. 그 자신도 '강철'이 되지 않으면 안 될 그런 시련과 고통을 다 겪고서야 비로소 병든 몸으로 작가가 된 것이 아니었던가.

이 소설을 읽었던 1976년은 유신독재시대로 '러시아혁명'을 꿈꾸었던 그 시대만큼이나 권정생도 새로운 세상을 간절히 열망했다. 소설을 읽고 권정생은 '아, 전 선생님이 나하고 같은 마음이구나.' 하는 생각이 들었다. 그리고 자기가 좋아하는 책을 선물했을 때 상대방도 그 책을 좋아하면 마주앉아 얘기하는 것보다 더 마음이 맞는 친구

---

30. 《이오덕 일기 1》, 276쪽.
31. 〈세상살이의 고통과 자유〉, 《우리들의 하느님》, 205쪽.
32. 니꼴라이 오스뜨로프스끼, 김규종 옮김, 《강철은 어떻게 단련되었는가》, 열린책들, 2000년 신판, 653~654쪽 참조.

가 될 수 있다는 걸 알게 된다. 그 후 권정생과 전우익은 분단, 통일, 농촌 문제 등 정치, 사회, 경제에 관한 책뿐만 아니라 역사, 철학, 문학, 예술 등 모든 분야의 책을 함께 나누어 읽었다. 권정생은 책을 읽고 나면 "참 좋은 책입니다."라며 전우익에게 편지를 보내곤 했다.

《反體制の藝術》(반체제 예술)은 안동 갈 때 가지고 가겠습니다. 좋은 책이었어요. 로댕, 고야, 고흐, 루오, 피카소, 샤갈 등등 모두 좋지요. (1980. 4. 11)

《思想の現代的 條件》(사상의 현대적 조건)을 읽고 있습니다. 참 좋은 책입니다. (1981. 6. 15.)

《철학개론》은 아직 읽지 못했습니다. 원고를 쓰다 보니 책하고는 좀 멀어졌습니다. (1982. 5. 10.)

장주네, 하야시 후미꼬, 노신이 점점 좋아지게 되었습니다. (1982. 10. 14.)

大崎正治(오사키 마사하루)의 《鎖國の經濟學》(쇄국의 경제학)을 읽고 있는데 참으로 인간은 비겁하고 악랄한 짐승이라고 생각했습니다. 그리고 아직도 인간은 무지에서 벗어나지 못하고 있다는 것입니다. 좋은 책 주셔서 감사합니다. (1983. 4. 6.)

약이 갑자기 떨어져 안동에 갔다가 《제3세계 연구》를 사왔습니다. 몇 개 읽어보니까, 그림, 영화에 대한 것이 참 좋았습니다. (……) 그런데 주로 흑인들과 라틴 아메리카의 인디언들인데 그들의 의식수준이 상당히 높았습니다. (……) 자신(지식인)들의 생각을 일방적으로 주입

시키고 그렇게 따르도록 강요하지 않고 민중들의 생각을 이해하고 그들의 주장을 들어주는 것이 라틴 아메리카의 혁명 지도자들의 태도였습니다. (……) 체 게바라는 제2의 예수처럼 흑인들과 라틴아메리카 민중들의 가슴에 살아 있었습니다. (1984. 8. 18.)

샤르트르의 책을 제가 한번 권할 테니 읽어보시기 바랍니다. 《자유에로의 길》을 17일 영화하는 날 드리겠습니다. 샤르트르는 자유를 파괴하지 않으려고 시몬느 보봐르와 필요할 때만 며칠씩 부부가 되었다가 헤어지는 아주 계산적인 인생을 살았습니다. 저는 별로 좋은 방법이 아니라고 생각하지만 그럴 수도 있다는 주장에는 찬성합니다. (1985. 1. 8.)[33]

권정생은 가끔 안동시내에 가서 책을 살 때면 전우익에게 책을 사서 보내거나 편지에 소액환을 함께 보내며 책을 사보라고 하곤 했다. 권정생은 전우익과 함께 책을 읽고 감상을 나누며 그를 둘도 없는 책 동무이자 스승이라 여겼다.

1975년 무렵 이현주는 크리스천아카데미에서 정호경 신부를 만난다. 정호경은 1968년 사제 서품을 받은 후 안동 목성동 성당에서 사목활동을 하다 1973년 서울로 간다. 대학원에서 심리학, 동양철학, 불교 등을 공부하다가 이현주를 만날 무렵 '천주교정의구현전국사제

---

33. 《오물덩이처럼 딩굴면서》, 263~276쪽.

단' 결성에 적극 참여하고 있었다.

1972년 10월 비상계엄령 선포 하에서 유신헌법으로 박정희가 대통령에 취임하자 대학생을 중심으로 유신체제에 반대하는 운동이 본격적으로 일어난다. 저항운동이 대학생에서 점차 재야, 종교인, 지식인 등 사회 각계각층으로 퍼지자 유신정권은 반反유신체제운동의 배후가 '전국민주청년학생총연맹'이라며 있지도 않은 유령 단체를 만들어 수많은 대학생과 사회 각층의 민주인사들을 구속 수감하였다. 이를 '민청학련 사건'이라 하는데, 유신독재정권에 반대하던 민주화 세력을 탄압한 유신정권 최대의 조작극이었다.

1974년 5월 27일 긴급조치 1호와 4호 위반, 국가보안법·반공법 위반, 내란예비음모·내란선동 등 어마어마한 혐의를 뒤집어쓰고 학생과 재야 민주인사들이 구속되었고 7월 6일에는 민청학련에 자금을 대주었다는 혐의로 천주교 원주교구장 지학순 주교가 로마 바티칸에서 돌아오던 길에 김포공항에서 중앙정보부로 끌려갔다.[34]

이에 7월 10일 명동성당에서는 시국 미사를 거행한 뒤 '지학순 주교의 연행에 관하여'라는 성명을 발표한다. 그날 김수환 추기경이 대통령과 면담을 한 뒤 지학순 주교는 풀려났으나 당시 명동성당 옆에 있던 성모병원에 연금된다. 지학순은 비상 군법회의에 출두하라는 소환장을 받지만 이를 거부하고 1974년 7월 23일 오전 9시, 성모병원 앞에서 5백여 명이 모여 기도회를 가진 자리에서 "유신헌법은 민

---

34. 문정현 구술, 김중미 정리, 〈길을 찾아서-지학순 주교 구속에 분노해 '운동권 신부'로〉, 한겨레신문, 2010. 6. 13.

주헌정을 배신적으로 파괴하고 국민의 의도와는 아무런 관계없이 폭력과 공갈과 국민투표라는 사기극에 의하여 조작된 것이기 때문에 무효이고 진리에 반대되는 것"[35]이라고 양심선언을 한 후 중앙정보부에 강제로 끌려가 수감된다.

8월 1일 원주교구 신부들이 기도회를 열고 항의를 했으나 비상 군법회의는 10월 7일 지학순 주교에게 징역 15년을 선고한다. 지학순 주교의 구속을 계기로 신부들은 "긴급조치의 허구성과 유신체제의 모순성을 극명하게 알게"[36]되고 전국의 각 교구에서는 지학순의 구속을 규탄하는 기도회를 열었다. 그러던 중 1974년 9월 23일 원주에서 열린 전국 성직자 세미나에서 '천주교정의구현전국사제단'이 결성된다. "인권과 민주회복을 위해 노력할 것을 결의"한 사제단은 함세웅 신부가 주도했고 원주, 서울, 부산, 인천, 전주, 안동 등 전국의 신부들이 모였는데 정호경 신부는 이때부터 활발하게 활동한다.

서울에서 공부를 하던 중 천주교정의구현전국사제단 결성에 참여했던 정호경 신부는 1976년 5월 25일 안동교구 사목국장으로 부임한다. 부임 후 그는 안동교구청에서 펴내는 주보 이름을 〈공소사목〉으로 바꾼다. '공소'란 '본당에 소속되어 있으나 사제가 상주하지 않는 소규모의 작은 교회'를 뜻하고, '사목'이란 '마치 양을 치는 목자가 양떼를 돌보듯 하느님이 당신의 백성을 보살피신다는 의미에서 비롯

35. 민청학련운동계승사업회 엮음, 《실록 민청학련 2》, 학민사, 2004, 261~262쪽.
36. 같은 책, 282쪽.

된 말'이다.[37] 〈공소사목〉이란 이름에서 작고 약한 것을 보살피고 고통을 함께 나누려 하는 정호경 신부의 마음이 엿보인다. 권정생은 이현주와 편지 왕래를 하며 호형호제했던 터라 자연스럽게 안동으로 온 정호경 신부를 만났고 〈공소사목〉도 받아서 꼼꼼히 읽었다.

정호경 신부는 1980년 2월 3일부터 3월 30일 사이에 〈공소사목〉에 권정생이 보낸 편지를 여섯 번에 나누어 싣는다. 권정생은 1979년 1월부터 6개월 동안 정호경 신부의 손에 이끌려 가톨릭에서 운영하는 연화요양원에 입원을 했다. "신부님의 사랑만은 받아들이겠으니 입원만은 제발 더 이상 권치 말아주세요."[38] 했건만 어쩔 수가 없었다. 그런데 1개월 반 만에 병이 더 악화될 정도로 이 요양원은 운영이 엉망이었다.

보통 환자들의 요양원 입원 기간은 9개월이었다. 그러나 권정생은 6개월 만에 강제퇴원을 당했다. 요양원에서는 한 달에 한 번 입퇴원 환자 환송잔치를 한다. 입원환자에게는 긴 시간 요양원의 생활에 대하여 친절하게 안내하고 퇴원환자에게는 축하의 자리가 되어야 할 텐데 원장이나 직원들조차 참석하지 않고 형식에 그치고 있었기 때문에 환자들이 아무도 참석하려 들지 않았다. 아픈 환자들을 생색내기 위한 행사에 동원하니 김휘중이란 환자가 불만을 표현하는 노래를 불렀고 권정생도 따라 불렀다. 그것이 급기야 부병동장인 "최군" 간의 싸움으로 번졌다. 요양원을 관리하던 수사는 술렁거리는 병실

37. 가톨릭정보 홈페이지(http://info.catholic.or.kr), 가톨릭 용어사전.
38. 《오물덩이처럼 딩굴면서》, 242쪽.

요양원에 입원한 권정생(뒷줄 오른쪽)

사람들에게 "이 새끼들!"이란 폭언까지 하며 환자들의 불만을 잠재우려 하였고 이 사건은 개신교였던 김휘중과 가톨릭 신자였던 부병동장 최군 사이에 벌어진 종교적 대립으로 취급하고 끝내버린다. 그로 인해 김휘중이 강제퇴원 당하자 권정생도 다음날 수사를 만나 "인간적인 입장에서 환자들의 문제점을" 말하고 자진퇴원을 한다. 그러나 이미 요양원에서는 권정생에게 강제퇴원령을 내린 상태였다.

퇴원 후 닷새째 되던 날인 1979년 6월 28일, 권정생은 정호경 신부에게 요양원 내에서 겪은 여러 문제에 대해 편지를 쓴다.

환자들이 부당한 대우를 받고 있다는 사례는 너무도 많아 일일이 들 수는 없지만 몇 가지만 알려드리겠습니다. (……) 우리는 5월부터 물 사정이 나빠 어려움을 겪어왔습니다. 청소할 물, 식기 설거지할 물, 심지어는 늦게 일어나면 세수할 물조차 없었던 것입니다. (……) 그런데 수사님들이 오신 토요일은 어째서 수돗물이 잘 나왔는지 모르겠습니다. 수돗물 사정뿐만 아니라 그날 점심식사 때 반찬이 달랐습니다. (……) 특별히 식사가 좋은 날은 또 있습니다.

디오메데스 수녀님이 왕진을 오시는 수요일입니다. 한 달에 두 번 갈아입는 환의는 화요일에 입습니다. 한 달에 한 번 갈아입히는 침대의 홑전도 화요일입니다. 목욕 일자도 화요일입니다. 수요일은 외래환자들, 손님들이 오는 날이니 기왕이면 깨끗이 입고 좋지 않으냐는 주장도 우리는 수긍이 갑니다. 그러나 (……) 화장실에서, 세면장에서, 식당에서, 실수를 하여 옷을 버리거나 찢길 때가 불가피한 것입니다. 그런 때도 우리는 화요일을 기다려야 하는 것입니다. (……)

왕진 때, 처방을 내리면 즉시 처방대로 치료약이 공급되어야 하는데도 그렇지가 않습니다. 2, 3일 늦은 건 보통이고, 1주일씩, 심지어는 한 달 후에야 처방된 약이 공급되는 일도 있었습니다. 감기에 시달리는 환자는 그 감기가 나을 때쯤에야 약을 갖다 주는 사례도 있었습니다.[39]

권정생은 성직자 역시 어디까지나 인간이지 그 이상이 아닐 텐데, 병든 환자들이라고 마구잡이로 다루는 것이 억울하고 서러웠다. 그럴 때면 그는 "신부님도 수사님도 인간으로 볼 수 없"는 마음이 들었다. 권정생의 편지에는 환자나 신부들의 말과 행동이 아주 구체적이고 상세하게 적혀 있다. 정호경 신부는 권정생의 편지를 "교회의 뼈 아픈 성찰자료로 삼고 싶다"며 〈공소사목〉에 그대로 싣는다. 〈공소사목〉에 실린 권정생 편지를 읽은 대구의 전주원 신부는 요양원에서

---

39. 안동교구, 〈공소사목〉 1980. 2. 3~3. 30.

지시하는 규율에 따라 살아야 할 의무가 있는 환자가 사사건건 불평 불만만 하는 것에 대해서, '신부나 수도자를 사람으로 보지 않는다느 니 하는' 극단적인 표현에 대해서, 그런 편지를 사목지에 실은 편집 인들에 대해서 유감의 편지를 보낸다.

그 편지를 읽은 권정생은 1980년 4월 11일 전우익에게 "〈공소사목〉지에 나온 반박문 읽었습니다. 앞으로 더 많은 비난이 나왔으면 합니다. 몇 번 더 나온 뒤에 제가 다시 쓰겠습니다."라는 편지를 보냈고, 정호경 신부는 '본지 편집자가 보내는 편지'라며 〈공소사목〉에 권정생의 편지를 왜 실었는지 밝힌다. 그는 권정생의 편지가 "환자들의 아픔과 슬픔, 예수 그리스도와 교회의 참모습을 만나는데 좋은 자극이 되리라" 본다며 "교회 내의 문제나 교회 외의 문제가 별개라고 보기 어렵기에" 가톨릭에서 운영하는 요양원의 문제를 함께 토론하고 비평하여 "오늘의 교회가 제 모습 — 예수그리스도의 모습 — 을 찾기 위한 성찰자극"이 되기를 바란다고 했다.

〈공소사목〉은 권정생과 이오덕, 이현주, 전우익, 그리고 정호경 신부는 물론, 가톨릭 신자가 아니더라도 가톨릭농민회를 비롯한 많은 사람들이 서로 소통하고 논의하고 논쟁하며 토론을 펼치는 '마당'이었다. 어린이나 농민 노동자들이 생활글을 쓰면 이오덕이 짧은 평을 해주기도 했고 이현주는 목사였지만 '강론자료'나 시를 쓰기도 했다. 재일한국사학자로 한국근대사를 연구하던 강재언의 글 〈봉건체제 해체기의 갑오농민전쟁〉을 23회에 걸쳐 연재하기도 했다. 언론이 통제

되고 억압되던 시대에 〈공소사목〉은 교구소식은 물론, 역사의 의미를 되새기거나 세상살이 이야기를 함께 나누며 소통하는 소식통 노릇을 하며 사람들 손에서 손으로 전해졌다.

정호경 신부는 1980년대 '한국가톨릭농민회'에서 농민운동을 주도한다. 그때 그는 "너무 늙기 전에 노동할 만큼 건강할 때 시골에 가서 농사지으며 살다가 죽겠다."[40]는 결심을 한다. 그는 신부가 짜인 틀 속에서 성당 일만 하는 것이 아니고 교육이나 복지에 투신할 수도 있고 도시빈민이나 노동자 또는 농민과 함께 살 수도 있다고 믿었다. 그는 '입품'만 살다 가는 삶이 두려웠고 '즐겁게 땀 흘려 일하다 가는 삶'이 그리웠다. 가톨릭농민회 소임을 마치고서 1989년 경북 상주에 있는 함창성당에 있을 때 정호경 신부는 전우익의 소개로 목공일을 배운다. 1992년에 처음 집 설계를 하고 1994년부터는 안식년에 들어가서 5년 동안 경북 봉화군 명호면 비나리 풍락산 자락에 손수 집을 지었다. 그 집에서 낮에는 농사짓고 밤이나 겨울 농한기에는 책을 읽으며 '돈 없이도 즐겁게 사는 삶'을 살았다.

교구청의 경제적 지원을 거부하고 스스로 농사를 지어 먹고 산 정호경 신부를 권정생은 부러워했고 노동을 하지 못하는 자신을 부끄러워했다. 정호경 신부는 그런 권정생에게 '글을 쓰는 것도 대단한 노동'이라며 위로를 해주었다. 동화 《비나리 달이네 집》(2001)은 다리 하나를 잃은 강아지 '달이'와 함께 집을 짓고 농사일을 하는 신부 이

40. 정호경, 《손수 우리 집 짓는 이야기》, 현암사, 1999, 10쪽.

야기다. 원래 이 동화는 대구 근처 "장애아 시설에서 가끔 내고 있는 쪽지 회보에다 10장 정도 분량으로 처음"[41] 썼는데 권정생은 "다리 하나가 잘려나간 강아지를 같은 장애를 가진 아이들이 무척 좋아했다는 말을 듣고" 좀 늘여서 《비나리 달이네 집》을 완성한다. 이 동화에 등장하는 신부는 정호경을 모델로 한 것으로 독재와 억압의 시대에 시련과 고통의 시간을 지나서 자연으로 돌아간 오랜 지기에게 바치는 '헌정동화'쯤 될 듯싶다.

정호경은 아이 같은 마음으로만 사는 권정생에게 잔소리를 많이 했다. 보통은 권정생이 너무 가난하고 힘들게 사는 것이 안쓰러워 조금은 편안한 생활을 하기를 바라는 마음에서 잔소리가 시작된다. "이제 그 지독한 가난을 좀 벗어나서 편하게 살 만하지 않아요?" 정호경 신부가 이렇게 말한다고 해서 호의호식을 하라는 것이 아니라는 것쯤은 권정생도 안다. 하지만 권정생은 그런 정호경의 말을 귓등으로도 듣지 않고 고집스럽게 살았다.

권정생은 2005년 5월 10일 미리 쓴 유언장에서 정호경을 두고 "이 사람은 잔소리가 심하지만 신부이고 정직하기 때문에 믿을 만하다."라고 적어놓는다. 정호경은 아이같이 순진한 권정생이 혼자 생각하고 결정하는 것을 보면서 사실 싫은 소리를 많이 하긴 했다. 그러면 권정생도 "남에게 싫은 소리 듣는 것은 싫어서 뭔 말만 하면 잔소리 한다고 투덜"[42]댔다. 정호경은 어찌 보면 생활 자체에 적응하지 못하

41. 〈내 작품은 이렇게 태어난다〉, 《죽을 먹어도》, 아리랑나라, 2005, 57쪽.
42. 한상봉, 《농민이 된 신부 정호경》, 리북, 2013, 16~17쪽.

고 그 고운 마음으로 글을 쓰는 것밖에는 아무것도 하지 못하던 권정생이 늘 안타깝고 답답한 마음이었다. 권정생은 유언장에다 '만약에 죽은 뒤 다시 환생을 할 수 있다면 건강한 남자로 태어나서 25살 때 22살이나 23살 쯤 되는 아가씨와 연애를 하고 싶다.'고 쓴다. 그런데 정호경은 그가 건강하게 다시 태어나도 "수줍음이 많아서" 연애를 못할 것 같다고 생각했다.[43]

권정생은 '최완택 목사, 정호경 신부, 박연철 변호사가 모든 저작물을 함께 잘 관리해 주기를 바란다.'는 유언과 함께 10억이나 되는 돈을 남긴다. 그는 생전에 "정호경 신부에게 인세로 받은 오천만 원을 주면서 북한에 옥수수를 사서 보내달라고 부탁"을 한 적이 있다. 정호경은 "기꺼이 발 벗고 나서 그 심부름을 해주었다."[44] 권정생은 전교조 인천지부 해직교사들에게는 맛있는 거 사먹으라고 돈을 부쳐주기도 했고,[45] 2004년 북한 용천역 폭발사고 때는 한겨레신문에 성금을 보내기도 했다.[46] 6·25 때 월북한 국민학교 때 최○○ 선생님 부인이 이산가족상봉을 갈 때에도, 돈이 없어 약을 먹지 못하던 이웃 노인에게도 선뜻 지갑을 열었다.[47] 크고 작은 돈을 알게 모르게 썼지만 더 많은 돈을 남기고 세상을 떠났다.

정호경 신부는 평생 가난하게 살았던 권정생이 떠날 때는 가난하게

43. 같은 곳.
44. 같은 책, 202쪽.
45. 《권정생의 삶과 문학》, 95쪽.
46. 한겨레신문 2004. 4. 30.
47. 이계삼, 〈이 땅 '마지막 한 사람'이었던 분〉, 《우리들의 하느님》, 311~312쪽.

떠나지 못한 것이 안타까웠다. 권정생 스스로가 생전에 돈 쓸 곳을 찾아 다 주고 가야 하는데 그것을 하지 못해서 남은 사람들을 힘들게 만든다는 생각이 들었던 것이다. 이 일로 정호경 신부는 "미리 미리 정리할 건 정리해두어야지"[48] 하는 마음에 자기 소유로 되어 있던 비나리 땅뙈기를 교구 명의로 돌려놓는다. 그리고 2012년 4월 27일, 정호경 신부는 고스란히 몸만 남긴 채 권정생 곁으로 갔다.

내가 지금 60대 중턱인데, 한 나그네를 30년 넘게 한 해도 거르지 않고 순례하듯 찾아다녔네, 그래. 길도 멀고 불편한데, 그냥 그 '인간'이 좋아서, 만나고 오면 내가 정화되는 것도 같고, 그래서 어떤 때는 한 해에 몇 번씩 찾아가기도 했었지……. 정생 형이 참 많이도 아팠어. 소변 줄 갈아 끼울 때, 에이는 듯이 아파서, 그거 하고 나면 며칠 동안 기운이 하나도 없고……[49]

2007년 5월 최완택 목사가 추억하는 권정생이다. 그냥 좋아서, 만나면 정화되는 것 같아서 '순례'를 하듯 그는 30년 넘게 권정생을 만나러 갔다. 예수를 믿었던 권정생은 이현주, 최완택, 김영동 목사에게 날카롭게 교회와 기독교를 비판하고 삶에 대해 채찍질하면서도 인간적으로는 익살스럽고 훈훈하게 대했다. 그들과 권정생은 믿음과 장난기로 다져진 우애 깊은 형제 같다.

---

48. 한상봉, 앞의 책, 17쪽.
49. 이계삼, 앞의 책, 300~301쪽.

최완택, 김영동 목사가 교회에서 펴내던 주보는 군부독재정권 당시 검열과 통제로 글을 발표하기 어려웠던 때 권정생이 글을 발표할 수 있는 무대가 되어준다. 특히 《도토리 예배당 종지기 아저씨》 (1985)는 1980년대 초 독재와 억압에 시름하는 세상에 일침을 가하는 해학과 풍자의 진수를 보여주는 것으로 최완택 목사가 펴낸 민들레교회 주보 〈민들레교회이야기〉에 연재되었다. 〈민들레교회이야기〉에는 자전 소설 《한티재 하늘》과 '권정생의 구전동요'도 실렸다. 김영동 목사가 발행한 화가교회 청년 회지에는 《몽실 언니》를 연재했다.

권정생이 동화를 써서 보내면 김영동 목사는 원고료를 꼭 보내주었다. 그는 김영동 목사가 주보에 실을 동화를 써 달라고 자꾸 부탁하는 것이 원고료를 주고 싶어서 그러는 모양이라고 생각했다.[50] 그런 마음을 알기에 권정생은 《몽실 언니》를 썼을 때 2회분을 보냈다. 1981년 말에 주보에 2회까지 실렸던 《몽실 언니》는 1982년 1월부터는 《새가정》 잡지로 옮겨 처음부터 다시 연재된다. 하지만 10회까지 썼을 때 '착한 인민군 청년'과 몽실이가 편지를 주고받는 장면에서 안기부의 압력을 받는다. '인민군 청년'이 결코 착해서는 안 되는 반공의 시대였기 때문이다. 두 달 동안 연재가 중단되고 삭제와 수정을 당한 뒤에야 1984년 3월 연재를 마칠 수 있었다.

권정생은 힘들고 어렵던 시절에 만나 오랫동안 그의 곁에 있어준 이현주, 최완택, 김영동 목사에게 늘 감사했다. 그는 그런 마음을 익

---

50. 《이오덕 일기 2》, 253쪽.

살스럽게 담아서 2002년 〈임오년의 기도〉란 시를 쓴다.

눈 오는 날
김영동이 걸어가다가
꽈당 하고 뒤로 자빠졌으면
속이 시원하겠다
오월 달에
최완택이 산에 올라가다가
미끄러져 가랑이 찢어졌으면
되게 고소하겠다
칠월 칠석날
이현주 대가리에 불이 붙어
머리카락이 다 탈 때까지
소방차가 불 안 꺼 주면
돈 만 원 내놓겠다
올해 '목' 자가 든 직업 가진 몇 사람
헌병대 잡혀가서
곤장 백 대 맞는다면
두 시간 반 동안 춤추겠다
이 모든 것이 이루어져
모두 정신 차려 거듭나기를
예수그리스도의 이름으로

기도하옵나이다

아멘[51]

〈임오년의 기도〉를 읽은 이현주는 다음 해인 2003년 계미년 새해 아침에 권정생에게 답례로 "〈목씨네 삼형제 이야기〉(부제 — 권정생의 주제에 의한 변주곡)"이라는 동화를 쓴다. 첫째 목일목(최완택)이 산에 올라가다 가랑이 찢어진 것이나 둘째 목이목(이현주) 대가리에 불이 붙은 것, 셋째 목삼목(김영동)이 꽈당 자빠진 것은 목씨네 삼형제가 홀아비를 잃고 고아가 되었을 때 남쪽 빌뱅이 언덕, 마음 착한(?) 마귀할멈(권정생)이 정성껏 복을 빌어줘서 그리 된 거라며 그 덕에 모두 정신 차려 형제가 흩어지지 않고 함께 살게 되었다는 이야기다. 이 동화도 〈민들레교회이야기〉에 발표된다.

권정생이 이들을 처음 만났던 그때 그 시절에는 단지 '목'자가 든 직업을 가졌다는 이유만으로도 "헌병대에 잡혀가서 곤장 백 대를" 맞고도 남는 현실이었다. 그럴 만큼 상식이 통하지 않는 철권통치의 시대였다. 군사독재 시대는 끝났지만 여전히 "모두 정신 차려 거듭나"야 할 일은 너무도 많았다. 그는 이 시 한 편에 시대를 넘나드는 현실을 풍자하면서도 최완택, 이현주, 김영동 목사에 대한 특별한 우정과 사랑을 여실 없이 보여 주었다.

〈임오년의 기도〉를 쓰고 얼마 후 한일월드컵에서 우리나라가 4강

---

51. 〈민들레교회이야기〉 510호.

까지 오르며 연일 승리를 할 때 권정생은 6월 한 달 동안 신나게 살았다며 "반만 년 동안 지기만 하고 살던 나라가 이기고 또 이겼으니 얼마나 대단한 경사냐"며 기뻐했다. "그것도 최진철, 이영표, 김남일이 있었다는 게 더욱 뜻깊은 승리였다"며 '밥값도 못하는 같은 최가, 이가, 김가'인 최완택, 이현주, 김영동에게는 이렇게 편지를 쓴다.

최완택이하고 이현주, 김영동이 축구선수가 안 된 것이 천만다행이다. 만약 셋이 축구시합 나갔다면 매번 십대 빵으로 지기만 했을 테니 참말로 대한민국을 위해서나 본인들을 위해서도 천번 만번 잘한 짓이다. (……)
어쨌든 완택아, 제발 세상에서 잘난 체하지 말고 축구선수처럼 살아라. 축구선수를 보니까 이기고 지는 것이 분명하고 모두 솔직하더라. 혼자서 제 잘난 척하지 않고 서로가 도와주며 공을 몰고 가서 차 넣는 게 참으로 모범되는 삶이 거기 있더라. 남이 다 보는 앞이니 속여도 금방 드러나고 폭력을 쓰면 쫓겨나고 모든 것이 열린 장소에서 땀 흘리며 하는 경기니 모든 사람들에게 박수를 받는 게 당연하다고 본다. (……)
최완택이, 이현주, 김영동이 이번 기회에 반성하기 바란다. (……)
제발 잘 살아라.[52]

---

52. 〈민들레교회이야기〉 519호.

시 한 편, 편지 한 통에 재치와 풍자가 넘친다. 그러면서도 폭력이 없고 정직한 세상을 꿈꾸는 권정생의 진심이 다 보인다. 이 글들은 최완택, 이현주, 김영동에 대한 믿음과 사랑이 없고서는 도저히 쓸 수 없는 것이다. 이들의 우정은 이렇게 30년 넘는 세월 동안 고난 속에서도 웃음을 잃지 않고 커져 갔다.

권정생은 이오덕, 이현주는 물론 이들을 통해 만난 전우익, 정호경, 최완택, 김영동 들을 자주 만나지 못하는 대신 이들에게 편지를 썼다. 책을 읽고서도 쓰고 들에 핀 꽃을 보고서도 썼다. 너무 외로워도, 너무 이야기가 하고 싶을 때에도 썼다. 너무 아플 때에는 아프다는 한 마디만 쓰기도 했고 쓰다 말고 미루어 두었다가 다시 쓰기도 했다.

편지가 권정생과 지인들의 은밀한 교류였다면 정호경 신부가 펴내던 〈공소사목〉, 최완택 목사가 펴낸 〈민들레교회이야기〉, 이현주 김영동 목사가 펴내던 교회 '주보'는 세상과 소통하는 통로이면서도 서로의 안부를 묻는 통신 수단이기도 했다. 한때 이현주가 보내는 주보가 3번이나 연속 오지 않은 적이 있었다. 그것만으로도 권정생은 어디 많이 아픈 건 아닌가 하는 생각이 들어 '걱정이 되니 속히 연락주기 바란다.'며 펜을 들었다.

〈민들레교회이야기〉에 《한티재 하늘》을 연재할 때에는 권정생이 건강이 좋지 않아 원고를 보내지 못할 때가 있었다. 최완택 목사는 '이번 호에는 연재를 쉬니 같이 기도해주세요'라는 안내문을 냈다. 여느 잡지라면 '죄송합니다'라는 안내문이 나가겠지만 권정생이 얼마

이현주 목사의 죽변감리교회에서.(왼쪽부터 권정생, 정재돈, 전우익, 이현주, 이오덕, 권종대, 앉은 이가 정호경 신부, 1980. 2. 28)

나 고통스럽게 글을 쓰는지 아는 최완택 목사는 그러지 않았다. 독자들도 한마음으로 기도를 하며 그를 기다려 주었다. 권정생은 원고 대신 "앞으로 노력해서 씌어지는 대로 보내겠으나 요즘 같아서는 쉬될 것 같지 않으니 죄송합니다."[53] 라고 편지만 보낼 때도 있었다. 최완택 목사는 원고 자리에 이 편지글을 대신 실었다.

판화가 이철수는 1978년 어느 날 바람 쐬러 가자는 친구를 따라 울진에 갔다가 전도사로 일하는 친구의 형을 만난다. 그리고 그 형의 소개로 '인생의 문이 되어준' 이현주를 만난다.[54] 울진 죽변교회에서

53. 이계삼, 앞의 책, 300쪽.
54. 차형석, 〈고요해지니 이웃이 보였어요〉, 시사INLive, 2013.02.15, http://media.daum.net/society/others/newsview?newsid=20130215093624930

목회 일을 보고 있던 이현주는 그때부터 가난한 화가 지망생 이철수에게 '스승 같은 형님'이 되어준다. 그로부터 얼마 뒤, 이현주와 친하게 지내던 권정생을 이철수가 만나게 되는 것은 너무도 자연스러운 순서였다.

이철수는 가난 때문에 정규 미술교육을 받지 못하고 독학으로 공부하다 1980년에 민중미술 운동을 하는 선배들을 만나게 된다. 그해 '현실을 미술로 발언하겠다'[55]며 오윤을 비롯한 젊은 작가들이 민중미술운동 동인 '현실과 발언'을 만들고 창립전을 열었을 때 이철수는 그 진시회에 갔다. "그림을 그리면서 늘, 생각이 비슷한 그림쟁이가 없는 것을 아쉬워했던" 이철수는 그곳에서 여러 선배들을 만났고 '낯설고 부끄러워서 방명록에 이름 한 줄이나마 적었는지 기억이 없지만 어쨌든 행복한 날'이었다고 그날을 기억했다.[56] 그로부터 그는 오윤을 스승처럼 따르며 민중미술가의 길로 한 걸음 더 들어간다. 그의 그림은 학생운동이나 노동운동 현장에 걸개그림으로 걸리며 더욱 널리 알려졌다.

이철수는 1970년대 말 서울서 버스를 타고 일직 장터에서 내려 철길을 건너고 논두렁을 지나 권정생을 만나러 가곤 했다.[57] 그 무렵 그는 〈권정생 초상〉을 그린다. 밀짚모자를 쓴 야윈 얼굴에 얼굴과 이

55. 전승보, 〈불발로 끝난 '현실동인', 어둠 속에서 '현실과 발언'으로〉, http://blog. daum.net/kdemo0610/333
55. 현실과발언편집위원회, 《민중미술을 향하여》, 과학과사상, 1990, 519쪽.
57. 김중기, 〈민중판화작가 이철수가 본 권정생 선생 - "그때도 참 많이 아파했었다" 작은 생명에 대한 한없는 연민〉, 매일신문, 2008. 6. 12.

〈권정생 초상〉, 이철수
96×56cm, 장판·콜타르·염료, 1980

마, 목에 큰 주름이 있고 눈 가장자리에는 눈물을 달고 있는 듯하며 무지개가 뜬 하늘을 쳐다보는 모습이다. 이 그림은 1982년에 펴낸 '이철수 그림 명상집'《응달에 피는 꽃》(분도출판사)에 처음 발표된다. 그러나 책이 '민중들의 피폐한 삶을 담았다'며 3일 만에 판매금지되어 묻혀버린다. 〈권정생 초상〉은 1985년에 출판된 권정생 동화집《벙어리 동찬이》한쪽 구석에 조그맣게 실렸다가 2011년《나무에 새긴 마음》(컬처북스)에 실려 세상 밖으로 다시 나왔다.

1981년 서울에서 첫 개인전을 연 이철수는 1982년에는 안동에서 두 번째 '이철수 판화전'을 연다. 이철수가 권정생에게, 권정생은 전우익에게, 전우익은 정호경에게 부탁하여 마침내 안동마리스타학생회관에서 연 것이다. 이철수는 민중미술가로 작품 활동을 하는 한편으로는 단행본이나 불교회지 등에 삽화를 그리며 출판미술 활동도 활발하게 한다. 그는 권정생의《몽실 언니》와《도토리 예배당 종지기 아저씨》, 이현주 동화집《아가씨, 피리를 불어주셔요》(1983), 황해도 구전 민화《큰 도둑 거문이》(1986) 등과 정호경 신부가 쓴《나눔과 섬김의 공동체》(1984),《밥도 먹고 말도 하고》(1994)에 그림을 그렸다.

《해방하시는 하느님―농민공동체의 교리서》(1987)는 '한국가톨릭농민회 20주년 기념사업'의 하나로 정호경 신부가 '농민교리서 편찬

위원회'를 꾸려 꼬박 2년 동안 준비하여 집필한 책으로 오윤이 표지 그림을 그렸고 이철수는 책갈피 그림을 그렸다. 이 책은 '일하시는 하느님', '쉬시는 하느님', '함께 사시는 하느님', '해방하시는 하느님', '공동체이신 하느님' 등 다섯 마당으로 구성되어 있고 각 마당에는 〈농민노래〉가 각 한 편씩 모두 다섯 편이 실려있는데 모두 권정생이 썼다.

이 노래에서 권정생은 '하느님은 백성을 억누르는 왕이 아니라 백성들과 함께 일을 하는 농부'라 했다. 하느님과 백성은 함께 밭을 갈고 씨를 뿌리고 김을 매고 곡식을 가꿔 땀 흘려 일을 한다. 일함으로 살아 있고 일함으로 숨을 쉬니 일이 바로 생명인 것이다. 함께 일하고 함께 쉬고 함께 나누며 함께 사는 세상을 노래한 〈농민노래〉 다섯 편에는 '조그만 논과 밭에서 농사를 지으며 결혼도 하고 아기도 키우며 가난하더라도 산새와 들꽃과 함께 어울려 사는 것만이 사람답게 사는 길이며 자연과 인간과 하느님을 함께 섬기며 사는 것'[58]이라는 권정생의 근본 사상이 모두 함축되어 있다.

권정생은 이철수에게 《몽실 언니》 그림을 부탁할 때 형편도 어려운데 삽화 때문에 다른 좋은 그림을 못 그리게 될까 염려했다.[59] 하지만 이철수는 짧은 상고머리에 아이를 업고 있는 우리 시대의 영원한 언니 '몽실 언니'를 탄생시킨다. 《도토리 예배당 종지기 아저씨》에는 선 하나로 웃었다 일그러졌다 하는 표정은 물론 종지기 아저씨의 마음

---

58. 〈열여섯 살의 겨울〉, 《빌뱅이 언덕》, 74쪽.
59. 《살구꽃 봉오리를 보니 눈물이 납니다》, 270쪽.

까지 생생하게 그려져 있어 권정생을 향한 이철수의 마음까지도 엿보인다. 권정생의 글만큼이나 해학과 정감 넘치는 그림이다. 《점득이네》는 《해인》 잡지에 연재할 때부터 이철수가 그림을 그렸다. 권정생은 '머리말'에다 연재 때부터 "아름다운 그림을 그려준 '장환이 아빠'가 그림을 다시 고쳐 그려주었다"고 쓸 만큼 이철수와 남다른 친분관계임을 숨기지 않았다.

권오삼은 1978년 《소년》지에 연재했던 《초가삼간 우리 집》을 보며 '권정생'이란 이름을 기억하고 있었다. 1985년 12월 어느 날 동아일보에 권정생 글이 실렸는데 '종지기'라고 되어 있어 깜짝 놀라 편지를 쓴다.[60] 권정생은 "권 선생님, 편지 받고 괜히 혼자 오랫동안 가슴이 메어졌습니다. (……) 마음으로 받은 사랑만으로도 한없이 고맙습니다. 평생 처음입니다."[61]라고 바로 답장을 쓰지만 우체국에 나갈 수도 없게 아파서 열흘 뒤에야 편지를 띄운다. 그리고 두 번째 편지를 받고부터는 권오삼을 친근하게 '아재'라고 부르며 말을 놓았고 그가 좋아하는 고야와 콜비츠와 루오의 그림과 판화집을 사서 보낸다.

두 번째 편지 받고, 왠지 같은 권가끼리 "선생님" 칭호가 어색해서 권 씨氏들의 항렬行列을 보니까 오伍는 상相의 위이더라. 오伍는 35대,

---

60. 권오삼 원종찬 대담, 〈이원수 이오덕 권정생이 남긴 숙제〉, 《창비어린이》, 2008 가을, 106~107쪽.
61. 《오물덩이처럼 딩굴면서》, 277쪽.

상相은 36대, 그래서 억울하지만 내가 조카니까 아재라 부르기로 했
다. 하지만 나이 적은 조카한테 존댓말 쓰는 사람 없더라.

어제 오랜만에 시내에 갔다가 책 몇 권 사왔다. 맨날 아프지만, 그래
도 정신적 보약이 더 중요하니까 이렇게 살고 있는 거지.

"고야"의 판화는 복사를 했고, "루오"의 판화집 하나 보낸다.

고야의 그림은 뒤에 우리말 해설이 있으니까 열심히 읽고, 루오는 그
냥 보아도 아름답고 슬프다. "콜비치"의 동판화 몇 개도 사진으로 보낸
다. (1986. 2. 13)[62]

고야, 루오, 콜비치의 그림을 잘 보아주니 겨우 마음이 놓인다. 콜비
치의 그림을 좋아하는 사람이 그렇게 흔하지가 않거든. (……)

고야의 '투우', '전쟁의 참화'는 별로 해설이 없이 그대로 보고 느끼면
된다.

혹시 서울 가거든 교보문고나 종로서적에 가서《반예술反藝術》합동
기획이란 데서 나온 것이 있는가 구해서 보면, 고야, 콜비치 등 화가들
의 작품을 이해할 수 있을 게다. 일본인이 쓰고 이철수 번역으로 되어
있다. (1986. 3. 6)[63]

1980년 4월에 권정생이 일어판으로 읽고 전우익에게 "좋은 책이
었어요. 로댕, 고야, 고호, 루오, 피카소, 샤갈 등등 모두 좋지요."라고

---

62. 같은 책, 279쪽.
63. 같은 책, 280쪽.

편지를 썼던 책이 1983년 이철수가 번역하여 《반예술反藝術》이란 제목으로 출판된 것이다.[64] '아재를 알게 되어 기쁘다'며 권정생은 권오삼에게 그림을 보낸 다음 이철수가 번역한 《반예술》을 읽어보기를 권했다.

《반예술》의 저자 사카자키 오쓰로는 이 책이 "제2차 세계대전 이후의 유럽에 남긴 진지한 유언서"이며 "우리들 한 사람 한 사람 가슴 속에 오래 새겨져야 할 저항의 해답"[65]이라며 콜비츠의 '농민전쟁' 시리즈, 고야 '카프리치오스' '전쟁의 참화' 시리즈, 나치스의 '퇴폐예술전', 피카소 '게르니카' 등 저항하는 예술가의 삶과 작품에 대해서 쓴다. 시대와 장소를 불문하고 전쟁이나 굶주림이나 사회적 억압 같은 한계상황 안에서 예술가가 한 인간으로서 어떻게 행동해야 하는가, 이것은 당시 우리나라 민중미술 화가들의 문제의식이기도 했다. 억압에 대한 저항에 대해서는 아동문학작가로서 권정생도 많은 생각과 고민을 하고 있었다. 무엇보다 권정생은 '반공'으로 억압하는 현실에 대해 《몽실 언니》, 《도토리 예배당 종지기 아저씨》 들을 쓰며 저항했고 이철수는 그 글에 그림을 그리며 뜻을 함께했다.

권정생은 "한쪽 손에 두툼하게 싼 책보자기를 들고 한쪽 어깨엔 느슨하게 끈 달린 가방을 메고" 안동 변두리 교회 문간방에 찾아오던 이오덕의 모습을 평생 잊지 못했다. 1985년 가을 권정생은 이오덕

---

64. 이 책은 1990년 《반체제예술》(과학과사상)로 다시 출판된다.
65. 사카자키 오쓰로오, 이철수 옮김, 《반체제예술》, 과학과사상, 1990, 31~32쪽.

이 혼자 자취하는 방을 처음 가본다. 이오덕의 자취방은 누렇게 바랜 책더미만으로도 "40년간 어린이들의 글쓰기 교육에 바친 정성"을 금방 확인할 수 있었다.[66] 이오덕의 방에 다녀온 후 권정생은 이오덕이 어린이문학과 글쓰기교육의 외길 인생을 걸으며 생활과 말이 일치하는 사람임을 더욱 확신한다. 그는 이오덕을 "세계에 자랑하고 싶은 선생님"[67]이라고 했다. 권정생은 이오덕의 강한 의지를 배워야겠다고 생각하면서도 다른 한편으로는 그런 강한 의지가 두려움으로 다가오기도 했다. 강한 이오덕을 존경하면서도 어려워했던 권정생은 2003년 8월 25일 이오덕이 세상을 떠났을 때 이런 두 마음을 그대로 내보이며 추모했다.

우리는 선생님 안 계시는 데서는 '고집불통 선생님' '독불장군 선생님' 이렇게 흉도 보고 짜증도 내었습니다. 하지만 이제는 그렇게 할 수 없게 되었습니다.

"선생님, 그게 아닙니다. 김 선생 말도 맞고, 박 선생 말도 맞다고 봅니다."

그렇게 딴 소리를 드리면 금방 꾸지람이 날아왔습니다.

"야단났습니다. 권 선생조차 그런 생각을 하다니 실망스럽습니다."

선생님 앞에서는 도무지 "아니요."라는 말은 절대 못하게 되었습니다. 열아홉에 교직에 들어가신 후 평생을 고집 하나만으로 꼿꼿하게

---

66. 《오물덩이처럼 딩굴면서》, 282쪽.
67. 같은 곳.

살아오신 선생님이셨습니다. 선생님 모습은 이제 눈을 감아야만 볼 수 있게 되었고, 목소리도 아무도 없는 조용한 곳에서만 환청으로 들을 수밖에 없겠습니다.[68]

이런 이오덕의 고집과 꼿꼿한 성격이 있었기에 작가 권정생이 있다 해도 과언은 아니다. 권정생이 굶주림과 병마에 지쳤을 때 흔들림 없던 이오덕의 수고와 위로는 권정생의 밥이 되고 글이 되었다. 이들은 성격도 다르고 삶도 달랐지만 어린이문학을 향한 마음과 서로에 대한 믿음만큼은 한 번도 어긋나지 않았다. 무엇보다 권정생이 안동 조탑리 산골마을에서 소중한 사람들을 만날 수 있었던 데는 이오덕이 있었다. 권정생은 이오덕을 통해 알음알음 만난 사람들과 스승이 되고 제자가 되고 친구가 되고 형이 되고 아우가 되었다. 그리고 그들은 모두 동지가 되었다.

---

68. 〈생전에 이오덕 선생님을 생각하면서〉, 《어린이문학》, 2003. 9.

평생 동지가 된 사람들

이오덕을 만나고부터 권정생은 많은 사람들과 교유했다. 그들과 개인적으로 친분을 두텁게 쌓아가기도 하고 모임에 나가 만나기도 했다. 정호경 신부는 안동마리스타수도원에서 장자 공부모임, 독서모임, 단소강좌 등을 열었다. 수도원에서 멀지 않은 곳에 살던 이오덕, 전우익과 권정생은 이들 모임에 참석하곤 했다.

1980년 12월 8일에는 독서모임이 있었다. 이오덕, 전우익, 권정생과 "경상도에서도 가장 산골인 의성군 춘산면 효선리 조그만 마을 교회당 장로"[69]인 김영원, 한국가톨릭농민회 안동교구연합회 권종대 회장 등이 모였고 이날 토론할 책은 신채호 단편소설 〈용과 용의 대격전〉(1928)이었다. 권정생도 책을 읽고 모임에 참석했다.

---

69. 〈효선리 농부의 참된 농촌 이야기〉, 《우리들의 하느님》, 191쪽.

〈용과 용의 대격전〉은 신채호가 아나키스트가 된 후에 쓴 소설이다. 신채호는 아나키스트가 되고부터 민족해방을 주장할 때 더 이상 '국가'를 언급하지 않았다. 그가 일제로부터 해방을 주장한 것은 민중을 일제의 강압으로부터 해방시키기 위한 것이었지 민중을 수탈하는 새로운 정부를 수립하기 위한 것이 아니었다. 즉, 신채호에게는 민족해방운동이 곧 민중해방운동이고 아나키스트운동이었다. 그가 민족해방을 주장한 것은 민족주의자였기 때문이 아니라 민족해방이 곧 민중해방이었기 때문이다.[70]

〈용과 용의 대격전〉은 신채호의 아나키즘 사상이 그대로 담겨 있는 판타지소설이다. 작품에는 '미리'와 '드래곤'이라 하는 두 마리의 용이 등장한다. '미리'는 하늘의 상제(하느님) 권력까지 이용해 민중을 억누르는 압제자이고 '드래곤'은 그 압제를 물리치려는 민중으로, 이들이 대격전을 펼치는데 드래곤의 통쾌한 승리로 끝이 난다는 이야기다. 드래곤의 승리는 곧 민중의 승리다. 하늘의 상제는 '미리'와 손잡고 땅에서 사는 민중들을 억압했기 때문에 민중들은 '상제의 외아드님'인 예수를 참사시켜 민중의 승리를 이끈다. '1900년이나 인민의 피를 빼앗아간' 예수가 민중들의 손에, 말 그대로 비참하고 끔찍하게 죽는 것이다.

상제의 외아드님 예수기독이 ○○○○지방의 농촌 예수교당에서 상

---

70. 김삼웅,《단재 신채호 평전》, 시대의창, 2005, 350쪽.

02-322-0268 단비 danbi

단비
도서목록

단비 청소년 문학 42.195 **2**

첫날밤 이야기

박정애 글 | 172쪽 | 값 10,000원

책따세 추천도서, 어린이도서연구회 추천도서,
책읽는사회문화재단 북스타트 추천도서, 행복한아침독서 추천도서,
서울시교육청 추천도서

청소년에게 전하는 희망의 메시지!

어두운 운명에 맞서 노력하는 아름다운 사람들 이야기. 삶을 열심히 살아가려는 수
고로움이 얼마나 아름답고 위대한지를 이야기한다.

단비 청소년 문학 42.195 **3**

왕의 자살

설흔 글 | 212쪽 | 값 10,000원

학교도서관저널 추천도서, 행복한아침독서 추천도서,
한국출판문화산업진흥원 우수문학도서, 인디고서원 추천도서

역사를 바라보는 문학적 상상력

이 책은 도학과 인의로 대변되는 유교의 신봉자인 조선 12대 왕 인종이 어째서 금기
나 다름없는 자살을 선택했는지 치밀한 심리묘사를 통해 보여준다.

단비 청소년 문학 42.195 **5**

희망을 부르는 소녀 바리

김선우 글 | 양세은 그림 | 212쪽 | 값 12,000원

학교도서관저널 추천도서, 행복한아침독서 추천도서,
어린이도서연구회 추천도서,
인디고서원 선정 2014년의 책 10선 선정도서

작가 김선우가 우리 청소년들에게 들려주는 바리공주 이야기

소녀 '바리'가 천착한 생生과 죽음, 사랑이라는 삶의 커다란 주제를 아이들 호흡에
맞추어 새롭게 다듬었다.

콩닥콩닥 신명 나는 책놀이

전국학교도서관담당교사 경남모임 글 | 248쪽 | 값 16,000원

학교도서관저널 추천도서, 행복한아침독서 추천도서

얘들아, 놀이처럼 신명 나게 책을 읽어보자!

책에 '놀이'를 접목해 즐겁고, 신명이 절로 나는 독서 활동을 소개한다. 단순한 텍스트로서의 '책'이 아닌, '놀이'로 생생하게 느낄 수 있는 놀이 방법과 수업 사례를 담았다.

얘들아, 우리 연극놀이 하자

연극으로 어울리는 사람들 글 | 188쪽 | 값 15,000원

학교도서관저널 추천도서, 행복한아침독서 추천도서

교실 속에 감춰둔 행복한 보물 찾기

학급에서 아이들과 행복하게 어울릴 수 있는 여러 가지 연극놀이 방법과 수업 사례를 담고 있는 책.

이야기가 꽃피는 교실 토론

강원토론교육연구회 글 | 188쪽 | 값 15,000원

행복한아침독서 추천도서

'대립'하는 토론이 아닌 '협력'적 토론 이야기

모두가 참여하여 협력적으로 배움을 일궈가는 교실 토론을 소개한다. 간단한 토론인 '세 단어로 말하기'부터 '모서리 토론', '발명 토론', '협상 토론' 등등의 복잡한 토론까지 다양한 내용을 다루고 있다.

《말꽃모음》시리즈는 훌륭한 인물이 그간 펴낸 모든 책과 이야기를 대상으로 꽃처럼 돋보이는 말씀들을 간추려 엮은 '어록'이다.

좋은 말씀을 간추려 놓으면 책상 옆에 놓아두고 펴보기가 훨씬 쉽지 않을까?
흐려지는 생각을 깨치게 하고, 마음에 새기는 데 조금이라도 더 도움이 되지 않을까?
손에 들고 다니며 시집처럼 읽을 수 있지 않을까?

이러한 고민과 질문으로 시작된 《말꽃모음》은 우리 마음에 기둥이 되고, 보석이 되는 인물들의 사상과 말씀의 고갱이를 간추려, 마음을 치고 생각을 열어 주는 빛이 되는 글들만을 모아 엮었다.

이오덕 말꽃모음

이오덕 글 | 이주영 엮음 | 208쪽 | 값 11,000원

한국출판문화산업진흥원 우수교양도서, 행복한아침독서 추천도서,
인디고서원 추천도서

김구 말꽃모음

김구 글 | 이주영 엮음 | 208쪽 | 값 12,000원

한국출판문화산업진흥원 이달의 청소년도서,
인디고서원 추천도서, 한국출판문화진흥원 우수교양도서

신채호 말꽃모음

신채호 글 | 이주영 엮음 | 208쪽 | 값 12,000원

『연암 박지원 말꽃모음』 박지원 글 | 설흔 엮음 곧 출간됩니다

제의 도道를 강연하더니, 불의에 동지방同地方 농민들이 "이놈! 제 아비 이름을 팔아 1900년 동안이나 협잡하여 먹었으면 무던할 것이지 오늘까지 무슨 개소리를 치고 다니느냐?" 하고 "1900년 동안 빼앗아 간 우리 인민의 피를 다 어디다 두었느냐?" 하고, "서양에서 협잡한 것도 적지 않을 터인데, 왜 또 동양까지 건너와 사기하느냐" 하고, "당일 예루살렘의 십자가 못 맛을 또 보겠느냐?" 하고, 발길로 차며 주먹으로 때리며, 마침내 호미날로 퍽퍽 찍어 예수기독의 전신이 곤죽이 되어 이제는 아주 부활할 수 없이 참사하고 말았다.[71]

농민들이 예수를 죽인 것은 "늘 '고통 자가 복 받는다, 핍박 자가 복 받는다' 하는 거짓말로 망국민중과 무산민중을 거룩하게"[72] 속이고 "허망한 천국을 꿈꾸게 하여 모든 강권자와 지배자"에게 "편의를" 주었기 때문이다. 그래서 더 이상 참지 못한 민중이 예수를 부활도 할 수 없게 참사시킨 것이다. 예수뿐만 아니라 민중을 속이는 데 편의를 준 석가, 공자도 모두 같은 이유로 없애야 하는 대상이었다.

권정생은 비록 예수를 믿었지만 권력에 이용되는 예수를 비판하는 소설에 전적으로 공감했다. 토론 시간이 되자 그는 지배자들이 그들의 부와 권력을 지키기 위해서 언제나 그럴듯한 거짓말로 민중을 속여왔고 수십 년의 세월이 흘렀어도 지배자들의 속임수는 하나도 바뀌지 않았다는 생각을 이야기했다. 그의 생각에 김영원도 같은

---

71. 신채호, 《백세 노승의 미인담(외)》, 도서출판 범우, 2004, 218쪽.
72. 같은 책, 219쪽.

의견을 보탰다. 이오덕은 책을 읽어오지 못해 듣기만 했는데 들으면서도 "아주 놀라운 작품인 것 같다"[73]는 생각을 한다. 그러나 소설에 거부감을 보이는 사람도 있었으니 토론은 공감하기도 하고 팽팽하게 대립하기도 하며 이어졌다.

그렇게 소설로 시작한 토론은 자연스럽게 현실문제로 옮겨졌다. 가톨릭농민회에 대하여, 소득과 분배에 대하여, 가난에 대하여……. 권정생은 "땅은 한정돼 있고 자연자원도 한계점에 다다랐는데 가난하게 살아야 해결이 된다."[74]는 생각을 말했다. 공감을 하면서도 서로 다르고, 다른가 하면 다시 생각이 모아지기도 하고 그러다 보니 새벽 1시가 지나서야 모임은 끝이 났다. 그러나 권정생은 모임이 끝나고 나서 오히려 더 외롭고 고독한 마음이 들어 다음 날 이오덕에게 편지를 쓴다.

어제 저녁 마리스타에 모인 자리에서도 유독히 저만이 혼자라는 고독이 떠나지 않는 이유를 찾아도 분명한 결론이 나오지 않습니다. 왜 고독한 것입니까? 단순한 견해와 의견 차이 때문인가, 사회적인 불합리성 때문인가 아니면 성격 차이, 그리고 나 자신의 독선이 아니면 인간 본성이 고독한 것인지요? 선생님, 드리고 싶은 말 한이 없겠습니다. 다만 내가 있을 장소는 분명히 따로 있다는 것을 깨닫게 됩니다. 어둡고 춥고 누추하고 배고픈 곳, 그런 곳에서 그렇게 살아가는 이들이 곁

---

73. 《이오덕 일기 2》, 218쪽.
74. 같은 책, 219쪽.

에 있을 땐 외롭지 않으니까요.[75]

　권정생의 말대로 보기에 따라서는 '성격 차이' 때문일 수도 있고 '독선' 때문일 수도 있다. "땅은 한정돼 있고 자연자원도 한계점에 다다랐는데 가난하게 살아야 해결이 된다."는 말에 당장 가난한 농민들은 비현실적이라고, 뜬구름 잡는 관념이라고 격분할지 모르겠다. 하지만 '가난하게 살아야 한다'는 말의 본질은 당장 눈앞에 보이는 가난을 말하는 것이라기보다 욕심을 버리는 마음을 말한다. 그런 속뜻을 헤아리지 않고 농민운동의 논리로 '농가소득'과 '분배' 운운하며 논쟁이 붙으니 권정생은 당혹스러워진다. 그럴 때면 그는 말이 무성한 그곳보다 "어둡고 춥고 누추하고 배고픈 곳, 그런 곳에서 그렇게 살아가는" 가난한 이웃들과 말없이 살아가는 것이 차라리 덜 외롭다는 생각이 들었다.

　권정생은 건강 때문이기도 하지만 성격상으로도 집단 속에서 활동하는 것보다 혼자 책을 읽고 글을 쓰는 것이 좋았다. 그러니 토론에서 혼자 느끼는 외로움은 너무도 다른 생각을 고집해서 외로운 것이면서 또 한편으로는 여러 사람과 어울리지 못하는 성격에 조용히 혼자 사색하기를 즐겼던 때문이기도 하다. 그러나 늘 그런 건 아니었다. 때로는 함께해서 좋은 일도 있다. 안동문인협회 회원들과 지인들이 마련한 '권정생 동화의 밤'과 시집 《어머니 사시는 그 나라에는》

---

75. 《살구꽃 봉오리를 보니 눈물이 납니다》, 210쪽.

1988년 1월 25일 안동 가톨릭농민회관에서 이오덕, 권오삼, 전우익, 이현주 등이 참석하여 《어머니 사시는 그 나라에는》 출판기념회를 열었다.

출판기념회를 한 것이 그러했다.

　이오덕은 "의례적이고 상업적인 세미나가 아니라 진짜 문학 연구의 자리를 만들어 보고 싶"은 생각이 들어 1981년 8월 17일 권정생, 전우익, 이현주와 뜻을 모아 '아동문학연구회 모임'을 시도한다. 이 자리에는 모두 10여 명이 모여 동화를 읽고 토론을 하였다. 그 자리에서 권정생은 "아동문학에서 작가들이 너무나 시시한 얘기만 하고 있다"[76]면서 "이렇게 하잘것없는 얘기들을 뭣 때문에 쓰는지 도무지 이해가 안" 된다고 했다. 그리고 "민족의 지상과제인 통일문제를 외면하는 얘기는 다 쓸데없다"[77]는 평소의 생각들을 이야기한다. 모임

76. 《이오덕 일기 2》, 276쪽.
77. 같은 책, 282쪽.

이 끝나고 권정생은 이오덕에게 이렇게 편지를 쓴다.

그때 모임에서 얼마쯤 이야기는 서로 나눴지만 우리는 끊임없이 동화에 대한 여태까지의 반성과 앞으로의 전망 같은 것이 논의되어야 할 줄 압니다. (……)

대체로 아동문학을 하는 사람들은 성인문학가들보다 노력하지 않고 있다고 봅니다. 어린이를 미숙하고 유치한 존재로 보고 있듯이 아동문학을 그렇게 가볍게 취급하고 있으니 주목할 만한 작품이 나오지 않고 있는 것입니다. 소설이나 시를 쓰는 사람들이 여가선용이나 취미로 하지 않듯이, 우리 아동문학도 온 생애를 바쳐 쓸 수 있는 사람이 있어야 한다고 봅니다.

저같이 병들고 무능한 인간이 아닌, 건강하고 역량 있는 작가가 있었으면 하는 것입니다. 한 편의 동화를 빚어내기 위해 다른 모든 것을 버릴 수 있는 뜨거운 작가가 나와야만이 아동문학이 구원을 받고 또 인간이 구원을 받을 수 있을 것입니다. (1981년 8월 26일)[78]

그 무렵 권정생은 "아동문학이 구원을 받고 또 인간이 구원을 받을 수 있는 작품", 그것은 바로 '민족의 지상 과제인 통일문제를' 쓰는 것이라 생각하고 《몽실 언니》를 쓰고 있었다. 모임에 참석한 사람들은 작품을 발표할 수 있는 현실을 고려해 통일문제 같은 것을 직

---

78. 《실구꽃 봉오리를 보니 눈물이 납니다》, 225~226쪽.

접 쓰기보다 '인간성'을 찾아가는 이야기를 동화로 쓰는 것이 좋겠다고 했다. 사람들은 그런 이야기가 통일의 기반이 될 것이라 했지만 권정생은 우회적인 방법이 아니라 정면대결을 선택한다. 그는 처음부터 '통일'을 염두에 두고 《몽실 언니》를 쓰기 시작했고 시종일관 남과 북은 적이 아니라 한 민족이라는 메시지를 남겼다.

1982년부터 5년 동안 당시 극장에서 볼 수 없었던 좋은 영화를 보는 '열린 영상'이란 영화 모임이 있었다. 성 베네딕도회 왜관수도원 임 세바스찬(임인덕) 신부가 한 달에 몇 번씩 안동문화회관으로 필름과 장비 일체를 가져와 영화를 상영하여주었다.[79] 채플린 영화 시리즈와 엘리아 카잔 감독의 '워터프론트', 남아프리카 영화 '울어라, 사랑하는 조국이여', 잉마르 베리만 감독의 '산딸기', 그리고 '길', '자전거 도둑', '무방비 도시' 같은 이탈리아 네오리얼리즘 계열의 영화[80] 등을 감상했다.

권정생은 이오덕이나 전우익 등과 만날 때 되도록 영화를 상영하는 날로 약속을 정해 함께 영화도 보고 이야기도 나누었다. 이 영화 모임에는 지역의 청년 학생들과 교사 교수 문인 등 다양한 사람들이 함께했는데 "안동의 오아시스"[81]라 했을 만큼 답답하고 암울했던 현실의 울분과 갈등을 해소시켜준다. 영화 상영이 끝나면 사람들은 함

79. 정재돈, 〈정호경 신부님의 생애〉, http://blog.daum.net/chamjisa/3775.
80. 안상학, 《권종대-통일걷이를 꿈꾼 농투성이》, 민주화운동기념사업회, 2004, 134쪽.
81. 정재돈, 앞의 글.

께 모여 김치 막걸리를 놓고 밤늦게까지 토론하며 마음을 나누었다.

권정생은 영화를 좋아했다. 어려서부터 누나와 형들을 따라 극장에 가서 영화를 보고 오면 그날 밤은 잠을 설칠 정도였다. 책하고는 또 다르게, 눈을 감아도 장면들이 살아 움직이며 꿈에까지 따라왔다. 그는 부산에서 점원생활로 쉴 새 없이 바쁜 중에도 오기훈과 삼류극장에 가 서부영화를 보곤 하였다. 영화는 상상의 세계로 가는 크고도 아름다운 날개가 되어주었다. 미처 생각하지 못하고 가보지 못한 세계로 그를 이끌어준 것이다. 하지만 굶주림과 병마와 사투를 벌이는 것이 급선무였던 그로서는 한동안 영화도 굶주릴 수밖에 없었다. 그럴 때 영화 모임에서, 더구나 당시에는 보고 싶다고 해도 공권력의 탄압 때문에 볼 수 없던 명작들을 함께 보았다. 권정생에게도 오아시스 같은 시원함을 주었던 것은 물론이다.

가끔씩 극장에 가기도 했지만 점점 몸이 안 좋아졌기 때문에 나들이가 쉽지 않았다. 1986년 봄 어느 날은 "누가 모차르트의 일생을 영화로 만든 '아마데우스'를 보라고 해서 갔는데 몸이 견디지 못할 것 같아서 그냥"[82] 돌아왔다. 아쉬움은 텔레비전 주말의 명화로 대신했다. '로마의 휴일', '퐁네프의 연인들' 같은 외화와 '오아시스', '실미도', '태극기 휘날리며' 같은 한국영화들도 모두 텔레비전에서 보았다. 2003년 3월 1일 주말의 명화 시간에는 이창동 감독의 '오아시스'를 본다. 그는 '오아시스'에서 '종두'와 '공주'가 나눈 사랑이 '로마의

---

82. 《오물덩이처럼 딩굴면서》, 281쪽.

휴일'이나 '퐁네프의 연인들'이 나눈 사랑보다 더 슬프고 안타깝게 다가왔다.

　뇌성마비를 앓는 공주와 껄렁패 총각 종두가 사랑에 빠졌다. 처음부터 이들의 꿈같은 사랑은 불가능한 것이었다. 신체조건도 그렇지만 종두는 자신이 뺑소니 사고를 저지른 그 집 아가씨를 강간까지 하려 했던 못된 인간이다. 도무지 구제불능인 전과 3범인 밑바닥 인생을 살아온 종두와 뇌성마비 공주의 사랑이라니……
　그러나 어느 날, 종두가 놓고 간 전화번호로 공주가 전화를 걸면서 둘은 남몰래 사랑을 나눈다.
　둘은 몰래 외출을 했다가 지하철 막차를 놓치고 만다. 아무도 없는 텅 빈 지하동굴 같은 거기서 그들은 해방감을 맞는다. 잠깐이지만 둘은 꿈속처럼 춤을 춘다. 아무도 보지 않는 곳에서 공주는 일어서서 종두와 손을 잡고 빙글빙글 돈다. 이 대목에서 보는 사람은 모두 울 것이다. 나도 그들이 불쌍해서 울고 부러워서 울었다.[83]

　그들의 사랑은 "비록 현실에선 불가능한 동화 같은 이야기"지만 그래도 그는 "힘든 세상에 종두 같은 인간은 필요"[84]하다고 생각한다. 그는 "구제불능인 전과 3범의 밑바닥 인생"이라는 현실의 딱지가

---

83. 〈이창동 문화부장관님이 동화 같은 세상을 만들어 줄까?〉, 《죽을 먹어도》, 아리랑 나라, 2005, 109쪽.
84. 같은 책, 110쪽.

붙은 종두보다 뇌성마비인 공주와 인간적인 사랑을 한 아름다운 종두의 '마음'을 먼저 보았다. 그러나 공주와 종두가 손을 잡고 빙글빙글 춤을 추던 그 장면에 이르러서는 권정생도 눈물을 보이고 말았다. 불편한 몸이 풀리면서 행복하게 춤을 추는 공주에게는 말이 필요하지 않았다. 자유로운 춤이 모든 것을 말해주고 있었다.

영화에서는 현실에서 불가능한 사랑을 얼마든지 할 수 있다. '공동경비구역 JSA'에서처럼 남과 북의 군사가 밤마다 만나서 놀 수도 있다. 현실에서 불가능한 이야기를 하더라도, 영화는 때로 현실보다 더 실감나게 현실을 보여준다. 권정생은 스크린 속에서 펼쳐지는 그러한 상상과 역동의 세계를 좋아하며 동경했다.

주로 혼자서 책으로 세상을 만났던 권정생이 문화회관과 마리스타수도원과 농민회관을 오가며 모임에 나가는 동안 유신정권이 무너졌으나 세상은 바뀌지 않았다. 신군부정권은 안동의 작은 마을 외딴집에 홀로 사는 병든 작가의 움직임에도 촉각을 곤두세웠다. 일본에 사는 권정생의 형이 조총련계였기 때문에 1970년대 간첩 사건이 빈번했을 때부터 경찰에서 찾아와 그의 신상과 사상에 대해, 읽는 책과 글 쓰는 것에 대해 묻고 조사해갔다.[85] 그런데다 《몽실 언니》가 안기부의 압력을 받아 연재가 중단되는 일이 생기니 권정생도 어느새 요주의 인물이 되었다.

---

85. 《이오덕 일기 1》, 228쪽.

1985년 어느 날이었다. 안동농민회에서 무슨 행사가 있는지 그런 날이면 경찰이 하루 종일 감시하며 어디 나가지도 못하게 했다. 그래도 볼 일이 있어 안동 시내에 가는 버스를 타려는데 면서기가 그 차에 타고 있다가 막으면서 면장을 불러왔다.

"어디 가시오?"
"안동에 볼 일이 있어요."
"농민회관에 가려는 거 아니오?"
"난 농민회 가입도 안 했고 그런 운동도 못하는 사람이요."
"안동 볼일 내가 봐줄 테니 가지 마시오."
"내 볼일을 어떻게 남이 봐줍니까? 내가 똥이 마려운데 남이 대신 뉘줄 수 있습니까?"

권정생은 마음대로 다니는 것도 자유롭지 못한 건 물론, 경찰이 '저 사람은 간첩이니 저 집에 가지 마라'고 막는 터에 들락거리던 마을 젊은이들 발길도 끊어졌다. 권정생뿐만 아니라 다른 사람들도 비슷한 형편이어서 이오덕이나 전우익 등 지인들이 권정생 집에 다녀가고 나면 경찰은 마을 사람들을 시켜 바로 보고를 하게 했다. 처음에는 다섯 집씩 짜서 감시하는 책임자를 두고 감시했는데 마을 사람들이 반발하자 나중에는 동장, 반장, 우체국 직원들만 감시했다.[86]

---

86. 《이오덕일기 2》, 327쪽 참조.

그 무렵 이오덕과 전우익은 회갑을 맞았다. 권정생을 비롯한 여러 사람들이 안동농민회관 앞 개울에서 회갑모임을 하려 했으나 경찰은 이들의 모임도 아예 막아버렸다.

서른일곱 살(1973)에 이오덕을 처음 만나고 1980년대 중반을 지나면서 권정생도 어느 덧 쉰 살을 넘겼다. 그러는 사이 권정생은 장편 《초가집이 있던 마을》, 《몽실 언니》 등과 단편집 《강아지똥》, 《사과나무밭 달님》 등을 내며 동화작가로 자리를 굳혔고, 함께 마음을 나누고 의지하며 뜻을 모을 수 있는 '동지'들도 만났다.

권정생은 1980년대에는 《중국의 붉은 별》(에드가 스노우, 두레, 1985), 《중국 혁명의 노래》(아그네스 스메들리, 사사연, 1985), 《제3세계 연구》(1983), 《들어라 양키들아》(C. 라이트 밀즈, 녹두, 1985) 같은 사회과학 관련 책에 심취했다. 또 하야시 후미코林芙美子의 《방랑기》, 루쉰, 장 폴 사르트르, 키에르케고르, 가가와 도요히코(賀川豊彦, 일본 협동조합의 아버지, 작가), 야마무라 보쵸, 니콜라이 바실리예프 고골리Nikolai Vasilevich Gogol와 막심 고리키의 작품 들을 읽었다.

이 무렵 권정생은 러시아 문학에 심취하였는데 《강철은 어떻게 단련되었는가》도 1986년 번역판이 나오자마자 바로 사서 읽는다. 이 책은 10년 전 전우익이 선물해서 일어로 처음 읽었던 것인데 주인공 소년이 준 감동이 진하게 남아 있었다. 다시 읽어보아도 "소년처럼 순진하고 용감하게 살아야지 절대 늙어버리기는 싫다"는 생각이 들며 변함없이 좋았다. 그는 이 소설을 가장 좋아하는 작품 가운데 하나로

손꼽았다.[87]

　권정생은 건강도 나빴지만 억압과 탄압의 시대를 용기 없이 너무 소극적으로만 산 것 같다는 생각을 지우지 못했다. "용기가 없었다는 것, 주체의식이 약했다는 것, 무식에 대한 솔직성을 감추려 한 것, 지식인들의 흉내를 내려 했던 것에 부끄러워"[88]하며 그럴수록 그는 혼자 책을 읽고 또 읽으며 한없이 공부를 했다. 더 좋은 작품을 쓰는 것, 그가 할 수 있는 일은 그것뿐이었다.

87. 《오물덩이처럼 딩굴면서》, 284쪽.
88. 《살구꽃 봉오리를 보니 눈물이 납니다》, 215쪽.

첫 동화집 《강아지똥》

　어느 봄날, 권정생은 강아지똥이 제 몸을 잘게 부숴 민들레꽃을 피우는 것을 본다. 〈강아지똥〉을 쓴 것은 '저것도 거름이 돼가지고 꽃을 피우는데'[89] 하는 생각에서 시작되었다. 〈강아지똥〉은 권정생이 관념만으로 꾸며서 만들어낸 이야기가 아니다. 눈에 보이는 아름다움만 쫓고 보잘 것 없는 것은 무시하고 천대하는 현실에 저항하며 보이지 않는 아름다움을 이야기하고자 했다. 그는 거지 나사로를 알고 나서 '거꾸로' 겉으로 드러나지 않는 아름다움을 보았다. 그러고 나서 〈강아지똥〉을 썼다. 민들레꽃을 조연으로, 강아지똥은 주인공으로 내세웠다. 똥이 꽃보다 더 귀하고 아름답다고 말하는 것, 그의 동화는 처음부터 현실의 생각을 뒤집었다. 기존 '동화'의 틀을 깬, 그야

---

89. 2005년 10월 8일 원종찬이 권정생의 집에서 인터뷰를 한 후 정리한 글 제목.

말로 '혁명적'인 작품이었다.

〈강아지똥〉이 버려지는 것이 아니라 귀한 존재가 되는 세상이야말로 그가 꿈꾼 아름다운 세상이다. 겉으로 화려한 부와 권력을 쥔 사람들이 '지배'하는 세상이 아니라 '함께' 사는 세상, 함께 일하고 함께 나누며 평화롭게 사는 세상, 그가 꿈꾼 세상은 이런 세상이었다. 〈강아지똥〉이 더욱 아름다운 것은 민들레꽃과 강아지똥이 서로 힘을 모아 '함께' 아름다운 꽃을 피워냈기 때문이다.

권정생은 〈강아지똥〉을 쓰고 나서 돌아보니 보이지 않지만 아름다운 것들이 하나씩 눈에 보이기 시작했다. "강변의 돌멩이, 들꽃, 지저분하게 널려 있는 골목길의 지푸라기"[90]들도 모두 버려진 것이지만 그를 미소로 바라보고 있었다. 늘 홀로 외롭다고만 생각했는데 그의 곁에는 그에게 손짓하는 친구들이 무수히 많았다. 그는 그들과 대화를 나누었고 사랑을 느꼈다. 길을 걸으면서 만난 그들은 권정생의 외로움과 슬픔을 달래주었다. 권정생은 이들을 주인공으로 동화를 쓰기 시작한다.

〈강아지똥〉을 쓴 것이 이제부터 30년 전인 1968년 가을에서 1969년 봄까지였지요. 그때까지만 해도 꽃이나 해님이나 별같이 눈에 잘 보이는 것만 아름답다고 생각했나 봅니다. 그래서 저는 잘 보이는 것보다 드러나 보이지 않는 것이 더 아름다울 수 있다고 생각을 바꾼 거지요.

---

90. 《기독교교육》 1969년 6월호에 실린 〈강아지똥〉 당선소감.

그래서 버려지고 숨겨진 목숨을 찾아 그것들을 이야기로 썼던 것입니다. 〈먹구렁이 기차〉, 〈깜둥바가지 아줌마〉, 〈오누이 지렁이〉, 〈떠내려간 흙먼지 아이들〉 이런 이야기가 모두 같은 이야기입니다.[91]

〈강아지똥〉을 비롯해 〈먹구렁이 기차〉, 〈깜둥바가지 아줌마〉, 〈오누이 지렁이〉, 〈떠내려간 흙먼지 아이들〉 같은 단편들은 당시로서는 낯선 등장인물도 그러려니와 줄거리도 모두 죽음을 다루고 있어 외면당했다. 아이들이 읽을 동화가 너무 어두운 데다 죽음을 이야기하는 것이 아직 낯선 때였다. 그러나 이오덕은 이 동화들은 "시궁창에 버려져 짓밟힌 목숨들의 세계가" "우리 아동 문학사에서 어느 작가도 그 속에 들어가보지 못한" "가장 인간스런 세계요, 아름다운 사랑의 세계임을" 보여주고 있다고 생각했다. 그랬기에 이 동화들을 들고 잡지사를 찾아 다녔지만 지면을 찾는 것이 쉽지 않았다.

권정생도 자기 동화가 세상에서 환영받을 거란 생각을 하지는 않았다. 그렇다고 해서 눈에 보이는 아름다움을 그린 동화를 쓸 생각은 없었다. 세상 사람들에게는 버려지고 외면당할지언정 누구도 귀하지 않은 존재는 없다는 걸 권정생은 굳게 믿었다.

여전히 손사래를 치는 출판사가 많았지만 낯설게만 생각했던 권정생 동화도 차츰 지면을 얻으면서 사람들에게 꽤 알려지게 되었다.

---

91. 〈이 책을 읽는 어린이에게〉, 《먹구렁이 기차》, 우리교육, 1999.

그러자 이오덕은 발표작들과 미발표 동화를 합해서 권정생 첫 동화집 출판을 계획한다. 1973년 가을, 이오덕은 천 장쯤 되는 원고를 가지고 이현주, 이원수와 함께[92] 우선 계몽사로 간다. 큰 출판사로 가야 원고료를 조금이라도 더 받을 수 있을 거라는 생각에서였다. 그러나 계몽사에서는 권정생의 동화들이 너무 비슷비슷하다며 시큰둥하였다. 권정생 동화가 단조로우나 문장이 참 좋다고 생각하고 있던 이원수는 '이 동화가 무슨 아기자기한 재미라거나 웃음을 주는 그런 것은 아니지만 문학적인 가치가 있어요.'[93]라고 옆에서 거들어주었다. 그러나 출판사에서는 창작동화집이 잘 안 팔린다고 난색을 보이며 거절했다. 잘 안 팔리는 것도 문제였지만 그 당시 종이 값이 비싸고 구하기도 힘들어 출판계 사정이 그리 좋지 않았다.

이오덕은 원고료에 큰 기대를 할 수 없더라도 우선 책을 출판해야겠다는 생각에서 세종문화사로 원고를 보냈다. 세종문화사에서는 천 장 원고를 책 한 권 분량에 맞게 730장 정도로 간추렸다. 원고료가 적을 것은 어느 정도 예상했으나 출판사에서는 원고지 한 장에 백 원씩 쳐서 7만 원에 사겠다고 했다. 그즈음 권정생은 원고지 한 장에 보통 2백 원~3백 원[94]의 원고료를 받고 있었다. 이 말을 들은 이원수는 백 원은 너무 적으니 2백 원은 돼야 한다고 이오덕에게 다시 교섭을 해보라 했다. 그러나 출판사에서는 그럴 수 없다고 하여 이오덕은

92. 《이오덕 일기 1》, 259쪽.
93. 《살구꽃 봉오리를 보니 눈물이 납니다》, 42쪽.
94. 같은 책, 84쪽.

돈 대신에 책 50권을 더 받기로 한다.

이렇게 해서 권정생의 첫 동화집은 원고료 7만 원에 기증본 50권을 받는 조건으로 출판되었다. 7만 원도 한꺼번에 다 받는 것이 아니라 책이 나올 때 반을 받고 나머지는 3개월 후에 받는다는 조건이었다. 이오덕은 어이없는 일이지만 책을 내려면 할 수 없다면서 권정생의 결정을 기다렸다. 권정생은 이오덕이 그만큼 한 것도 감사하게 여기며 이오덕의 뜻에 따랐다.

권정생은 책제목으로 처음부터 《강아지똥》을 마음에 두고 있었다. 그러나 출판사에서는 부드럽고 가냘픈 제목을 원했다. 그는 〈강아지똥〉만 한 가치도 없는 사람들이 〈강아지똥〉을 싫어한다며 아이들에게 "한 덩어리의 오물(거름)이 되라고 가르치고"[95] 싶어서 제목을 《강아지똥》으로 하길 바랐다. 그러나 출판사에서 정 어쩔 수 없다고 하면 〈깜둥 바가지 아줌마〉를 차선으로 제시하려 했는데 다행히 그의 뜻대로 《강아지똥》으로 출판할 수 있었다.

한편 세종문화사는 오래전에 이원수 원고를 받아두었으나 사정이 여의치 않아 출간을 못하고 있었다. 그러나 이오덕이 여러 차례 출판사를 오가며 출판을 서두른 끝에 이원수 원고를 제치고 《강아지똥》이 먼저 인쇄에 들어갔다. 그리고 드디어 1974년 8월 10일, 권정생의 첫 동화집 《강아지똥》이 출판되었다. 권정생 원고에 밀렸던 이원수 동화집 《호수속의 오두막집》은 다음 해인 1975년에 출판된다. 이오

---

95. 같은 책, 60쪽.

덕이 아니었다면 꿈도 꾸지 못했을 일이다.

《호수속의 오두막집》이 출판된 다음 해인 1976년 권정생은 《창작과비평》 여름호에 이원수 동화집 서평을 쓴다. 그는 가난한 한 후배 작가의 책이 먼저 출판되도록 자리를 내준 아동문학계의 원로에게 "50년간 문필생활에서 조금도 곁눈질 않고, 한길만으로 꼿꼿하게 살아온 노송" 같다고 경의를 표하며 "이 동화집 속에는 당장 눈앞에 펼쳐진 한국의 구석구석 누추한 것이든, 수치스런 것이든 주저 없이 진실되게 기록하고 있다."(722~723쪽)고 썼다.

여기서 잠깐 권정생과 이원수의 얘기를 해보자. 1980년 12월 22일 이원수가 구강암으로 병원에 입원해 있을 때 권정생은 이오덕과 안동역에서 만나 서울 가는 기차를 탔다. 병문안을 간 것이다. 권정생은 병실로 들어가자마자 누워 있던 이원수의 손을 잡고 마구 소리를 내어 울었다. 이원수는 말을 하지 못해 글로 의사소통을 하였는데 권정생을 두고 "내가 가장 믿고 있는 사람 중의 한 사람이래요"[96]라고 썼다. 권정생은 이원수를 스승처럼 여기며 의지했는데 그가 생사의 갈림길에 있는 것을 보고 흐르는 눈물을 멈출 수 없었다.

한 달쯤 지난 1981년 1월 24일, 권정생은 이원수에게 편지를 한 장 쓴다. "눈이 또 내렸습니다. 장 가는 길은 온통 빙판이어서 미끄러운데 녹기 전에 눈이 또 쌓여버렸습니다."라고 시작해서 '시장에서

---

96. 《이오덕 일기 2》, 227쪽.

구둣방을 하는 36살의 꼽추 집사님이 7년 전 키가 큰 영신이 엄마와 결혼하여 착하게 잘 살고 있다'는 얘기를 썼다. 그리고 "선생님은 오늘 어떻게 지내셨는지요? 날씨가 따뜻해지면 서울 가겠습니다. 진달래 피거든 꺾어들고 가겠습니다."라고 편지를 마무리한다.[97] 권정생이 편지를 쓰고 있던 그날 이원수는 조용히 숨을 거둔다. 물론 이원수는 그 편지를 받아볼 수 없었다. 하지만 가장 믿고 사랑하는 후배 작가 권정생이 들려주는, 가난하지만 착하게 살아가는 부부의 행복한 이야기로 배웅을 받으며 저승길에 올랐다.

권정생은 이원수가 투병생활을 할 때 두세 번 만나긴 하지만 그때까지도 이원수 동화를 제대로 읽어보지 못했다. 1983년 이원수 전집이 나온 다음에 《숲속나라》, 《오월의 노래》 같은 동화와 동시들을 읽고서야 권정생은 진정으로 이원수를 만났다는 생각이 들었다.[98] 1996년 권정생은 '이원수 인물이야기' 《내가 살던 고향은》을 쓴다. 이원수의 부인 최순애와 딸 이정옥에게 이원수가 살아온 이야기를 듣고 참조해서 쓴 것이지만 무엇보다 자신이 작품으로 만난 이원수를 이야기한 데 의미가 있다.

권정생이 쓴 '이원수 인물이야기'는 저학년 아이들도 읽을 수 있을 만큼 짧고 간결하다. 하지만 그 속에는 역경을 헤치며 살아온 이원수의 삶의 여정이 진솔하게 담겨 있는데 그것은 이원수의 동시 작품들

97. 〈아버님과 권정생 선생님을 추억하며〉,
    http://blog.daum.net/happyday1304/8742005.
98. 〈이원수 선생님의 이야기를 쓰며〉, 《내가 살던 고향은》, 웅진주니어, 1996.

덕이다. 권정생은 '이원수 인물이야기'를 쓰며 이원수의 마음이 담겨 있는 동시를 중간 중간 소개한다. 이원수 동시로 이원수를 만나는 것보다 이원수를 더 잘 알 수 있는 방법은 없다는 생각 때문이었다.

《강아지똥》이 출판되고 얼마 뒤 세종문화사에서 이오덕의 동시집 《까만새》(1974)가 출판된다. 이오덕이 자비로 출판비 12만 원을 내고 책 3백 부를 받는 조건이었다. 참으로 책 한 권 나오기 어려운 때였다. 그런 형편을 잘 알고 있던 권정생은 이오덕의 고생에 마음 아파하며 감사할 따름이었다. 이오덕은 권정생에게 원고료 대신 받은 책을 절대로 공짜로 주지 말고 팔라고 했다. 얼마나 고통스럽게 피땀 흘려 쓴 책인지 아는 사람들이라면 몰라도 그러지 않은 사람들에게는 공짜로 줄 필요가 없다고 했다. 아무리 권정생이 가난한 이웃과 함께 가난하게 살자고 마음먹었더라도 양식과 연탄, 그리고 약값 걱정은 없어야 한다. 이오덕이 발로 뛰며 책 출판을 서두르고 원고료를 챙겼던 것은 그 때문이었다. 권정생은 이오덕의 진정 어린 마음을 너무도 잘 알았다.

이오덕은 〈학대받는 생명에 대한 사랑〉이란 제목으로 쓴 《강아지똥》 '발문'에서 "권정생 씨는 치명적인 질병으로 죽음을 눈앞에 바라보면서 무서운 고독과 육체적 고통 속에 초인적인 노력으로 생명의 불꽃을 마지막까지 태우려고 하고 있는 중"이라며 "부디 이 괴로운 세상일지라도 좀 더 많은 날을 살아서 더 많은 작품들을 남겨" 주길 빌었다. 권정생을 생각하는 이오덕의 진심이 그대로 담겨 있다. 이오덕이 작품 이해를 돕도록 하고 싶다며 발문을 썼을 때 권정생은 이오덕의 글이라면 "남들이 흔히 쓰고 있는 거짓말투성이 서문이나 후기가 아닐 것이기 때문에"[99] 믿을 수 있다고 했다. 그러면서도 자신의 "신상에 대한 것은 얘기하지" 말아 달라고 부탁한다. 거지로 떠돌다가 병마에 시달리며 글을 쓰고 있는 자신의 신변 이야기가 작품 평보다 먼저 거론되는 것을 원치 않았다. 그러던 그가 첫 동화집《강아지똥》'머리말' 첫 문장에는 또박또박 이렇게 적었다.

"거지가 글을 썼습니다."

그때까지 권정생이 글이건 어디서건 공식적으로 자신이 거지생활을 한 것을 밝힌 적이 없다. 이오덕과 지인 몇 명만이 알고 있던 사실이었는데 첫 동화집을 내면서 스스로 거지였음을 고백한다. 사실 동화집을 펴내기 반 년 전쯤 이오덕은 권정생에게 수기를 써보라고 했다. 이오덕은 수기가 "어떤 사람들에게는 더 감동을 줄 수 있지"[100] 않을까 생각한다며 권정생의 의향을 물었다. 게다가 마침 현상금이 백만 원이나 하는 공모전도 있었다. 그러나 권정생은 아직 수기를 쓸 준비가 되어 있지 않았다. 거지였던 자신을 더 이상 부끄럽게 생각하지 않지만 자신의 이야기를 세상에 내놓는 일이 쉽지 않았다. 그러기 위해서는 또 다른 용기가 필요했다.

99.《살구꽃 봉오리를 보니 눈물이 납니다》, 56쪽.
100. 같은 책, 32쪽.

이현주도 권정생에게 어쩌다가 깡통을 차야만 했던지, 또 어찌하여 안동 땅 작은 교회 문간방에 눌러앉게 되었는지 수기를 쓰라고 권했다. 그러나 권정생은 "솔직하게 쓸 수가 없어. 솔직하게 쓸 수 있을 때에 쓰지."[101] 그렇게만 대답하고 말았다. 이렇게 가장 가까운 벗들이 수기를 써보라고 권했지만 권정생은 "거지가 글을 썼습니다."라고 밝히는 것 이상으로 자신의 이야기를 솔직하게 털어놓을 자신이 아직 없었다. 거기까지였다. 그리고 또 시간은 흘러갔다.

101.《오물덩이처럼 딩굴면서》, 306쪽.

거지 이야기를 쓰다

1975년 1월, 권정생은 골덴 바지에 검정고무신을 신고 길을 나섰다. 그가 평소에 즐겨 입고 즐겨 신는 아주 편한 차림이다. 첫 동화집 《강아지똥》에 수록된 동화 〈금복이네 자두나무〉가 한국아동문학가협회에서 제정한 제1회 한국아동문학상을 받게 되어 서울로 가는 길이다. 〈무명저고리와 엄마〉가 조선일보 신춘문예에 당선되었을 때 시상식에 참석 못한 것을 안타깝게 생각하고 있던 이오덕은 그를 억지로 데리고 상경했다. 이현주는 그때 권정생의 모습을 이렇게 그린다.

틀림없이 장터 행상에게서 샀을 허름한 코트를 목이 긴 털 샤쓰 위에 걸치고 무릎이 벌쭉하니 나와 종아리가 다 드러난 검정 바지에 검은 고무신을 신고 있었다. 그것은 빳빳한 와이셔츠 깃 아래 어지러운 무늬의 넥타이를 매고 윤이 나도록 손질한 가죽 구두를 신은 서울 놈

제1회 한국아동문학상 시상식에서 권정생이 수상소감을 말하고 있다. 가운데 있는
사람이 이원수다.

들에게 통쾌한 일격이었다.[102]

검정고무신을 신고 식장에 나타난 권정생은 연단에 올라 "교회의
가난뱅이 아이들 얘기를 몇 마디 더듬"[103]거리며 수상소감을 이야기
했다. 이오덕은 그 장면을 이렇게 회고한다.

권 선생은 가슴에 꽃을 달고 앞에 앉아 자꾸 눈물을 닦고 있는 것
같았다. 그의 인사말과 그의 문학에 인간을 소개하는 말이 끝나자 장
내에 앉았던 많은 사람들이 눈물을 닦고 있는 모습을 볼 수 있었다.
(……) 문학상 시상식이 이토록 이상스런 감격적인 풍경으로 거행된

102. 같은 책, 304쪽.
103. 같은 책, 305쪽.

일은 일찍이 없었고, 앞으로도 좀처럼 있을 것 같지 않다.[104]

    권정생이 검정고무신을 신고 나타난 것도, 교회의 가난한 아이들 이야기가 수상소감이었던 것도 그 시상식에 참석했던 사람들에게는 모두 놀라운 경험이었다. 식이 끝났을 때 양복점을 경영하던 아동문학가 박경종은 권정생에게 양복을 한 벌 선물하겠다고 했다. 권정생은 "그런 옷이 내게 무슨 필요가 있어요?"[105] 하며 사양했다. 그러나 박경종은 권정생이 사는 교회 문간방으로 양복을 만들어 보냈다. 권정생은 걸어둘 곳조차 없는 그 양복이 짐스러울 뿐이었다. 골덴 바지와 검정고무신. 권정생은 정작 아무렇지도 않은데 사람들은 그에게 동정의 눈빛을 보냈다. 하지만 그런 시선을 그는 개의치 않았다.

    권정생은 시상식에 다녀오는 길에 이현주와 함께 한 거지를 본다. 무척 많은 사람이 붐비고 있던 영주역 대합실에서였다. 그들의 발밑에는 누군가 먹고 버린 사과 속이 떨어져 있었는데 그 거지는 시커먼 흙이 묻어 있는 사과를 그대로 집어 입속에 넣고 삼켰다. 순식간에 일어난 일이었다. 흙 묻은 사과를 초콜릿이나 되는 듯이 입맛을 다시며 남김없이 먹어치운 그는 이번에는 맞은편에 서 있는 어느 농부 차림의 중년 사내 뒷주머니에 시선을 박았다. 권정생과 이현주는 그 거지가 사내의 뒷주머니에 있는 두둑한 지갑을 노리고 슬금슬금 접근하는 것으로 생각했다. 그러나 그는 사내의 엉덩이에 붙어 있는

---

104. 같은 책, 300쪽.
105. 같은 곳.

지푸라기를 잽싸게 떼어버리고는 인파 속으로 사라졌다.[106]

서울을 다녀온 지 두 달이 되어 가는데 권정생은 그 때 영주역에서 보았던 거지가 자꾸만 생각났다. 흙 묻은 사과를 주워 먹는 거지이면서 지푸라기를 떼주는 그 마음은 과연 무얼까? 오래도록 생각하고 또 생각했다. 생각에 생각을 거듭하고 고민한 끝에 권정생은 그것이 "바로 예수님의 한 모습"[107]이라는 결론을 내린다. 거지의 모습이야말로 "아무것도 가지지 않는 것으로 우리를 가르쳐 주었던"[108]예수의 모습을 닮아 있었다. 예수와 거지의 욕심 없는 아름다운 마음은 하나로 통해 있었다. 아무것도 가진 것 없으면서 남을 위하는 그 거지가 이상한 것이 아니라 그런 마음을 가진 거지를 의심하고 멸시하는 세상이 미친 것이다.

거지를 의심했던 권정생은 자신이 말할 수 없이 부끄러웠다. 1975년 3월 5일, 그는 이현주에게 이렇게 편지를 써 보낸다.

이 이상 동화를 붙잡고 있다는 건 너무 무리한 것 같아. 당분간 소설을 쓰기로 맘먹었다. 언젠가 다시 동화 쓸 수 있는 시절이 또 올 거야, 그걸 기다리기로 했다. (……) 남이 모르는 것, 나는 더 많이 알고 있으니까, 잔뜩 써놓고 죽겠다.[109]

---

106. 같은 책, 307~308쪽.
107. 같은 책, 232쪽.
108. 〈책머리에〉, 《우리들의 하느님》, 10쪽.
109. 《오물덩이처럼 딩굴면서》, 232쪽.

권정생이 '동화' 쓰기를 멈추고 '소설'을 쓰겠다고 한 것은 더 이상 〈강아지똥〉 같이 버려진 목숨들의 이야기를 상상해서 쓰는 것이 아니라 현실의 이야기를 쓰겠다는 마음이었다. 직접 겪어서 알고 있는 현실의 이야기, 즉 '아름다운' 거지 이야기가 될 것이다. 권정생은 거지 이야기를 쓰기 위해서는 우선 자기 자신이 거지였다는 사실을 솔직하게 털어놓는 것이 먼저라고 생각했다. 그러지 않고서는 솔직한 글을 쓰기 어려울 것 같았다. 그러나 마음을 먹었다고 해서 바로 행동하고 실천하기란 그리 쉬운 일이 아니다. 권정생 자신이 거지생활을 했다는 것을 '솔직하게' 털어놓기에는 또 시간이 필요했다. 그는 거의 1년 가까운 시간을 보내고서야 용기를 냈다. 수기를 쓰기로 결심한 것이다.

권정생은 1976년 2월부터 6월까지 《새가정》에 수기 〈오물덩이처럼 딩굴면서〉를 연재한다. 일본에서 태어나 한국으로 오기까지 그리고 어쩌다 병든 몸으로 거지가 되었는지를 모두 털어놓았다. 자신의 이야기를 다 털어놓은 뒤부터 2~3년 동안 권정생은 자신만 아는 거지 이야기를 본격적으로 거침없이 쓰기 시작한다. 그 무렵 쓴 작품 중에서 〈보리이삭 팰 때〉, 〈뙤리골댁 할머니〉, 〈해룡이〉, 〈사과나무밭 달님〉 등은 전쟁 때문에, 병마 때문에 거지가 된 사람들의 이야기며 〈나사렛 아이〉는 그가 가장 사랑했던 거지, 예수 이야기다.

〈보리이삭 팰 때〉에서 탑이 아주머니는 앉은뱅이 거지이다. 열일곱 살 한창 꽃다운 나이에 이름 모를 열병을 앓아 앉은뱅이가 된 아주머니는 하나뿐인 동생이 시집을 가자 만나지 말자고 약속을 하고 헤어진다. 그리고 이 마을 저 마을을 돌아다니며 빌어먹는다. 권정생이 그랬던 것처럼 동생이 미워서가 아니라 병든 자신의 처지 때문에 동생과 만나지 않고 사는 것이다. 〈해룡이〉의 주인공도 부지런하고 성실하며 착한 남편이자 좋은 아버지였지만 문둥병이 들어 어쩔 수 없이 가족과 헤어져 떠돌아다닌다. 〈똬리골댁 할머니〉는 떠돌이 꼽추인데 6·25전쟁을 겪으면서 마을 사람들의 외면으로 혼자 쓸쓸히 죽음을 맞는다. 〈사과나무밭 달님〉에서 필준이는 실성한 어머니 안강댁을 돌보느라 장가도 가지 못하고 하루하루를 떠돌며 연명한다.

또한 권정생은 예수야말로 '2천 년 전 팔레스타인 들판에서 몸에는 약대 털가죽을 걸치고 메뚜기와 산꿀을 먹으며 바람처럼 시원하게 살다 간 아주 멋진 거지'[110]라고 했다. 그 예수 이야기를 쓴 것이 〈나사렛 아이〉다.

사람들은 대부분 성경 구절을 인용해 아기 예수 탄생을 이야기한다. 동방박사 세 사람이 귀한 예물을 가지고 별을 따라 아기 예수님이 계신 곳에 이르러 엎드려 경배하고 보배함을 열어서 황금과 유황과 몰약을 예물로 드렸다고들 한다. 그러나 권정생은 달랐다. 〈나사렛 아이〉에는 아가가 태어나던 그날 밤 베들레헴의 마구간에 천사들의 축복이나 귀한 예물을 들고 온 동방박사 얘기는 없다. 다만 그날 밤 무척 추웠던 그 마구간에서 태어난 아가의 눈에 보인 것은 하늘의 작은 별빛이었고 아가는 그 꼬마 별들의 울음소리를 들을 뿐이

---

110. 〈작가의 말〉,《강아지똥》, 세종문화사, 1974.

다. 아가는 마구간에 짐승들의 똥오줌 냄새가 싫었으나 아가 몸에는 그것들이 물감처럼 진하게 배어버린다.

〈나사렛 아이〉는 엎드려 경배를 받고 머리에 금관을 쓴 임금으로 태어난 것이 아니라 작은 꼬마별의 울음소리에 귀 기울이고 똥오줌 냄새 풍기며 보잘 것 없는 사람들과 함께 살아갈 '사람'으로 태어난다. 그리고 의붓아버지 요셉을 도와 목수 일을 하고 어머니 마리아를 도와 물을 길며 나사렛에서 30년을 산다. 권정생이 가장 사랑했던 거지, 예수는 바로 가난한 이웃과 함께 일하며 사는 '사람'이었다. 이 세상에 온 예수는 높은 보좌에 앉아 기도만 들어주는 '임금'이 아니라 몸으로 일을 하며 산 보통 사람이었다.

권정생은 〈나사렛 아이〉를 쓰고 10여 년이 지난 다음 《하느님이 우리 옆집에 살고 있네요》(1994)[111]라는 동화를 쓴다. 여기에서도 예수는 '사람'으로 이 세상에 내려오는데 이번에는 하느님과 같이 온다. 그들은 하늘나라에서 어떤 특권 하나 없이 이 땅에 떨어져서 온갖 고생을 다 겪으며 일을 한다. 먹고살기 위해 공사장 인부나 청소부, 노점상도 마다하지 않는다. 하느님과 예수는 사는 게 힘겹고 고생스럽지만 그들 곁에는 가난한 이웃들이 있다. 스스로의 노동으로 하루 먹을 양식을 구하고 열심히 일하며 살았기에 오히려 하느님과 예수는 가난한 이웃들의 보살핌을 받고 사랑도 받게 된다. 예수는 입으

111. 《새가정》에 1989년 7·8월부터 1991년 12월까지 연재함.

로만 사는 것이 아니라 가난한 이웃과 함께 몸으로 일하며 살았기에 사람들의 사랑을 받을 수 있었던 것이다.

예수는 고통받는 이웃을 위해 십자가 죽음도 불사했고 죽은 지 3일 만에 '생명'을 가지고 부활한다. 그렇기에 예수는 지금도 수십 수백 수천의 모습으로 되살아나는데 권정생은 평화시장 봉제공장 직공이었던 전태일도 그중 한 명이라고 생각했다. 그는 빵 한 조각이라도 배고픈 사람이 있으면 함께 나누어 먹었고 나이 어린 여직공들에게 점심을 나눠줘버리고 굶는 날이 많았다. 그러다 억울하고 부당하게 고통받는 노동자를 위해 제 몸을 불살랐다. 권정생은 '전태일의 분신이 아깝고 가엾지만 그는 순수한 마음으로 배고픈 이웃의 고통을 함께하였기에 예수의 십자가를 나눠 진 것'[112]이라 했다. 전태일은 수십 수백 수천의 모습으로 되살아난 예수의 모습 가운데 하나였던 것이다. 전태일과 영주역에서 만났던 거지와 예수의 마음은 하나로 통했다. 그들은 "알몸으로 꾸미지 않고, 들짐승처럼 정직하게 살았다."[113] 가난하고 고통스러웠을지언정 가장 아름다운 삶을 산 것이다.

'사람'으로 태어나 가난한 이웃과 함께한 예수 이야기 〈나사렛 아이〉와 〈보리이삭 팰 때〉, 〈똬리골댁 할머니〉, 〈해룡이〉, 〈사과나무밭 달님〉 들은 모두 모여 권정생의 두 번째 동화집 《사과나무밭 달님》(1978)이 된다.

---

112. 〈흑인 노예선과 하나님〉, 《교회와 세계》, 1990, 7, 7쪽.
113. 〈꾸밈없이 산 예수의 말〉, 《생활성서》, 1986. 11, 5쪽.

《강아지똥》과 《사과나무밭 달님》을 써놓고 나서 권정생은 마음이 후련했다. 《강아지똥》을 쓰면서는 자신이 선고받은 죽음의 시간을 넘겼고 《사과나무밭 달님》을 쓰면서는 자신이 겪은 거지 생활을 당당하게 고백하였기 때문이다.

거지가 아름다운 것은 '내 것'을 가지고 있지 않기 때문이다. 그는, 거지들이 '내 것'을 가지어 잘먹고 잘살게 되는 세상이 아니라 부자들이 창고를 버리고 거지처럼 가난하게 하루 먹을 것만 가지는 세상을 꿈꾸었다. 거지가 부자들의 세상으로 가는 것이 아니라 부자들이 거지처럼 아무것도 갖지 않는 세상, 그런 세상을 위해 그는 자신만이 아는 가난하고 고통받는 거지들의 이야기를 모두 털어놓았다.

권정생이 가장 좋아하는 성경구절은 이사야서 11장이다.

그때에는 이리가 어린 양과 함께 살며

표범이 새끼 염소와 함께 누우며

송아지와 새끼 사자와 살진 짐승이 함께 풀을 뜯고

어린아이가 그것들을 이끌고 다닌다.

암소와 곰이 서로 벗이 되며

그것들의 새끼가 함께 누우며

사자가 소처럼 풀을 먹는다.

젖먹이 아이가

독사의 구멍 곁에서 장난하고

젖뗀 아이가 살무사의 굴에 손을 넣는다.

나의 거룩한 산 모든 곳에서

서로 헤치거나 파괴하는 일이 없다.[114]

　이러한 세상은 풍요도 굶주림도 없이 모두가 가난하게 사는 세상
이요, 부자와 거지가 없는 세상이다. '살진 짐승'들이 풀을 뜯는 세상
이다. 싸움이 없는 세상이다. 대자연 속에서 모든 생명이 함께 사는
세상이다. 모두가 일하여 나누어 먹고 서로 존중하며 사는 세상이
다. 예수처럼, 거지처럼, 새처럼, 나무처럼, 꽃처럼……. 그리고 권정생
처럼.

---

114. 〈녹색을 찾는 길〉, 《우리들의 하느님》, 119~120쪽.

글쓰기에 전념하다

권정생은 어릴 때 동화책을 읽으면서는 눈물로 슬픔을 위로받았다. 소설로는 많은 사람들을 만나며 외로움을 달랬다. 그러면서 권정생은 자신도 사람들의 슬픔과 외로움을 달래주는 글을 쓰고 싶다는 꿈을 키워나갔다. 그 꿈을 이루기 위해 남들보다 더 멀고 험난한 고갯길을 올라야 했고 죽을 고비도 몇 번이나 넘겨야 했다. 〈강아지똥〉은 그가 이뤄낸 꿈인 동시에 그의 생계를 책임져준 현실적 수확이었다. 그는 농사를 짓는 마음으로 글을 썼고 원고료는 수확물과 다름없었다. 1975년 〈금복이네 자두나무〉가 제1회 한국아동문학상을 수상했을 때에도 어쩌면 상금이 더 현실적으로 다가왔을지 모른다.

〈금복이네 자두나무〉 상금은 10만 원이었다. 권정생은 이 돈으로 시상식에 참석했던 사람들과 점심을 먹었고, 5만 원은 정기예금을 들고, 2만 원은 보통예금을 들었다. 그리고 연탄 2백 장, 쌀 두 말, 라면 한 박스, 책 몇 권을 사고, 감사헌금도 조금 내고 나머지는 현금으로 남겨두었다. 소변에 농이 섞이고 피까지 보이다 말다 하는 건강상태는 여전했다. 글을 쓰는 것이 무리가 되었다 싶으면 하루 이틀 꼼짝없이 누웠다가 다시 일어났다. 그러나 이제 권정생은 굶주림을 걱정하지 않아도 될 정도로 형편이 나아졌다. 통장에 예금도 생겼다. 무엇보다 어서어서 글을 써서 원고료를 받아야 생활을 꾸려나갈 수 있다는 생각을 하지 않아도 되었다. 상금과 인세와 원고료들이 더해져 생활비 걱정이 덜어지고, 시상식에 다녀오면서 영주역에서 본 거지가 그의 마음을 더욱 재촉하여 권정생은 글쓰기에 전념하게 되었다. 《사과나무밭 달님》에 수록된 거지 이야기 쓰기에 몰두한 것이다.

그런 한편으로 그는 조선일보 신춘문예 당선 동화 〈무명저고리와 엄마〉를 본격적으로 수정한다. 이 동화를 당선시킨 이원수는 심사평에서 '일곱 남매를 낳아 기르면서 일생을 두고 외국의 침략과 전쟁 등에 그 자식들을 빼앗기고 혹은 잃어버리는 그 슬픔을 처음부터 끝까지 시적詩的인 문장, 상징적인 표현을 써서 감동적으로 끌어간 점을 높이 보아 당선작으로 정한다.'[115]고 했다. 무엇보다 "우리나라 모성母性의 한 전형典刑이 귀히 여겨졌기 때문"이다. 그러나 "약간의 흠"은 "시간적 관계가 정확성을 잃고 있는 점"인데 그것을 "상징적인" 것으로 받아들여 "눈감기로 했다"고 쓴다.

당선소식을 들었을 때 권정생은 밤새 심한 각혈을 할 정도로 기쁨

---

115. 〈심사평〉, 조선일보, 1973. 1. 7, 5면.

에 흥분했다. 신문에서 이원수 심사평을 보고도 "약간의 흠"이란 말에 크게 신경 쓰지 않았다. 말 그대로 '약간'으로 생각하고 그냥 넘어갔다. 그런데 신문에서 〈무명저고리와 엄마〉를 읽은 이오덕은 바로 그 다음 주에 권정생을 찾아가 만났고 열 달 후인 1973년 10월 1일에는 권정생에게 이런 편지를 보낸다.

혹시 참고 되실까 싶어 느낀 것을 말씀드리면 지난 번 신문 당선 작품인 〈무명저고리와 엄마〉에서 역사적 사실을 적은 것이 좀 잘못된 것이 수정되지 않고 있더군요. 일제 때 강제공출이란 것은 일제 말기입니다. 그런데 이것이 3·1운동 이전같이 되어 있더군요. 3·1운동 이전의 얘기라면 강제공출이라 하지 말고 소작인들이 지주에게 바치는 것으로 고치면 될 것도 같습니다.[116]

그 무렵 이오덕은 동화집 《강아지똥》을 내려고 출판사를 찾고 있던 중이었고, 동화집에 잘못된 부분을 고쳐서 실었으면 하는 마음에서 권정생에게 편지를 보낸 것이다. 권정생은 이오덕이 지적해 준대로 '강제공출 벼 가마니'를 '소작료 나락 가마니'로 고쳐 보냈는데 어찌된 사정인지 《강아지똥》에는 수정 없이 그대로 실린다.[117]

그로부터 3년여가 지난 후 권정생이 글쓰기에 전념할 수 있게 되자 1976년 4월 27일, 이오덕은 "〈무명저고리와 엄마〉 중에 역사적 사

116.《살구꽃 봉오리를 보니 눈물이 납니다》, 31쪽.
117. '강제공출'이란 단어만 고친 원고는 《오물덩이처럼 딩굴면서》에 수록되었다.

실에 관해 얘기가 좀 잘못되어 나오는 것을 고쳐서 완벽한 작품으로 완성해보실 생각은 없는지요?"[118]라고 다시 편지를 보낸다. 이오덕은, 이 작품은 우리 아동문학사에 길이 남겨두어야 할 것이기 때문에 잘못된 것을 꼭 고쳐서 완벽한 작품으로 완성해주길 바랐다. 그러나 권정생은 "문학작품이란 반드시 사실과 맞아야 되는 것이 아니"[119]라는 생각에 이오덕에게 고칠 생각이 없다고 답장을 보낸다.

이오덕은 권정생에게 너무 무리한 부탁을 한 건가 싶어 괜스레 마음이 쓰였고 권정생은 권정생대로 이오덕에게 고칠 생각이 없다고 답은 했지만 '역사적 사실이 잘못되었다'는 말에 스스로 공부가 부족하다는 생각을 내내 떨칠 수 없었다. 결국 그는 보름 만에 원고를 수정해서 이오덕에게 보냈다. 원고를 받아본 이오덕은 권정생에게 1976년 5월 14일자로 이렇게 답장을 보낸다.

〈무명저고리와 엄마〉 읽으니 감동이 새롭습니다. 선생님은 원작의 감동을 어느 정도 죽이지는 않았는가 염려하시는데, 대조를 안 해봐서 전에 읽었던 것을 잊은 내용도 있고 해서 확실히 모르겠습니다만, 좀 마음에 걸리는 듯한 것이 없어져서 참 좋습니다. 창비 책에 내는 것도 이것으로 하도록 서울로 부치셨으면 합니다.[120]

---

118. 《살구꽃 봉오리를 보니 눈물이 납니다》, 134쪽.
119. 《이오덕 일기 1》, 358쪽.
120. 같은 책, 135쪽.

권정생은 '원작의 감동을 죽이지 않았을까' 염려했지만 이오덕은 "마음에 걸리는 듯한 것이 없어져서 참 좋"다며 "창비 책에 내는 것도 이것으로" 하자고 했다. 여기서 창비 책이란 《똘배가 보고 온 달나라》(1977)를 말하는 것으로 여기에 〈무명저고리와 엄마〉가 실린다. 권정생은 이오덕의 말대로 수정한 〈무명저고리와 엄마〉를 창비로 보냈다. 책에 실려 지금 널리 알려진 권정생의 〈무명저고리와 엄마〉는 동화집 《강아지똥》에 실린 신춘문예 당시 당선작이 아니라 이후 이오덕의 권유로 수정된 것이다.

《똘배가 보고 온 달나라》에 수록된 〈무명저고리와 엄마〉(아래부터 '수정본'으로 표기함)는 1장에 일곱 아가들의 눈물콧물이 밴 엄마 저고리가 장롱 속으로 들어가서 쉬게 되는 이야기부터 아빠와 아이들이 모두 엄마 품을 떠나고 엄마도 세상을 떠나는 이야기까지 10장으로 구성되어 있다. 그러나 조선일보에 발표(아래부터 '원본'으로 표기함)된 것은 9장으로 구성되어 있었다. '역사적 사실이 잘못되었다'고 지적받은 '강제공출' 부분을 따로 떼어 추가하느라 수정본은 한 장이 더 늘어났다.[121] 원고수정 발단이 된 원본 2장의 '강제공출' 내용은 이렇다.

일본 순사가 마을을 들락날락거렸습니다. **강제공출** 벼 가마니를 실은 짐바리가 고개 너머 주재소가 있는 장터 길까지 줄을 잇닿았습니다.

---

121. 졸고, 〈무명저고리와 엄마 다시 보기〉, 《어린이와문학》, 2012. 5 참조.

아빠가 몰고 가는 새끼 밴 암소가 풍경소리를 딸랑딸랑 골목길에 남겨놓고, 벼 가마니를 싣고 갔습니다. 열 섬 들이 뒤주 바닥이 말끔히 드러났습니다. 복돌이와 차돌이가 손을 잡고 삽짝문에 붙어 서서 구경하고 있었습니다.

삼돌이는 동생 큰분이와 하도 무서워 엄마 치맛자락을 꼭 붙잡았습니다. 갓난아기 무돌이만이, 엄마 품속에서 쌔근쌔근 잠들어 아무것도 못 보았습니다. 초생달이 서쪽 용두산 너머로 기울어진 한참 후에야, 마을 사람들과 함께 아빠가 길마만 얹힌 빈소를 몰고 왔습니다. 며칠 동안 한숨으로 보낸 아빠는 둥그렇게 보름달이 될 즈음, 새끼 밴 암소를 팔아 먼 길을 떠났습니다. (······)

마을엔 다시 화안하게 살구꽃이 피는 봄이 왔습니다. 아빠가 갈아놓고 간 밀밭이 퍼렇게 자라도록 역시 아빠 소식은 감감했습니다. 만세 소리가 두메산골까지 메아리지던 그해 삼월, 아빠는 일본 헌병의 총칼에 찔려 죽었으리라는 슬픈 소식이 들려왔습니다. (강조는 글쓴이가 함)

아빠는 열 섬들이나 되는 벼 가마니를 "강제공출" 당하고 며칠을 한숨으로 보내다가 먼 길을 떠난다. 집을 떠난 후 "살구꽃 피는 봄이" 와도 아빠 소식은 감감했는데 그것은 "만세 소리가 두메산골까지 메아리치던 그해 삼월"에, 그러니까 '3·1운동' 때 일본 헌병의 총칼에 찔려 죽었기 때문이라는 것이다. 이오덕이 지적한 부분이다. 그로부터 3년 뒤 이 장면을 모두 없애고 수정된 원고는 이렇다.

동쪽 섬나라, 굽 높은 나막신을 신은 일본 사람들은 한반도의 끄트머리까지 줄을 잇고 들어왔습니다. 다섯 자도 넘는 긴 칼을 가지고 왔습니다. 신식 군대가 총을 휘두르며 으르렁으르렁 건너온 것입니다.

하얀 달님처럼 깨끗한 왕비님이 그 긴 칼에 쓰러져 억울한 죽음을 당했습니다. 걸음마를 겨우 벗어난 어린 왕자님이 그들이 휘두르는 총칼 앞에 떨면서 낯선 섬나라로 끌려갔습니다.

아름다운 아침의 나라는 일본의 긴 칼이 다스렸습니다. 그들이 메고 온 총과 몽둥이가 항구마다 길목마다 지키고 있었습니다.

왕비님을 잃고 왕자님을 빼앗긴 임금님은 궁궐 깊숙이 갇히는 몸이 되었습니다. 하얀 옷의 백성들은 모두 귀머거리가 되었습니다. 벙어리가 되었습니다. 맹인이 되었습니다.

한숨으로 나날을 보내던 아빠는 끝내 집을 나갔습니다. 일곱 남매 아가들만큼 소중히 기르던 새끼 밴 누렁이 암소를 팔아 노자를 삼고 먼 길을 떠난 것입니다. 아빠의 하얀 두루마기 자락이 낙엽이 지는 고갯길을 넘고 사라져 갔습니다. (……)

궁궐 깊숙이 갇혔던 임금님이 슬픈 운명을 하게 되자 갑자기 서울거리는 술렁거렸습니다. 소리 없이 통곡을 하며, 소리 없이 눈물을 흘리는 흰옷 입은 사람들의 가슴과 가슴으로 한 맺힌 소리가 질기게 전해져 갔습니다. 강을 넘고 산을 넘어 방방곡곡 찾아갔습니다.

마을엔 다시 화안하게 살구꽃이 피는 봄이 왔습니다. 아빠가 갈아 놓고 간 밀밭이 퍼렇게 자라도록 역시 아빠 소식은 감감했습니다. 만세 소리가 두메산골까지 메아리지던 그해 삼월, 아빠는 일본 헌병의 총칼에 찔려 죽었으리라는 슬픈 소식이 들려왔습니다.

원본과 달리 아빠는 '아름다운 아침의 나라를 일본의 긴 칼로 다스리게 되자 한숨으로 나날을 보내다가' 집을 나간다. '궁궐 깊숙이 갇혔던 임금님이 슬픈 운명을 하던' 그해까지도 소식이 없던 아빠는 "살구꽃 피는 봄이" 와도 돌아오지 않는다. 만세소리가 메아리치던 그해 삼월에 죽었기 때문이었다. 앞의 두 인용글에서 중간에 생략된 부분은, 엄마와 아이들이 눈물로 아빠를 기다리는 내용으로 원본과 수정본이 모두 같다. 그러나 수정본에서는 아빠가 삼월 만세운동 때 죽어 "살구꽃 피는 봄이" 와도 돌아오지 않는다는 이야기 앞에 "궁궐 깊숙이 갇혔던 임금님이 슬픈 운명을" 하게 된 이야기를 추가한다. 그것은 아빠가 한일합방 무렵 집을 나가서 고종이 죽던 그해까지 소식이 없다는 것을 분명히 밝히려는 의도로 보인다. 권정생은 역사적 사건에 맞춰 원고를 수정한 후 뒤에 일제 말기 강제공출 부분은 따로 한 장을 추가한다.

원본에서 아빠는 열 섬들이 뒤주바닥이 말끔히 드러나도록 모든 것을 빼앗기자 한숨으로 나날을 보낸다. 벼 가마니를 가득 싣고 나갔다가 빈 소를 몰고 돌아오는 아빠의 마음을 구태여 설명하지 않아도 아빠의 한숨에는 나라 잃은 아픔에 식구들 먹고 살 걱정까지 묻어 있다. 첫째 복돌이는 아빠가 벼 가마니를 싣고 나갈 때 차돌이 손을 잡고 삽짝문에 붙어 서 있었고, 삼돌이와 큰분이는 엄마 치맛자락을 꼭 붙잡고 서 있었다. 복돌이는 그때 본 무서웠던 일본 순사를 잊지 못하는데 아빠가 일본의 총칼에 죽었다는 소식을 듣는다. 그래서 복돌이는 아빠 뒤를 따라 집을 나간다. 복돌이가 독립군이 된 것은 나라를 위한 것이며 동시에 억울하고 불쌍한 아빠의 죽음을 위한 것이기도 하다. 원본에는 이렇게 '이야기'가 있다.

그런데 수정본에서는 왕비님이 죽고 왕자님을 빼앗기고 임금님이 갇힌 몸이 되자 아빠가 한숨으로 나날을 보내다 집을 나간다. 원본과 견주어 '아빠의 한숨'에서 오는 느낌이 다르다. 수정본은 역사적인 사건에 맞춰 설명을 하다 보니 아빠의 한숨이 거국적이 되었다. 복돌이가 집을 나가 독립군이 되는 것도 아빠와 이어주는 이야기 끈이 없으니 나라를 위한 출정만으로 읽힌다.

〈무명저고리와 엄마〉에서 아빠가 어떻게 집을 떠나는지는 이야기의 발단이 되므로 중요하다. 주재소에 농사지은 것을 다 빼앗기고 나라 잃은 현실을 자각하고 집을 떠나는 것은 소박한 결의에서 시작한 우리 백성들의 모습이었다. 원본은 바로 그런 아빠를 둔 우리네 이야기라면 수정본은 아빠의 이야기가 통째로 빠지면서 어쩐지 평범하지 않은 독립군의 집안 이야기처럼 되었다. 원본에는 없던 "하얀 두루마기 자락"을 입고 떠났다고 하는 것에서도 그런 이미지가 한층 부각된다. 수정본에서는 더 이상 소박하고 평범한 아빠의 모습이 보이지 않는 것이다.

"원작의 감동"이 죽을지도 모른다는 것을 알면서도 수정을 감행한 권정생은 이오덕처럼 "마음에 걸리는 듯한 것이 없어"졌다고 좋아만 할 수 없었다. 3년 동안 애정을 쏟아 완성한 작품을 타의에 의해 새로 고쳐 쓰게 된 것이 편한 마음은 아니었던 것이다. 그러나 그것은 누구를 탓할 일이 아니라 자신의 부족함 때문이었다는 걸 권정생은 잘 알았다.

〈무명저고리와 엄마〉 원고를 수정하고 1년이 조금 지난 1977년 9월 어느 날, 권정생은 그가 사는 마을에서 혼자 살고 있는 숙부에게 아버지, 어머니 이야기를 듣는다. 그동안 오해한 것도 알게 되고 조금이나마 부모님을 이해하게 되었다. 그는 "모두가 고난의 민족사에 희생되어 정말 슬프게 살다가 죽은 분들"[122]이라는 생각이 들면서 "자서전 소설"을 쓰고 싶다는 생각을 한다. 대단한 건 없지만 한 인간을 이토록 고통 속에 몰아넣은 역사를 그 나름대로 규명해보고 싶었던 것이다. 그럴 때 〈무명저고리와 엄마〉의 수정이 작품을 어떻게 쓸지 한 걸음 더 나아가 생각해보는 계기가 되었음은 분명하다.

나는 조선시대 때 뭐 이런 거는 모르고 동학전쟁 이야기는 여기서 많이 해요. 어른들이.
저기 살구나무재 넘어가면 지리산처럼 아주 깊은 산이 있는데 거기 숨어 살던 어른이 하나 있었어요. 동학전쟁에 참여했던 어른이래요. 아, 키가 크고 그랬는데, 그 어른이 '빨란구이'를 했다고 그러거든요. 빨치산은 아니고 '동학전쟁 하던 옛날 빨란구이'라고 했어요. 신돌석 장

---

122. 《살구꽃 봉오리를 보니 눈물이 납니다》, 168쪽.

군하고 이어지는 빨란구이 하다가 저기 숨어 산다고 하는데. 6·25전쟁 때 그쪽으로 가면서 그 어른들을 한번 뵈었어요. 그때는 해방이 됐으니까 숨어 살지는 않고 자리 잡고 살았는데, 산에서 나무를 베어서 구유도 만들고 지게도 만들어서 장에 나가 팔고 하셨지요. 그렇게 생활을 하시다가 나중에 돌아가셨는데, 그런 사람들은 이름도 없고 아무것도 없어요. 요즘 독립운동가들 얘기 많이 나오잖아요. 거기 몇 사람들은 이름이 남는데 3·1운동 때 만세 부르던 사람들, 동학 이런 데 참가했던 사람들은 전봉준이 실패하고 다 죽은 다음에는 어쩔 수 없이 숨어 살 수밖에 없었어요. 빨치산도 그랬듯이, 그래, 이 사람들을 어떻게 할까 이 사람들을……[123]

권정생은 '이 사람들'의 이야기를 쓰기로 한다. 이름도 없이 살다 간 마을 어른들 이야기와 어머니가 "등을 돌린 채 혼잣말처럼 조용조용, 산에 가면 산나물을 뜯으면서, 인동꽃을 따면서, 밭에 가면 글조밭을 매면서, 집에서는 물레실을 자으면서, 바느질을 하면서"[124] 아름다운 사투리로 들려준 이야기를 쓰기로 하는 것이다. 그는 마을 어른들이 들려주는 이야기를 공책에 꼼꼼히 적으며 자료를 수집했다. 어떻게 쓸지 고민하고 준비하다 보니 20년 세월이 훌쩍 흘러갔다. 〈무명저고리와 엄마〉를 쓸 때에도 그는 역사에 이름을 남긴 사람들보다 역사를 이끈 이름 없는 보통 사람들에게 관심이 더 많았다. 그

123.《권정생의 삶과 문학》, 66쪽.
124. 〈들머리에〉,《한티재 하늘 1》, 지식산업사, 1998.

러나 원고수정의 경험은 그를 더 신중하게 하였다. 그런 만큼 준비하는 시간은 길어졌다. 1994년 3월 11일자 〈민들레교회이야기〉에 다음과 같이 쓰며《한티재 하늘》 연재를 시작한다.

담배집 금호 어르신네가 그저께 세상을 뜨셨습니다. 열여덟 때 북해도까지 징용살이 갔다가 살아 돌아오신 어르신네입니다. 안동-대구간 신작로는 소화 10년(1935년), 중앙선 철도는 소화 14년(1939년) 완성되었다고 정확히 가르쳐주신 어르신네입니다. 아틈실 할매가 세상 뜨신 지도 1년이 지났습니다. 못골 입구에서 마음 좋은 택시 기사가 태워주는 차를 얼떨결에 고무신을 벗어놓고 탔다가 마을 앞에서 내려 줄똥싸게 벗어놓은 고무신을 찾으러 되돌아 달려갔다 온 뒤 가근방에 유명해졌던 할머니입니다. 아틈실 할머니는 13살에 시집와서 24살에 과부가 되어 80세가 훨씬 넘도록 혼자 살아왔습니다. 너무도 한스런 이야기를 남겨놓고 가셨지만 아직도 살아 계셨으면 더 많은 이야기를 들을 텐데 하는 생각입니다.《한티재 하늘》은 이런 노인들이 들려준 이야기를 적어갈 뿐입니다. 여러분들의 할아버지 할머니, 어머니 아버지들의 살아오신 이야기라 여기시고 읽어주시기 바랍니다. 미안하지만 이 일만은 꼭 해놓고 죽고 싶습니다.[125]

아픈 몸이지만 "이 일만은 꼭 해놓고 죽고 싶"다고 다짐을 하고 권

---

125. 이계삼, 〈이 땅 '마지막 한 사람'이었던 분〉,《우리들의 하느님》, 299~300쪽.

정생은 만 2년 동안 한 회마다 60~70매 되는 원고를 쓴다. 건강한 사람도 연재 글을 쓰는 것이 쉽지 않은데 그로서는 뼈를 깎는 고통이었다. 도저히 어쩔 수 없을 때는 연재를 쉴 수밖에 없었다. 권정생이 보낸 원고를 "한 땀 한 땀 수를 놓듯"[126] 손수 써서 〈민들레교회이야기〉에 옮겨 적었던 최완택 목사는 조바심을 내지 않고 오히려 그의 건강을 기도하며 기다려 주었다.

권정생은 《한티재 하늘》을 쓸 때 할머니 할아버지들이 《몽실 언니》를 읽고 또 이런 책 없느냐고 찾아왔던 일이 떠올랐다. 그는 평소에 '민중소설'이라는 것이 할머니 할아버지들이 읽기에 너무 어려웠던 것을 안타깝게 생각했다. 고민 끝에 그는 이야기를 들려준 할머니 할아버지의 사투리를 그대로 살려 읽기 쉽게 쓰기로 한다. 이 소설에야말로 '이야기'를 들려준 그의 어머니와 마을 노인들을 향한 권정생의 마음이 고스란히 담겨져 있다. 그렇게 쓴 《한티재 하늘》은 "우리네 백성들의 이야기"[127]의 '진수'를 보여 주는 것이다.

《한티재 하늘》이 출판되었을 때 권정생은 "20년 전부터 썼다면 이미 완성됐겠지만 쓸데없는 치기나 젊은 혈기 때문에 지금처럼 곰삭은 글이 나오지 못했을 것"[128]이라고 했다. "쓸데없는 치기"나 "젊은 혈기"란 단어에서 〈무명저고리와 엄마〉를 수정하며 고민했을 40대 초반의 권정생 모습이 상상된다. '역사적 사실이 잘못되었다'는 지적

126. 같은 곳.
127. 《한티재 하늘 1》, 지식산업사, 1998, 4쪽.
128. 경향신문, 1998. 11. 23.

을 너무 깊게 받아들인 탓에 3년이란 긴 시간에 걸쳐 탈고한 원고를 수정해야 했던 회한의 마음 같은 것이겠다. 어쨌든 권정생은 〈무명저고리와 엄마〉를 수정하면서 '역사'와 '이야기' 사이에서 오랜 시간 고민하고 준비하여 "곰삭은"《한티재 하늘》을 완성한다. 그는 1895년 을미년부터 시작하여 일제강점기와 해방을 거쳐 5·16 이후까지 이야기를 모두 10권 정도로 쓸 계획이었는데 몸이 도저히 견디지를 못해 결국 1부 2권까지만 쓴 미완의 작품이 되고 말았다.

권정생은 〈무명저고리와 엄마〉 수정을 마친 뒤에는 6·25전쟁을 다룬 장편 소년소설 쓰기에 전념한다. 그는 쓰고 싶은 이야기가 너무도 많았지만 그중에서 가장 가슴 아프면서도 가장 먼저 하고 싶은 것은 6·25전쟁 이야기였다. 동화작가라면 우리 민족이 겪은 전쟁과 분단의 아픔을 아이들에게 '제대로' 알려줘야 한다는 생각에 마음으로는 벌써부터 쓰고 싶었지만 살림 형편과 건강이 허락되지 못해 미루었던 것이다.

가장 먼저 쓴 것은 《초가집이 있던 마을》이다. 1978년 1월부터 1980년 7월까지 《초가집이 있던 마을》을 다 쓰고 나서는 1982년 1월부터 1984년 3월까지 《몽실 언니》를 쓴다. 1987년 3월부터 1989년 1월까지는 보건소에서 자주 만나던 만주댁 할머니 이야기를 토대로 《점득이네》를 쓴다. 이 세 편을 두고 사람들은 6·25전쟁을 주제로 한 권정생의 '소년소설 3부작'이라고 불렀다.

장편 소년소설 3부작

황해도 해주 아이 태진이가 배를 타고 놀다가 경기도 자라섬으로 떠내려 왔다. 정신없이 놀다 보니 떠내려 온 것이다. 그곳은 태진이가 사는 곳과 별 다를 바 없는 마을로, 사람들의 생김새도 먹는 것도 말하는 것도 똑같았다. 그런데 자라섬 마을 아이 동수는 태진이를 보자마자 경계했다. 북쪽에 사는 사람은 모두 간첩이니까 무조건 신고를 하라고 배웠기 때문이다. "여러분이 동수라면 어찌하겠습니까?" 권정생은 《바닷가 아이들》이란 동화에서 아이들에게 이렇게 묻는다.

"나는 공산당이 싫어요."라고 외쳤던 "소년 영웅 이승복 군의 반공 이야기가 교과서에서부터 잡지, 만화책에까지 많은 사람들의 손으로 작품화되어 아이들에게 읽히고 있던 때"[129] 그는 이 동화를 쓴다. 동

---

129. 〈머리말〉, 《바닷가 아이들》, 1988, 창비, 3쪽.

수는 배운 대로라면 "나는 공산당이 싫어요."라고 외치며 얼른 태진 이를 신고해야 한다. 하지만 권정생은 동수가 태진이하고 헤엄도 치고 감자도 나누어 먹으며 재미있게 놀게 해주었다. 동수는 태진이하고 동무가 되었고 통일이 되면 다시 만나자고 약속까지 하고 헤어진다.

내가 처음 아동문학에 뜻을 두고, 우리 한국의 동시, 동화를 살펴보 았을 때, 너무도 안일한 귀족적 취향에 머물러 있는 작품이 대다수를 차지하고 있어, 놀라움을 금치 못했다. 있으나마나 한 문학이기 전에 있어선 안 될 문학이, 우리들의 지금까지의 아동문학이었다.

나는 내 지난날의 어린 시절과, 현재 자라고 있는 어린이들의 처지 에 서서 분명 나의 문학태도를 가지기로 마음먹었다. 꽃과 무지개와 별은 아름답다. 그러나 그 꽃과 무지개에 도취해 버려서는 절대 안 된 다. 우리 앞에는 결코 외면해 버릴 수 없는 전쟁의 상처, 민족적 슬픔 이 있다.

우리는 어린이들에게 눈을 뜨게 해야 한다. 그들의 막힌 귀를 뚫어 줘야 한다. 진실이 무엇인가 알려주고 거짓 없는 눈물을 흘리게 해야 된다.[130]

이 글은 1976년 여름《아동문학평론》'나의 작품세계'란 꼭지에 실 린 글이다. 이 무렵 권정생은 〈오물덩이처럼 딩굴면서〉 수기를 쓰고

130. 〈위선에서 진실을 일깨워주는 일〉,《아동문학평론》, 1976 여름 창간호. 71쪽.

나서 '거지 이야기'를 본격적으로 쓰고 있었다. "안일한 귀족적 취향에 머물러 있는 작품"과는 '거꾸로' 버려진 목숨의 아름다운 이야기를 쓰고 있던 그는 한편으로는 "결코 외면해 버릴 수 없는 전쟁의 상처, 민족적 슬픔이" 담긴 작품을 써야 한다는 생각을 떨치지 못했다.

전쟁은 권정생 자신도 그러했거니와 많은 사람들을 병마와 굶주림의 고통 속으로 내몰았다. 그런데 시간이 지날수록 전쟁의 고통에서 벗어나는 것이 아니라 세상은 오히려 더 아이들을 전쟁 속으로 끌어들이고 있었다. 온통 '반공'의 세상이 된 것이다. 남과 북이 서로 적이 되어 싸우며 자나 깨나 반공, 반공으로 사는 나라가 되어버렸다. 아동문학에서조차 "있으나마나 한 문학이기 전에 있어선 안 될 문학", 즉 '반공동화'가 판을 치고 있었다.

권정생은 "북한을 공산 괴뢰 집단으로만 표현"하는 문학이 "동화를 쓰는 한 사람"으로 한없이 부끄럽기만 했다.[131] 아동문학작가로서 뼈아픈 반성과 성찰의 시간을 보낸 그는 〈바닷가 아이들〉을 쓴다. 아이들에게 북한에도 '우리 핏줄이 살고 있다는 것'을 알려주기 위함이었다. 그러나 동화를 쓰고도 당시에는 발표를 하지 못한다. 공식적인 발표는 고사하고 이현주와 "조그만 등사판 책자"[132]라도 만들어 내볼까 생각에 생각을 거듭했지만 결국 빛을 보지 못하고 10여 년을 갇혀 있다가 1988년에야 세상에 나온다. 비록 세상에는 뒤늦게 나오게 되지만 권정생은 〈바닷가 아이들〉로 '반反반공 동화'의 포문을 열

131. 〈머리말〉, 《바닷가 아이들》, 5쪽.
132. 같은 책, 3쪽.

었고 1978년 1월부터는《소년》잡지에《초가집이 있던 마을》연재를 시작한다. 연재 때 제목은《초가삼간 우리 집》이었다.

2007년 1월 24일 '창비 어린이책 30주년 기념 인터뷰'[133]에서 권정 생은 "《초가집이 있던 마을》은 반공동화만 취급하던 시절에 쓴 '반 反반공' 소년소설이었다"고 말한다. 이 작품은 열네 살 소년 권정생이 보고 겪은 6·25전쟁을 이야기하고 있지만 처음부터 '반반공'을 염두 에 두고 쓰기 시작한 것이다. 그는 "반공은 이 나라의 국시니까 마 땅히 아이들을 반공 전선으로 몰아넣어 같은 겨레를 원수로 가르쳐 미워하게 한 것인지는" 모르겠지만 "어린이는 이름 그대로 어린이일 뿐" "북쪽의 어린이도 남쪽의 어린이도 어른들의 색깔로 마구잡이 칠해져서는 안 될 것"이라 생각했다.

반공 시대에 권정생의 '반반공'은 진실되고 사람답게 살기 위해 세상에 '거꾸로' 대항할 수밖에 없는 단호한 선택이었다. 그런 마음 으로 써 내려간 《초가집이 있던 마을》《몽실 언니》《점득이네》세 편은 대표적인 '반反반공 소년소설 3부작'이 된다.

전쟁은 왜 일어났는지 – 《초가집이 있던 마을》

이젠 떠돌지 않아도 되고 굶주림도 면할 수 있겠다, 이런 희망을 가져보려던 때였다. 권정생이 조탑리에 정착을 한 지 3년이 채 안 되 었을 때, 전쟁이 일어난다. 1947년 외가 마을에서 보았던 그 싸움이

---

133. 'onbook tv' 故 권정생 선생 추모영상http://onbook.tv/bbs/board.php?bo_ table=focus&wr_id=5

결국은 한 민족끼리 총부리를 맞대는 전쟁이 되었다. 전쟁이 나자 권정생은 "보따리에 갈아입을 옷과 교과서 외에 고무줄 새총, 유리구슬 같은 자질구레한 것까지"[134] 싸서 무슨 소풍이라도 가는 듯 피난길을 나섰다. 조탑리에서 운산을 지나고 이릿재(이리골 고개)를 넘어 의성, 우보, 영천을 거쳐 대구까지 갔다가 돌아오는데 3개월이 넘게 걸렸다.

마을 사람들이 모두 피난을 떠날 수 있었던 것은 아니다. 피난길에 나섰다가 길이 막혀서 돌아오기도 하고, 노인이나 어린 아이들 때문에 아예 길을 나서지 못하기도 하고 이런저런 사정으로 마을에 남을 수밖에 없는 집이 반이나 되었다. 그러나 그 3개월의 시간은 피난을 갔다 돌아온 사람과 마을에 남았던 사람의 운명을 갈라놓았다. 권정생은 그가 겪은 피난길 이야기와 돌아온 뒤 마을 사람들이 겪은 이야기들을 그대로 《초가집이 있던 마을》에 담는다.

탑마을(조탑리)과 송마골(송리리)에 사는 아이들은 나물죽으로 겨우 목숨을 이으면서 보릿고개를 힘겹게 넘겼다. 보리풍년으로 보리밥이라도 든든히 먹게 되어 모처럼 얼굴이 활짝 피어오르려던 때 전쟁이 터진다. 아이들은 보릿고개보다 더 고통스러운 고개를 넘어야 했다. 유종이는 애지중지 키우던 병아리를 두고, 금동이는 강아지 복실이를 두고, 종갑이는 배를 채워줄 보리쌀을 두고 피난을 떠난다. 유준이는 피난길에 송아지를 잃는다. 아이들에게 병아리, 강아지, 보

---

134. 〈영원히 부끄러울 전쟁〉, 《우리들의 하느님》, 153쪽.

리쌀, 송아지는 굶주림을 벗어나게 하고 중학교 갈 꿈을 꾸게 하고 외로움을 달래주던 동무이자 희망이었다. 그러나 전쟁은 아이들의 소박한 꿈조차 허락하지 않았다.

안동에서 대구까지 내려갔다 돌아오는 피난길에서 아이들은 너무도 무자비하고 끔찍한 폭격과 죽음을 만난다. 죽음은 참혹했고 굶주림은 고통스러웠다. 피난을 끝내고 집으로 돌아왔을 때 마을에 남았던 사람들은 겉으로는 반가워했으나 마음속에는 두려움이 스멀스멀 가슴속으로 파고들었다. "북쪽 공산당 밑에서 일을" 하였기에 모두 죄인이 된 것이다. 국군이 다시 왔을 때 아버지들은 인민군과 함께 북쪽으로 가거나 후미진 골짜기에서 죽임을 당했다. 피난 간 사람들 몸 고생만큼 남아 있던 사람들의 마음고생은 말이 아니었다. 인민군이 들어온 석 달 동안 하루도 마음 놓고 지내지 못했다. 공산당이 좋아서 남아 있던 것도 아니었건만 피난 간 사람들은 돌아와 잘사는데 남아 있던 사람들은 고향을 떠나거나 죽어야 했다.

복식이 아버지도 인민군을 따라 북으로 갔다. 그래서 아버지와 함께 피난을 갔다 돌아온 유준이와, 아버지가 북으로 간 복식이가 겪은 전쟁은 같으면서도 또 다른 전쟁이 되었다. 6·25전쟁은 남쪽에 남은 복식이와 북으로 간 아버지를 서로 적으로 만들어놓았다. 복식은 이런 말도 안 되는 전쟁이 왜 일어났는지 정말 알 수 없었다. 모든 것이 "누구한테 속고 있는 것만" 같은 생각이 들었다. 그리고 세월이 흘러 군 입대를 앞둔 복식에게 어머니는 '너그 어부지는 인민을 해방시키고 조국통일을 완수할락꼬 인민군이 됐단다.'라고 말한다. 그 말에 복식은 죽음 같은 절망을 한다. "아버지는 월북한 인민군이다. 아들은 남쪽에서 징병검사를 받고 이제 몇 개월 뒤엔 국군이 되는 것이다. (……) 아버지와 맞서 싸우는 것이다."[135] 어떻게 그럴 수가 있겠는가. 끝내 복식은 입대 전날, 파라치온 농약을 마시고 자살을 한다.

《초가집이 있던 마을》은 피난길에서 소년 권정생이 보고 겪은 죽음과 굶주림, 그리고 마을사람들이 겪는 아픔을 진솔하게 보여준다. 무엇보다 평화롭던 복식이가 아버지와 적이 되어야 하는 현실을 통해 권정생은 6·25전쟁 뒤에 숨겨진 엄청난 원인이 무엇인지 생각해 보길 바란다.

이 이야기 속에 나오는 어린이들은 그 엄청난 전쟁의 원인이 어디서 왔는지 알고 싶어 합니다. 공산주의 자본주의가 대체 무엇이길래 사람의 목숨을 마음대로 앗아가는지 한없이 안타까와 합니다.

과연 육이오 전쟁은 왜 일어났는지 다 함께 생각해 보시기 바랍니다.[136]

권정생은 전쟁의 참상을 제대로 알려주는 것이 '6·25전쟁이 왜 일어났는지' 답을 찾는 첫 걸음이라 생각하였다. 그랬기에 어느 한 장면이라도 결코 가볍게 다룰 수 없었다. 연재를 하는 동안 글을 쓰는 것보다 더 고통스러운 것은 비참했던 전쟁을 떠올리는 것이었다. 1년

135.《초가집이 있던 마을》, 분도출판사, 1985, 294쪽.
136. 같은 책, 7쪽.

쯤 연재를 했을 때 잡지사에서 연재를 더 해달라는 요청을 해서 처음 '7백 장쯤으로 구상했던 것을 천 매까지'[137] 늘려 쓰기로 한다. 전쟁 이야기를 쓰는 정신적 고충에다 달마다 연재 날짜를 맞춰 쓰려니 그의 몸이 견뎌내질 못했다.

결국 연재를 시작한 지 1년 만인 1979년 1월, 권정생은 칠곡군 지천면 연화요양원에 입원을 한다. 앞서 말한 것처럼 정호경 신부 손에 이끌려 간 것이다. 요양원이 재정권 다툼으로 경영 질서가 엉망이고 환자는 뒷전이었던 탓에 그는 입원 한 달 만에 병이 더 악화된다. 미리 입원비 전액을 다 지불해준 안동교구청에 그런 사정을 말할 수도 없던 권정생은 괴로워하면서 반년을 그곳에서 지낸다. 글을 쓸 수 있는 장소도 여유도 없고 의욕까지 떨어져 십여 건이나 쌓여 있던 원고청탁은 물론 연재하던 것까지 하나도 쓰지 못한다.[138] 《초가집이 있던 마을》 연재는 1979년 4월부터 9월까지 6개월간 중단되었다가 1980년 7월에 총 25회로 막을 내린다.

1980년 5월, 이오덕은 두 달 뒤면 연재가 끝나는 이 작품을 종로서적에 출판을 부탁해두었다. 그러나 연재 마지막 편에서 복식이의 유서를 본 이오덕은 걱정이 앞섰다.

나는 나의 죽음을 소중히 여긴다. 나 자신이 스스로 갈 길을 택할 수 있다는 자부심도 생겼다. (……)

---

137. 《살구꽃 봉오리를 보니 눈물이 납니다》, 174쪽.
138. 같은 책, 178쪽.

우리는 해방이 되어야 한다. 보이지 않는 올가미를 우리 손으로 벗겨야 한다. (······) 해방은 누가 시켜주는 것이 아니다. 네 손으로, 네 몸으로 해방을 해야 한다. 사람은 해방하지 않고, 자유하지 않고는 아무런 가치 없는 썩은 고기와 같다. (······)

그러기 위해 해방되어라. 사슬을 끊고 자유를 찾아라.[139]

이 땅이 자유하지 않고 해방되지 않으면 통일은 오지 않을 것이다. 통일만이 아버지와 아들이 맞댄 총부리를 거둘 수 있는 것이다. 복식이 "해방되어라. 사슬을 끊고 자유를 찾아라."고 쓴 유서는 인간다운 삶을 살고자 통일을 염원하는 권정생의 간절한 소망이기도 했다. 이오덕은 《초가집이 있던 마을》이 해방 후 6·25를 다룬 아동문학 작품으로는 처음일 것 같고, 6·25를 이렇게 정직하게 본 것은 일반 소설에도 별로 없었던 것 같은 참 좋은 작품[140]이라고 생각했다. 그러나 '해방' '자유' 같은 단어만으로도 당시 신군부독재 아래 검열에 걸릴 것은 뻔했고 그리 되면 권정생에게 해가 미칠 것도 뻔했다. 이오덕은 고심 끝에 세상이 좀 나아지면 내기로 하고 권정생을 위해서 출판을 중지해야겠다고 마음먹는다. 그렇게 해서라도 권정생을 다치지 않도록 해야 한다고 생각했던 것이다.

이오덕은 권정생에게로 가서 출판을 접는 게 좋겠다는 뜻을 이야기한다. 권정생은 그런 것도 출판 안 될 줄은 꿈에도 몰랐다며 몹시

---

139. 《초가집이 있던 마을》, 321쪽.
140. 《이오덕 일기 2》, 191쪽.

실망했다.[141] 이오덕은 세상이 그러니 앞으로 좀 조심해서 쓰는 것이 좋겠다고 했고 권정생은 그런 것도 발표 안 되면 무엇을 쓰겠냐며 차라리 침묵하는 게 낫다고 했다. 권정생은 자신을 생각해주는 이오덕의 마음을 모르지 않았지만 참담한 마음은 어쩔 수 없었다. 이오덕이 다녀간 후 권정생은 이현주에게 "차라리 붓 꺾어버리고 울면서 쓰러질 때까지 쏘다니고 싶다."[142]고 편지를 쓴다.

그 뒤에 연재한《몽실 언니》는 연재를 마치자마자 바로 출판을 하게 되자 권정생은 더더욱《초가집이 있던 마을》을 묻어두는 것이 마음에 걸렸다. 복사를 해서라도 마을 아이들에게 읽히려 했으나 돈이 너무 많이 들어 걱정을 하고 있을 때 분도출판사에서 출판을 할 수 있겠다는 연락을 해온다. 왜관수도원에서 운영하는 이 출판사는 영화 상영을 해주던 임 세바스찬 신부가 대표로 있었다. 그는《소년》잡지에 연재된《초가집이 있던 마을》을 모두 읽어보았는데 별로 걸리는 것이 없다며 출판을 결정한다.[143] 이런 우여곡절을 겪으며《초가집이 있던 마을》(1985)은 세상에 나오게 되었다.

남과 북이 사람으로 만나면 – 《몽실 언니》

《초가집이 있던 마을》이 피난길에서 겪은 전쟁의 참상을 그대로 보여주고 있다면,《몽실 언니》는 몽실이가 피난을 가지 못해 마을에

---

141. 같은 곳.
142.《오물덩이처럼 딩굴면서》, 253쪽.
143.《살구꽃 봉오리를 보니 눈물이 납니다》, 295쪽.

남았다가 만나게 되는 인민군을 통해 국군과 인민군은 적이 아니라 같은 민족임을 보여준다.

몽실이는 해방 후 일본에서 건너온 '일본 거지'다. 권정생이 일본에서 건너와 외가 마을에서 본 그 어수선했던 1947년 봄, 《몽실 언니》 이야기는 그때부터 시작된다. 그때 경상북도 산골의 살강마을에는 일곱 살 몽실이가 살고 있었다.

"해방되었다고 남들이 다 조선땅에 나오는데 나라고 그냥 일본에 남아 있을 수 있냐, 땅 한 뙈기 없는 고향에 돌아와 이 고생을 할 줄 누가 알았니."[144]

몽실이 아버지 정씨는 "땅 한 뙈기 없는" 고향에 돌아와서 제대로 밥벌이를 못했고 아들을 잃었고 그로 인해 아내마저 몰래 떠나버렸다. 어머니를 따라 아버지를 떠났던 몽실이는 2년 만에 절름발이가 되어 아버지 품으로 돌아온다. 경찰과 마을청년들이 쫓고 쫓기며 싸우는 어수선한 세상만큼 몽실네 집도 평화롭질 못했다. 몽실이 아버지가 새어머니 북촌댁을 얻으면서 몽실이는 어머니가 둘, 아버지가 둘이 된다. 그러나 몽실이는 외로웠다. 어머니는 새아버지의 아들을 낳으면서 멀어졌고, 아버지는 남의 집 머슴을 살러 집을 떠났다. 새어머니는 아직 낯설어 어려웠고. 새아버지는 몽실의 다리를 절름발

144.《몽실 언니》, 창비, 1984, 47쪽.

이로 만들어 놓았다. 몽실이가 마음을 줄 사람은 아무도 없었다.

그때부터 몽실은 야학에 나가 공부도 하고 사람을 만나며 "곰곰이 생각하는 아이가 되어"[145]간다. 스스로 생각하는 힘을 키우는 것은 학교교육으로 되는 것이 아니다. "몽실은 학교에 가서 교육을 받지 못했지만, 자라나면서 몸소 겪기도 하고 이웃 어른들에게 배우면서 참과 거짓을 깨닫게"[146] 된다. 생각하는 아이가 되고서 몽실은 "우리가 알고 있는 착한 것과 나쁜 것을 좀 다르게 이야기"한다. 사람들은 빨갱이를 무조건 나쁘다고 말하지만 몽실이는 그렇지 않다.

앵두나무집 할아버지가 빨갱이 아들에게 떡을 해주고 닭을 잡아주어 잡혀간 일을 두고 몽실이 아버지는 할아버지가 백 번 천 번 잘못한 것이라고 말한다. 그러나 몽실은 '빨갱이라도 아버지와 아들은 원수가 될 수 없다'고 생각했다.

"나도 우리 아버지가 빨갱이가 되어 집을 나갔다면 역시 떡 해드리고 닭 잡아 드릴 거여요."[147]

이러한 몽실이의 말을 통해 권정생은 '빨갱이'이기 전에 그들은 한 아버지의 아들이고, 같은 마을 청년이고, 같은 민족이라는 사실을 분명히 하는 것이다. 그것은 국군이나 인민군도 국군이기 전에 인민

---

145. 같은 책, 69쪽.
146. 같은 책, 4쪽.
147. 같은 책, 58쪽.

군이기 전에 그들은 모두 같은 민족 같은 핏줄이라는 말과 다름 아니니다. 그래서 '국군이나 인민군이 서로 만나면 적이기 때문에 죽이려 하지만 사람으로 만나면 죽일 수 없'는 것이다. 권정생은 《몽실 언니》에서 무엇보다 단호하게 국군과 인민군은 적이 아니라 한 민족임을 강조한다. 하지만 '인민군 청년 박동식과 최금순 언니 이야기'를 썼을 때 연재가 중단되고 《새가정》 잡지 관계자가 안기부에 불려간다.

인민기를 달아야 하는데 몽실이가 태극기를 달자 헐떡거리며 뛰어와 태극기를 찢어 아궁이에 넣어 태워버리고 친절하게 얘기해주는 인민군 청년에게 몽실이가 따뜻한 사람의 정을 느끼게 되는 부분과 인민군 최금순 언니가 식량을 두고 가면서 몽실이 얼굴에 뺨을 비비고 헤어지는 대목이 문제가 되었다. 두 달 동안 연재가 중단되자 독자들의 문의가 잇달았다. 잡지사는 안기부에 앞으로는 이런 부분부분을 삭제를 하겠으니 연재를 계속하게 해달라고 사정을 했다. 권정생은 그만 쓸까 하는 생각도 들었지만 이미 쓴 것 자체는 지우지는 못하는 것이고 하고 싶은 얘기는 어느 정도 다 했다 싶어 계속 쓰기로 한다.[148]

잘려 나간 부분의 내용은 인민군 청년 박동식이 몽실이를 찾아와 통일이 되면 서로 편지를 하자고 주소를 적어 주는 장면이었습니다.
그러고 나자 그 뒤부터는 이야기 줄거리까지 조금씩 고쳐 써야만 했

---

148. 《권정생의 삶과 문학》, 55쪽.

습니다. 박동식이 후퇴를 하다가 길이 막혀 지리산으로 숨어 들어와 빨치산이 된 뒤, 마지막 숨을 거두면서 몽실이한테 보낸 편지엔 이런 말이 쓰여 있었습니다.

'…… 몽실아, 남과 북은 절대 적이 아니야. 지금 우리는 모두가 잘 못하고 있구나……'

몽실이가 편지를 받아 읽고 나서 주저앉아 흐느끼면서 최금순 언니, 박동식 오빠를 부르는 대목도 모두 지워야 했습니다. 그러고는 난남이를 양녀로 보내고 나서 삼십 년을 훌쩍 건너 뛰어 부랴부랴 이야기를 끝내야만 했습니다. 처음 시작할 때는 1천 장 분량으로 쓰려고 했는데 겨우 7백 장으로 끝을 맺게 된 것입니다.[149]

실제로 여자 인민군들은 《몽실 언니》에 나오는 최금순 언니처럼 '찔레꽃' 노래도 잘 부르고 디딜방아도 찧어주고 시간만 있으면 밭도 매주고 먹을 것이 있으면 나누어먹었다. 권정생은 피난을 가지 못해 마을에 남았던 사람들이 들려준 인민군 이야기를 《몽실 언니》에 그대로 되살려 썼다.[150] 또 몽실이가 인민군에게 느낀 사람의 정은 권정생이 어릴 때 외가마을에서 만났던 정미소 아저씨에게서 느낀 것과 다르지 않다. 아무리 세상이 빨갱이고 적이라 한들 권정생에게는 쌀자루를 채워준 고마운 아저씨일 뿐이다.

권정생은 그가 겪었거나 마을 사람들에게 들은 이야기로 인민군

---

149. 〈개정판을 내면서〉, 《몽실 언니》, 창비, 2000, 4~5쪽.
150. 《권정생의 삶과 문학》, 53쪽.

이야기를 썼지만 현실은 '착한 인민군'이나 '적이 아닌 인민군'이란 있을 수 없는 반공의 시대였다. 국군과 인민군이 한 민족이라고 말하는 것 자체가 죄가 되는 세상이었다. 권정생은 자신이 읽어도 중간에 어색한 데가 있어《몽실 언니》개정판을 낼 때 "지워져 나간 모든 장면을 다시 살려보려고 했지만, 그동안 많은 독자들이 읽었고 이제 와서 고치는 것도 별로 좋은 일이 아닌 것 같아 그냥 두기로"[151] 한다.

연재를 하는 동안 정신적으로 겪은 탄압은 몸도 점점 더 견디기 힘들만큼 고통스럽게 했다. 그는 "《몽실 언니》끝날 때까지만 살게 해주세요." 기도하며 글을 썼다. 몸도 마음도 너무 고통스러워 글을 쓰다 보면 자신도 모르게 눈물이 나왔다. 수정과 삭제를 당하는 탄압 속에서 1984년 3월《몽실 언니》연재를 마쳤다. 그리고 연재가 끝나는 대로 단행본 출판을 계약한다.《초가집이 있던 마을》을 출판하지 못한 터라 권정생은《몽실 언니》출판이 순조로울지 걱정되었다. 하지만 다행히《몽실 언니》는 연재를 마치자마자 출판될 수 있었다.

'몽실 언니'에는 권정생이 어렸을 때부터 만났던 불쌍한 사람들의 모습이 모두 담겨 있다. 일본 "혼마치에 살았던 히데코 누나"는 함께 극장에 가서 영화를 보았던 누나이다. 키도 작고 손도 조그맣고 항상 말이 없고 외로워 보였던 히데코 누나는 극장에 갈 때 고구마튀김을 수건에다 겹겹이 싸서 식지 않도록 품속에 넣어뒀다가 영화가 중간쯤 진행될 때 꺼내어 권정생 손을 더듬어 쥐어주었다. 권정생은

---

151. 〈개정판을 내면서〉,《몽실 언니》, 5쪽.

그 따뜻한 촉감을 잊지 못했다. 권정생이 살던 시부야 빈민가 골목 집 건너에 살던 경순이 누나, 가끔 얻어맞아 권정생 집으로 쫓겨 왔던 그 누나를 생각하면 가슴이 아팠다.

권정생은 1984년 10월 1일 정호경 신부에게 《몽실 언니》 책을 보내며 "이 이야기는 저의 불쌍한 사촌 누이 동생 이야기이기도 하고, 제비원 산다는 어느 아주머니 얘기이기도 하고, 뭐 이런 불행한 사람이 너무 많아서 써본 것"이라고 편지를 쓴다. 불행한 역사 속에서 불행한 삶을 살아온 '몽실 언니'가 우리 둘레에는 너무나 많다. 권정생은 그들을 위로하는 길은 "백 마디 천 마디 말"보다 "그들처럼 불행해지든가 아니면 그들을 불행에서 건지는 두 가지 길뿐"[152]이라고 했다. 그는 불행한 사람들 속으로 들어가 그들과 살면서 그들을 위로했다.

어릴 때부터 슬픈 정서에 익숙했던 권정생은 속없는 허망한 웃음보다 눈물이 사람을 더 사람답게 한다고 생각했다. 슬픔은 억지로 외면하고 버린다고 해서 사라지는 것이 아니다. 그가 소설 《레 미제라블》을 좋아한 것도 그래서다. 불쌍하고 불행한 사람들의 이야기를 읽을 때면 눈물이 한없이 흘렀다. 슬프면서도 행복했다. 그는 어릴 때 읽은 슬픈 동화나 소설이 백 마디 천 마디 말보다 그를 더 위로해주었던 것을 기억했다. 슬픈 소설을 읽고 눈물을 흘릴 수 있는 사람이야말로 가장 아름다운 마음을 간직하며 살아갈 수 있다고 믿은 권

---

152. 《오물덩이처럼 딩굴면서》, 262쪽.

정생은 아이들도 슬픈 이야기를 읽고 눈물을 흘릴 수 있기를 바랐다.

아이들뿐만 아니라 《몽실 언니》를 마을 할머니들, 시장터 술장수 아주머니, 공사판 노동자 아저씨들까지 읽어"[153] 준 것이 그는 정말 기뻤다. '곰곰이 생각하는 아이'가 되어 스스로 옳고 그름을 판단하여 고난과 역경 속에서도 '사람답게 사는 삶'을 잃지 않은 '몽실 언니한테서 우리 모두 조그마한 것이라도'[154] 배울 수 있기를 권정생은 소망했다.

통일을 꿈꾸며 - 《점득이네》

또다른 6·25전쟁 이야기인 《점득이네》는 〈만주댁 할머니〉[155]의 주인공 '만주댁 할머니'에게서 들은 이야기를 바탕으로 썼다. 만주댁 할머니는 남편과 만주로 가서 살다 나중에 중국으로 가서 살았다. 남편이 중국에서 마적들 칼에 죽어서 하나뿐인 아들과 한국으로 돌아왔는데 그 아들도 군대에서 폐병을 얻어와 죽고 말았다. 그래서 할머니는 조그만 오두막집에서 혼자 살았다. 권정생도 폐병을 앓았기 때문에 보건소에서 자주 만나다 보니 만주댁 할머니와 친해졌고 할머니는 권정생을 만나면 이런저런 신세타령을 늘어놓았다. 할머니는 해방 후 고향으로 돌아올 때 압록강에서 소련군에게 몸수색을 당한 이야기, 그리고 밤중에 강을 건너는데 소련군이 강을 건너는 사람에

---

153. 《점득이네》, 창비, 1990, 5쪽.
154. 《몽실 언니》, 창비, 1984, 4쪽.
155. 《아름다운 사람》 2000년 7월호에 발표.

게 뒤에서 총을 쏘아댄 이야기, 북한에서 6·25전쟁을 겪을 때 미군들이 비행기 폭격을 해댄 이야기 들을 해주었다.

권정생은 해방이 되었다면 왜 소련군이 고향으로 돌아오는 사람들에게 몸수색을 하고 총을 쏘았는지, 왜 이 땅을 미군과 소련군이 나누어 갖고 점득이 엄마와 아버지를 죽여야 했는지, 글을 쓰지 않을 수 없었다.

"해방이 되었다면 왜 아라사놈(소련놈)이 사람을 죽이는 거야. 이젠 왜놈 대신 아라사놈들이 조선을 차지한 거요. 이남은 미국이 차지했고, 주인이 바뀐 거지."[156]

점득이 아버지는 밤중에 압록강을 건너다가 소련군이 뒤에서 쏜 총에 맞아 죽는다. 압록강 근처에 살면서 점득이네를 며칠 돌보아 준 할머니는 일본이 떠나간 자리에 미국과 소련이 들어와 주인이 바뀐 것뿐이지 진짜 해방이 아니라고 말한다. "진짜 해방은 자유가 있어야" 되는데 소련군이 점득이 아버지를 죽인 것이나 "삼팔선 그어놓고 남북을 갈라놓은 건 더 큰 자유를 잃게 되는 것"이니 해방이 아닌 것이다. 남북을 미국과 소련이 나누어 점령하고 "멀리 미군 병사가 지키고 있다는 삼팔선 쪽에서 끊임없이 대포소리, 총소리가 나더니 기어코" 6·25전쟁이 터지고 만다.

---

156. 《점득이네》, 14쪽.

소련군이 쏜 총에 아버지를 잃고 어머니의 고향 모과나무골로 온 점득이는 미군이 쏘아댄 비행기 폭격으로 어머니마저 잃는다. 인민군 유격부대가 미군 야전부대에 기습공격을 해서 미군이 죽자 미군이 그 보복을 마을 사람들에게 했기 때문이다. 미군은 점득이 어머니와 마을 사람들이 입은 흰옷을 표적 삼아 폭격을 가했다. 힘없는 노인과 어린 아이들까지 오백 여 명에 달하는 사람들이 영문도 모르고 죽었다. "철모 쓴 군인들이 동네 이장님을 앞세우고"[157] 집집마다 찾아가 흰옷을 입고 모이라고 한 것이지만 미군은 "인민군이 모여 있는 줄 알고 폭격을 했다"고 발뺌이다. 우리를 도와주러 왔다고 하지만 미국은 오로지 자국을 위해 전쟁을 한 것이고 우리 국군은 그런 '우방' 미군을 위해 충성을 다했다. 6·25전쟁 당시에 "2차대전 때 전 세계에 뿌려졌던 네이팜탄의 다섯 갑절이나 이 조그만 한반도에 퍼부어졌다"[158]는 사실은 미군이 얼마나 무차별적으로 폭탄을 퍼부었는지, 그 파편에 얼마나 많은 선량한 우리 민족이 죽어갔는지 증명하는 말이다.

그러나 다른 한편으로 미군은 비행기 폭격 때문에 고아가 되고 장님이 된 점득이를 미국에 데려가 공부를 시켜주려 한다. 사람들은 점득이에게 더할 수 없는 행운이 찾아왔다고 했지만 점득이는 미국 유학을 거부한다. "미국 가면 호강하면서 산다는데" 점득이가 그 길

---

157. 같은 책, 156쪽.
158. 〈백성들의 평화〉, 《우리들의 하느님》, 230쪽.

을 가진 않은 건 "모과나무골의 폭격을 절대 잊어버리지 않고"[159] 있었기 때문이다. 점득이에게는 '고마운' 미국이 아니라 어머니를 죽인 '무서운' 미국이었다. 미국으로 가지 않은 건 점득이로서는 자존심을 지킨 최선의 선택이었다.

　권정생은 《초가집이 있던 마을》에서는 6·25전쟁을 "힘 센 나라들이 만만하고 어리석은 한국이란 나라에서 자기네들의 이득을 위해 싸움을 시킨 것"이라 하고 《몽실 언니》에서는 "뒤에서 큰 아이들이 작은 아이들을 자꾸 이간질하고 부추겨서 결국 치고 받고 싸우게' 된 것이라 돌려 말한다. 《초가집이 있던 마을》과 《몽실 언니》를 쓸 때만 해도 미국에 대해서 자유롭게 표현할 수 없어서 어쩔 수 없이 '힘 센 나라'니, '큰 아이들'이니 하며 돌려 쓸 수밖에 없었다. 그러나 《점득이네》에서는 에둘러 말하지 않는다.

　《점득이네》 연재는 1987년 3월부터 시작하는데 그해에는 박종철 고문치사 사건이 도화선이 되어 6·10 민주항쟁이 일어났다. 이런 민주화 정국은 권정생의 글쓰기에도 영향을 미쳤다. 《초가집이 있던 마을》에서 복식이가 "해방되어라. 사슬을 끊고 자유를 찾으라."며 홀로 죽음으로 절규할 수밖에 없었다면 《점득이네》에서 판순이 아들 한수는 거리시위대와 함께 "우리의 소원은 통일"을 부르며 큰 소리로 통일을 외친다.

---

159. 《점득이네》, 191쪽.

권정생은 통일이 이루어지지 않는 한 "패권주의 미국한테 발목 잡혀 계속 끌려"[160]갈 것이라 생각했다. 분단이 지속될수록 이 땅은 '반공'의 창살에 갇혀 자유도 민주도 없는 감옥이 될 것이다. "국민이 주인이 되어 모두가 하나의 가족처럼 잘살 수"[161] 있기 위해서는 통일을 이루어야만 한다. 그는 '반반공' 동화를 쓰는 것이 통일과 민주화로 가는 길이라 생각했다.

반공동화에서는 국군이 전쟁에서 공산당을 물리쳐 '승리'해야 한다고 할 때[162] 권정생은 '반반공' 동화를 쓰며 같은 민족끼리 맞서는 전쟁 자체를 '반대'했다. 어린 누이가 국군 오빠에게 '어서 이기고 돌아오라'고 말할 때 권정생은 국군과 인민군은 적이 아니라고 했다. 권정생이 구태여 '반반공'이라는 표현을 한 것은 반공에 대한 저항임과 동시에 반공이 우리 사회에 얼마나 뿌리 깊은지 반증하는 말이다. 그는 '반반공'이라는 말 속에 반공에 대한 반대와 저항은 물론 통일을 기원하는 마음까지 모두 담아놓았다.

나는 몇 편의 6·25전쟁을 다룬 동화를 썼지만 어떤 소명의식이나 대단한 애국심으로 쓴 것이 아니다. 단지 잘못된 것에 대해 "아니오"를 말하고 싶었고 그런 동화를 통해서나마 작은 희망을 가져보고 싶었을 뿐이다.

---

160. 〈승용차를 버려야 파병도 안 할 수 있다〉, 《우리들의 하느님》, 238쪽.
161. 《점득이네》, 4쪽.
162. 이를 테면, 강소천의 동화 〈조그만 사진첩〉(《나는 겁쟁이다》, 신구미디어, 1992)이 그렇다.

지금 생각하면 이런 것도 어리석고 부질없는 것이며 또 한번 누구를 속이고 있지나 않은지 회의가 생긴다. 몇 권의 책이 출판되면서 인세라는 걸 받을 때마다 그렇고, 전쟁을 팔아먹는 장사꾼처럼 느껴진다. 왜냐면 전쟁이란 괴물은 글을 쓰는 사람들에겐 그야말로 굉장한 얘깃거리를 제공해주기 때문이다.

6·25의 비극은 아직도 진행되고 있고 앞으로도 언제까지나 그 후유증에 시달릴 것이다.

어쩔 수 없이 나도 평생을 6·25의 압박감에서 헤어나지 못할지 모른다. 내가 6·25를 일으킨 것도 아닌데 왠지 부담스럽고 부끄러움을 떨쳐버리지 못하기 때문이다.[163]

권정생은 나이 사십 초반에 《초가집이 있던 마을》을 쓰기 시작해서 《몽실 언니》《점득이네》를 쓰는 동안 어느덧 쉰을 넘었다. 그러는 동안 유신독재가 무너지고 신군부정권도 국민들의 심판을 받았다. 그는 6·25전쟁의 원인과 비극을 제대로 알리고 통일을 염원하는 마음으로 소년소설 3부작을 끝냈지만 이 땅에 전쟁은 끝나지 않았고 분단도 끝내지 못했다. 무엇보다 글을 쓰는 내내 그는 전쟁의 아픔과 끝내지 못한 분단현실에 부끄러움을 떨치지 못했다.

권정생은 분단 반세기가 되도록 통일을 이루지 못하고 곧 21세기를 맞게 될 1998년 2월부터 1999년 4월까지 《야곱의 우물》이란 잡

---

163. 〈영원히 부끄러울 전쟁〉, 《우리들의 하느님》, 158쪽.

지에《밥데기 죽데기》를 연재한다. 마지막 분단국가인 우리나라가 20세기가 끝나기 전에 남북이 통일되고 세계평화도 이루어지는 희망을 동화 속에서 꿈꾸었던 것이다.

이야기가 시가 되고 동화가 되고

권정생에게 '이야기'는 특별하다. 어릴 적 어머니가 들려준 이야기로 시작해서 사는 동안 그는 '이야기' 곁을 떠난 적이 없다. 어머니 곁에서 늘 혼자 외로웠지만 이야기를 듣다 보면 그는 혼자가 아니었다. 이야기 속 인물들은 어느덧 그에게로 와서 말을 걸었다. 이야기야말로 슬픔과 외로움을 떨쳐주는 마술 같았다. 이야기로 슬픈 목생 형님을 만나기도 했고 고향 뒷산을 뛰어놀기도 했다. 외삼촌이 따주는 대추를 맛있게 먹으며 행복할 수도 있었다. 슬픈 이야기를 들으면 한없이 슬퍼졌지만 슬프면서도 행복했다. 이야기 한 자락은 보이지 않지만 보이는 것보다 더 크게 권정생의 마음을 흔들어놓았다.

그는 어머니가 들려주는 이야기뿐만 아니라 형과 누나들이 저희끼리 하는 이야기나 마을 아주머니들이 우물에 모여 저녁을 지으며 하는 이야기에도 늘 귀를 열어두었다. 꼭 그에게 하는 이야기가 아니더라도 사람들이 모여서 하는 이야기에 언제나 귀가 쫑긋했다. 귀가 열려 있는 것은 마음이 열려 있기 때문이다. 그는 마음으로 이야기를 듣고 상상하기를 좋아했다. 마음으로 들은 이야기는 더욱 오래오래 기억 속에 남았다.

도모코는 아홉 살
나는 여덟 살
이학년인 도모코가
일학년인 나한테
숙제를 해달라고 자주 찾아왔다.

어느 날, 윗집 할머니가 웃으시면서
도모코는 나중에 정생이한테
시집가면 되겠네
했다.

앞집 옆집 이웃 아주머니들이 모두 쳐다보는 데서
도모코가 말했다.
정생이는 얼굴이 못생겨 싫어요!

오십 년이 지난 지금도
도모코 생각만 나면

일학년인 권정생에게 숙제를 해달라고 찾아오는 이학년 도모코는 결코 권정생 마음에 없는 아이였다. 그런 도모코가 "정생이는 얼굴이 못 생겨 싫어요!" 하니 권정생은 자존심이 상했다. 그러니 오십 년이 지나서까지도 도모코 생각만 나면 이가 갈린다고 하지 않는가. 그리고 무엇보다 도모코의 말 한 마디 때문에 이웃 아주머니들의 웃음거리가 되었으니 그게 더 분했을지 모르겠다.

권정생이 여덟 살 때는 태평양전쟁이 막바지였다. 그가 살던 도쿄 시부야 혼마치 골목 사람들은 쏟아지는 폭격에 어른 아이 할 것 없이 모두들 죽음 같은 시간을 보내고 있었다. 전쟁의 고통 속에서도 잠시 폭격이 소강상태일 때 어른들이 아이들에게 던지는 농담(이야기)은 잠시라도 삶의 무게를 덜며 웃음을 주었다. 이야기로 전쟁을 막을 순 없었지만 이야기에 기대어 사람들은 기운을 차릴 수 있었다. 이야기의 발단이 된 도모코를 생각하면 권정생은 오십 년이 지나서까지 이가 갈릴지언정 전쟁의 아픔과 함께 도모코를 잊지 못했다. 그리고 그 기억과 상상으로 한 편의 시를 탄생시킨 것이다.

어른이 되어서는 이야기를 들으러 일부러 노인들을 찾아다녔고 할머니들은 그를 찾아와 이야기보따리를 풀어놓았다. 너무 많이 아파서 가만히 누워 있기 힘들 때가 아니고서는 책을 손에서 놓지 않던

---

164. 〈인간성에 대한 반성문 2〉, 《빌뱅이 언덕》, 335쪽.

권정생을 보고 전우익은 "걸어다니는 백과사전"이라고 했다. 모르는 게 없을 정도로 책을 많이 읽었기 때문이겠지만 이런 별명까지 얻은 건 어찌 보면 '이야기' 덕이다. 산에 가면 산나물을 뜯으면서 밭에 가면 밭을 매면서, 몸져 누워서도 어머니가 들려준 이야기와 마을 어른들 이야기에는 책에도 없는 지혜와 지식들이 가득 담겨 있었다.

언젠가 이른 봄날 권정생은 민들레꽃을 "남드레미" "문들레미"라고 부르던 것이 어렴풋이 기억났지만 정확한 것이 알고 싶었다. 잘 아는 사람이 없어 할아버지 할머니들에게 기회만 있으면 여쭈어 보았다. 그러나 '담포포'란 일본말 이름은 알아도 우리말로는 무슨 꽃인지조차 모르는 것이었다. 하루는 노란 민들레 한 무더기가 피어 있는 언덕 저쪽으로 나들이를 가는 마을 할머니들을 따라가 물으니 "그것 말똥굴레시더. 뜯어가주 나물도 해먹니더."[165]라고 하였다. 권정생은 정말 반가웠다. 그래서 겨우 민들레꽃의 토박이 이름 '말똥굴레'를 알게 된 것이다. 민들레꽃은 "말똥굴레가 봄이 와서 말똥, 소똥을 열심히 뭉쳐 굴리고 있는 길가에서 피는 꽃이니 얼마나 잘 어울리는 이름인가."[166]

꽃다지의 이곳 사투리는 "콧따데기"이고 달래의 사투리는 "달랭이"다. (……) 가는 줄기 끝에 하얀 알맹이가 달랑거리며 매달린 달래를 그대로 살아 있는 말로 "달랭이"라 이름 붙인 것도 아름답다.

---

165. 〈올봄의 농촌 통신〉, 《오물덩이처럼 딩굴면서》, 196쪽.
166. 이오덕, 《우리글 바로쓰기 1》, 한길사, 1992, 273쪽.

쪼바리, 벌구두데기, 나랑나물, 꼬질깨, 장깨나물, 가지북다리, 미역나물, 바다나물, 참뚝가리, 개뚝가리 같은 봄나물 이름도 산골 할머니들이 옛날부터 이름을 붙여서 불러온 말들이다. 소박한 산골 어머니들의 생활 감정이 하나하나 깃들어 있어, 그야말로 보석처럼 아름다운 시인 것이다. 이른 봄부터 싹이 나고 꽃이 피고, 가을에는 열매 맺고, 추운 겨울엔 열매를 거두어들여 따뜻한 방 안에서 옛날 얘기를 하며 살아가는 농촌은 시를 만들고 시처럼 살고 있는 곳이다.[167]

권정생은 풀이름 꽃 이름 하나라도 빠트리지 않고 사투리 그대로 공책에 빽빽이 적어두었다. 꽃 이름, 나물이름 하나에도 그 속에는 오랜 세월을 살아온 산골 사람들의 숨결이 그대로 살아 있다. 정직하고 자연스럽다. 권정생은 그것들을 동화 곳곳에 가져와 하나하나 이름을 불러주었다. 그러면 이름을 붙인 사람들의 고되지만 아름다운 이야기도 동화 속에서 살아 숨을 쉬는 것이다.

권정생은 이야기를 듣는 것만큼 들려주는 것도 좋아했다. 안동에 정착해서 열두 살의 나이에 다시 1학년에 입학한 그는 마을 동생들하고 함께 학교를 다녔다. 2킬로미터나 되는 먼 길을 등하교할 때나 함께 모여 놀 때 아이들을 모아놓고 이야기를 들려주면 아이들은 눈물을 뚝뚝 흘리며 들었다. 또 교회 문간방에 살며 주일학교 선생님

---

167. 〈올봄의 농촌 통신〉, 《오물덩이처럼 딩굴면서》, 196~197쪽.

을 할 때에도 이야기를 만들어서 아이들에게 들려주곤 했다.

방정환의 〈마음의 꽃〉이나 성경에 나오는 이야기, 〈별순이 달순이〉 같은 옛날이야기로는 인형극을 했다. 권정생이 직접 연극 대본을 쓰고 인형도 만들고 옷도 만든 다음, 종이에다가 배경 몇 장 그려서 남포등불 켜놓고 공연을 했다. 손가락에다 번갈아가며 인형을 끼워서 했는데 조그맣고 보잘 것 없는 무대였지만 어른들도 연극을 보면서 우스울 땐 웃고 슬플 땐 울고 그랬다.[168]

돌이켜보면 연극 대본을 쓸 때 글쓰기를 따로 배워서 한 것은 아니었다. 〈강아지똥〉으로 작가가 되었지만 동화공부를 따로 하거나 문학의 형식 같은 것도 배워본 적이 없었다. 어떤 확고한 문학관을 가지고 있었던 것도 아니다. 그저 아이들에게 이야기를 들려주던 그대로 썼다. 어릴 적에 읽은 동화나 그 후에 읽은 문학 작품을 생각하며 쓴 것이다. 그는 '이야기'만 있으면 누구나 쓸 수 있고 또 누구나 읽을 수 있는 것이 동화라고 생각했다. 그가 어머니나 마을 어른들에게 들은 이야기들은 글감이 되어주었고 그가 읽은 시와 동화와 소설은 글쓰기 선생이 되어주었다.

내가 쓰는 동화는 그냥 '이야기'라 했으면 싶다. 서러운 사람에겐 남이 들려주는 서러운 이야기를 들으면 한결 위안이 된다. 그것은 조그만 희망으로까지 이끌어 줄 수 있기 때문이다. (……)

---

168. 《권정생의 삶과 문학》, 61쪽.

나는 왜 동화를 쓰게 되었는지 나 자신도 모른다. 언제 무엇이 계기가 되었는지 그런 걸 생각해 보지도 않았다.

누구나 가슴에 맺힌 이야기가 있으면 누구에겐가 들려주고 싶듯이 그렇게 동화를 썼는지도 모른다.[169]

권정생은 어릴 때는 이야기로 놀고 어른이 되어서는 이야기로 사람들을 만났다. '이야기'는 슬픔을 이겨내고 살아갈 힘을 주었다.

그가 서러운 사람들의 이야기를 들어주는 것은 꼭 '톳제비'를 닮았다. 안동 지방에서는 도깨비를 '톳제비'라 하는데, 톳제비는 가난하고 어진 사람들 곁에 함께 살면서 외롭고 쓸쓸한 긴긴 밤 이야기 동무가 되어준다. 안동 톳제비는 '모두 무일푼의 가난뱅이다. 부자방망이도 없고 알라딘의 등잔 같은 초능력도 없다. 간혹 짓궂은 톳제비가 어느 산막 뒤에 쌓아둔 나무가리나 보리밭 한 녘을 어질렀다는 말은 있지만 절대 사람들에게 피해를 주는 일은 하지 않는다.'[170]

동화 〈만구 아저씨가 잃어버렸던 돈지갑〉[171]에서 만구 아저씨는 장날, 고추 한 부대를 팔아 막걸리를 한잔 마시고 집으로 돌아가는 길에 곰바위 골짜기 우묵한 곳에서 똥 한 무더기를 누다가 잠바 주머니에 넣어둔 지갑을 빠뜨린다. 곰바위 골짜기에 살고 있던 톳제비들이 고요한 밤이 되어 뛰어나와 놀다가 만구 아저씨 지갑을 발견하여

---

169. 〈나의 동화 이야기〉,《빌뱅이 언덕》, 18쪽.
170. 〈안동 톳제비〉,《향토문화 사랑방 안동》, 1989 가을호.
171.《바닷가 아이들》에 수록.

신기한 듯 뒤져보지만 그 안에 돈은 차곡차곡 챙겨 그대로 그 자리에 놓아둔다. 꼬마 톳제비가 지갑 속에 있는 돈으로 똥을 닦아 냄새가 나긴 하지만 톳제비는 사람들에게 피해를 주지 않고 욕심도 내지 않고 밤새 걱정했을 아저씨 속마음까지 헤아린다.

권정생 동화에는 톳제비가 자주 등장하여 이야기에 추임새를 넣어준다. 〈삼거리 마을 이야기〉[172]에서는 동네 총각애들이 오줌누기 시합을 할 때 톳제비가 재균이 오줌 줄기를 지붕까지 넘어가게 해주었다. 톳제비는 꼴찌만 해서 주눅 들어 있던 재균이를 일등 시켜주고는 그저 재미있어 "해해해해……" 웃으며 집으로 돌아가는 것이다. 이 평화로운 삼거리 마을에 6·25전쟁이 일어나자 세상이 무서워서 톳제비들은 고향을 떠난다. 그리고 고향을 떠난 지 38년 만인 1987년, 6·10 민주항쟁을 맞아 사람들의 환호성 소리에 톳제비들은 다시 고향으로 돌아오는데 그 이야기가 《팔푼돌이네 삼형제》(1991)이다. 전쟁은 톳제비들도 살 수 없게 했고 이 땅의 민주화는 그들을 다시 우리 곁으로 돌아오게 했다.

그러나 38년 동안 세상은 너무 많이 바뀌었다. 사람들의 환호에 톳제비들은 세상이 좋아졌구나 생각하고 돌아오지만 고향 마을사람들의 눈물과 한숨은 하루도 끊이지 않았다. 톳제비들은 그들의 이야기에 귀를 기울였다. 톳제비가 어떻게 할 수 있는 건 아무것도 없다. 사람들의 한숨 섞인 이야기를 엿듣고 장단을 맞춰주는 것이 전부다.

---

172. 《달맞이산 너머로 날아간 고등어》(햇빛출판사, 1985)에 수록.

권정생도 톳제비가 그런 것처럼, 서러운 사람들의 이야기를 들어주었다. 어머니 이야기, 자식이야기, 농사이야기, 병 때문에 고통스러운 이야기, 전쟁 때문에 부모자식을 잃은 이야기, 분단 때문에 그리움 속에서 살아가는 이야기……들에 귀 기울이고 그 이야기를 글로 썼다. 이야기를 들어주고 들려주는 것, 그 시작과 끝에 권정생 문학이 있는 것이다.

이야기는 이야기를 낳는다

2003년 3월 20일 오전 5시 30분 미국은 바그다드 남동부 등에 미사일을 폭격하여 전쟁을 개시하였다. 자국민 보호와 세계평화에 이바지한다는 대외명분을 내세웠으나 이 전쟁은 "이라크 땅에 묻힌 엄청난 양의 석유를 독점하기 위한 추악한 전면전이며" 미국이 "에너지 자원을 좌지우지함으로써 세계 자본주의의 유일무이한 패권국으로 군림하겠다는 오만한 야욕일 뿐"[173]이었다.

전쟁의 기운이 감돌았을 때 세계 여러 나라에서는 전쟁을 반대하며 이라크로 날아갔다. 우리나라에서는 2003년 1월 '한국이라크반전평화팀'이 결성되어 2월 7일 1진이 출발했다. 전쟁이 벌어지면 "어린아이들을 포함한 무고한 이라크의 민간인 피해가 예상되는바 이러한 피해를 미연에 방지하기 위해"[174] "여러 나라의 평화운동가들과

---

173. 박기범, 《어린이와 평화》, 창비, 2005, 22쪽.
174. 〈한국이라크반전평화팀 출국 기자회견문〉, 《한국이라크반전평화팀 활동 백서》, 한국이라크반전평화팀 지원연대, 2003, 40쪽.

함께 전쟁 저지를 위한 활동을 하고자" 간 것이다. 한국이라크반전평화팀은 여러 차례에 걸쳐 이라크를 오고갔는데 2월 22일 3진에는 《문제아》를 쓴 동화작가 박기범이 있었다.

박기범이 이라크로 가자 어린이문학·교육·문화단체는 '어린이와 평화'란 이름으로 그의 활동을 지원하며 함께 반전평화운동을 적극적으로 펼친다. 2001년 미국의 아프가니스탄 침공 때 전쟁에 반대하고 평화를 기원하며 21개의 단체와 학부모·교사·작가들로 결성된 '어린이와 평화'는 박기범이 이라크로 떠난 것을 계기로 다시 활동에 나서는데 2003년에는 어린이도서연구회, 박기범이라크통신(바끼통), 겨레아동문학회, 한국글쓰기연구회, 기찻길옆작은학교, 한겨레아동문학작가학교 14기 졸업생 등과 아이들이 함께 참여했다. '어린이와 평화' 이름으로 모인 사람들이 가진 공동의 기본인식은 전쟁의 가장 큰 피해자는 '어린이'라는 것이었다.

박기범은 이라크 아이들 곁으로 가 손을 잡아주었고 '어린이와 평화'는 그런 박기범의 손을 잡아주었다. 박기범은 골목을 걸으며 자연스럽게 모여든 아이들과 함께 '피스peace'를 외치며 행진했고 이라크 유엔본부 앞에는 '몽실 언니' 그림에 "이라크와 한반도에 평화를!"이라고 쓴 플래카드를 걸었다. 박기범과 함께 평화를 외친 맑은 이라크 아이들의 얼굴에는 몽실이도 있고, 점득이도 있고, 《초가집이 있던 마을》에 살던 종갑이, 금동이, 유종이, 유준이, 복식이도 있었다.

박기범은 동화작가로 이라크에 가지 않았습니다. 동화를 쓰기 위해,

이라크에 걸린 몽실 언니

전쟁을 기록하기 위해 가지 않았습니다. 죄 없는 아이들이, 착하고 천진한 그 아이들이 아수라장이 된 전쟁터에서 쓰러져갈 때, 부모 잃고 방황하고 두려움에 떨 때, 그 아이들과 곁에 있고 싶어할 뿐입니다. 이 세상이 그 아이들을 잊지 않았다는 것을, 누군가 그 아이들의 친구가 되고 싶어한다는 것을, 온 몸으로, 온 마음으로 보여주고 싶어할 뿐입니다.[175]

그러나 미국은 이라크에 미사일을 쏘았고 4월 2일 한국 국회는 이라크 파병 동의안을 통과시켰다. 파병이 결정되었을 때 권정생은 〈우리는 결국 비겁해지고 있다〉[176]는 글을 쓰며 '미국이 협박을 했더라도 섣불리 한반도에 전쟁을 일으키지는 못했을 텐데 노 대통령이 미

175. 김중미, 《박기범이라크통신 활동모음집》, 2004, 59쪽.
176. 같은 책, 136쪽.

국의 이라크 침공을 찬성하고 비전투요원을 보내기로' 한 것은 "우리 목숨을 지키기 위해 결국 우리는 이라크인의 목숨을 빼앗는 데 동참한 것"이라고 비난했다.

'어린이와 평화' 모임은 토요일마다 아이들 손을 잡고 서울 시내 곳곳에서 "전쟁반대"와 "파병반대"를 외쳤다. 전쟁을 반대하고 평화를 기원하며 아이들과 함께 거리행진, 평화노래 부르기, 걸개그림 그리기, 노래공연, 풍물공연 등을 하였고 아이들은 동전이 가득 담긴 저금통을 가져와 평화기금으로 내놓기도 하였다. 왜 전쟁을 막아야 하는지 아이들은 몸으로 배워가고 있었다.

어린이도서연구회는 '반전평화 어린이책'을 선정하여 아이들이 책을 읽으며 "평화롭게 함께 사는 세상"을 열어가길 바랐다. 그 목록에서 빠질 수 없는 것이 권정생 동화였다. 꼭 그 목록이 아니더라도 권정생 동화를 읽은 사람들은 미국이 그들의 이익 때문에 전쟁을 일으켜 저 맑은 아이들을 죽음으로 몰고 가려 한다는데 집에서 편히 앉아 있을 수가 없었다. 거리로 나가 "전쟁반대, 평화사랑"을 외쳤던 사람들 마음의 밑바닥에는 전쟁 때문에 고통받은 몽실이가 있고, 미국의 폭격에 두 눈을 잃은 점득이가 있고, 미군의 트럭에 깔려 죽은 종갑이와 너무도 비통하게 죽음을 선택한 복식이가 있었던 것이다.

전쟁이 '바로 지금' 오늘의 문제가 되었을 때 권정생 동화는 옳고 그름을 생각하고 판단할 수 있는 힘이 되어주었고 사람들의 몸과 마음을 움직이게 하였다. 동화를 읽은 사람들은 거리로 나가 전쟁을 반대하고 세계평화를 외치며 '오늘'의 이야기를 만들어갔다. 이야기는 이야기로 이어지며 새로운 이야기를 낳는다. 어쩌면 산다는 것은 이야기를 만들며 이어가는 것이 아니겠는가. 권정생은 안동 조탑리 작은 마을에 사는 가난하고 착한 사람들의 이야기를 '오늘'을 사는 우리에게 이어주었다. 어려운 시대를 살아온 그들의 이야기는 우리에게 위로를 주었고 내일의 아이들에게 희망을 주며 이어지게 될 것이다.

4부

교회 문간방에서 산 16년

1968년, 권정생은 교회 문간방으로 들어간다. 아버지가 돌아가시자 빌려 쓰던 농막을 비워주어야 했기 때문이다. 그가 살던 곳이 어머니 아버지의 집이었다면 구태여 교회로 갈 것은 아니었다. 갈 곳이 없어 방을 빌려 간 곳이 교회 문간방이었다. 권정생은 어릴 때부터 비가 새는 어두컴컴한 집에서 살았고 살 곳을 찾아 떠돌기도 했지만 "사는 거야 어디서 살든 그것이 문제되는 것이 아니라 어떻게 사는가가 더 중요하다"[1]고 생각했다. 교회 문간방은 서향으로 지어진 예배당 부속건물의 보잘 것 없는 토담집이었지만 그곳에서 그는 글을 쓰고 책을 읽었다. 그것만으로 행복했다.

그가 처음 교회 문간방으로 갔던 1960년대만 해도 농촌 교회는

---

1. 〈유랑걸식 끝에 교회 문간방으로〉, 《우리들의 하느님》, 20쪽.

가난했지만 소박하고 아름다웠다. 따뜻한 정이 있었다. 그러나 시간이 지날수록 그곳에서 사는 것이 마음이 불편해지고 자유롭지 않아 떠나고 싶은 마음이 들기 시작했다. 1973년 가을, 권정생은 이오덕에게 '교회에 있으니 여러 가지로 괴로움이 많아요. 어디 조용한 딴 집으로 옮기고 싶어요.'[2]라고 마음을 털어놓았다. 권정생과 이오덕이 만난 지 반 년 조금 지난 어느 날이었다. 이오덕은 물었다.

"선생님, 교회에서 무슨 도움을 받지 않습니까?"
"방을 빌린 것뿐입니다. 그밖에는 아무것도 도움을 받는 것이 없어요."[3]

권정생은 교회에 물질적인 도움은 바라지도 않았다. 다만 조용히 책을 읽고 생활을 할 수만 있기를 바랐다. 그러나 그가 처음 정착했을 때와는 너무 달리 교회는 빠르게 변해갔다. 무엇보다 교회 목사가 "교회와 신앙을 팔아 자기 욕심만 채우고 있고 설교도 다 그 때문에 하는 것"[4] 같은 생각이 들어서 견디기 힘들었다.

1970년대 들어 교회는 큰 교회 목사와 작은 교회 목사에 대한 차별이 생기고 도시 교회 목사와 농촌 교회 목사에 대해 인격적인 차별까지 생기기 시작했다. 목사 사이에서도 계급이 생기고 권력이 생

2.《이오덕 일기 1》, 256쪽.
3. 같은 곳.
4. 같은 곳.

졌다. 농촌 교회 목사는 도시 교회처럼 더 크고 더 화려하게 교회를 꾸미는 것으로 자신의 지위와 권력을 내보이려 했다. 권정생이 보기에 목사들은 "하느님께 의지하는 믿음이 아니라 하느님을 이용하여 출세와 권력과 돈을 얻으려"[5] 했다.

권정생이 거처했던 일직교회도 다르지 않았다. 안동 조탑리의 작은 시골 교회도 급기야는 탱자나무 울타리를 죄다 없애고 차가운 시멘트벽으로 담장을 올리는 것을 시작으로 교회를 장식하기 시작했다. 교회 안에 있는 대추나무도 아무 거리낌 없이 톱으로 베어버리려 했으나 권정생이 톱자루를 쥐고 매달려 우는 바람에 밑둥치만 반쯤 베어진 채로 겨우 살아남았다. 하지만 권정생이 교회 문간방을 나와 빌뱅이 언덕으로 이사하고 4년쯤 지난 1987년 교회는 가난한 교인들에게 돈을 거두어 특별헌금을 받고 부흥회를 열어 예배당을 새로 짓는다.[6] 도시처럼 깨끗하고 화려하게 교회를 장식하고 싶은 욕망으로 28평짜리 목조건물 교회당을 헐고 60평 크기의 시멘트 교회당을 새로 지은 것이다. 결국 톱자국이 깊게 파인 불구의 대추나무와 길 쪽으로 서 있던 나무들까지 다 베어버려 교회에는 나무 한 그루도 남지 않았다.

교회 앞으로 나 있던 달구지 길은 아스팔트 자동차 길로 바뀌었다. 교인들이 부담했던 어려운 경제 사정은 모두 덮어두더라도 언덕 위 조

---

5. 〈우리들의 하느님〉, 《우리들의 하느님》, 25쪽.
6. 《이오덕 일기 2》, 359쪽.

그만 교회당의 소담했던 정취가 깡그리 사라져버렸다. 방천둑에 우거졌던 아카시아와 마당 가장자리에 서 있던 플라타너스와 단풍나무, 측백나무, 백일홍, 대추나무, 그리고 국화꽃과 상사초와 봉숭아꽃으로 가꿔진 꽃밭도 없어졌다. 시원한 우물물도 종각도 걷어치웠다.[7]

현재 안동 조탑리 일직교회를 가면 종각이 있다. 권정생이 세상을 떠나고 난 뒤, 교회에서는 기독교인이 아닌 사람들이 교회를 방문하는 것은 "경수 집사(권정생)가 죽어서도 전도"[8]하는 것이라며 방문자들을 위해 부랴부랴 모형을 만들어놓았다. 인터넷 카페나 블로그에 그 종각 사진을 올리며 '권정생 선생님이 치던 종각'이라고 하는 사람들이 종종 있는데 사실과는 다르다. 또 예배당 옆 작은 방문 앞에도 "《강아지똥》《몽실 언니》 집필한 문간방"이라는 문구가 붙어 있지만 권정생이 살았던 그 문간방은 예배당을 새로 지을 때 없어졌다. 교회 문간방에 살던 권정생이 나무와 꽃들이 잘려 나가고 소담했던 교회당이 사라지는 것을 안타깝게 생각하며 싸운 걸 생각하면 '보여주기' 위해 다시 태어난 종각을 보는 것은 쓸쓸한 일이다.

권정생이 처음 문간방에 들어와 살 때만 해도 교회는 어려운 교인들에게 돈을 꾸어주고 되돌려받기도 했다. 가난한 전도사의 사례금은 말할 것도 없이 부족했고 심지어는 좁쌀 한 말, 쌀 몇 되가 전부

7. 〈가난한 예수처럼 사는 길〉, 《빌뱅이 언덕》, 164쪽.
8. 전정희, 국민일보 선정 아름다운 교회길(1) '종지기' 권정생 선생의 안동 일직교회, 국민일보쿠키뉴스, 2010. 9. 8.

일 때가 있었다. 권정생은 가난하지만 따뜻하고 정이 있는 그 시절 교회가 그리웠다.[9] 그러나 그가 더더욱 교회를 떠나고 싶던 것은 교회 안에서는 읽고 싶은 책도 마음대로 읽을 수가 없기 때문이었다.

《씨올의 소리》는 종교사상가이며 독재정권에 저항했던 민주투사 함석헌이 1970년 4월 19일에 창간한 잡지이다. '씨올'은 민중을 뜻하는데 함석헌은 '민중이 알아야 할 것을 숨기지 않고 다 보여주어 민중의 깨우침과 민주주의 발전에 이바지'하고자 이 잡지를 펴냈다.[10] 어느 날 권정생이 방에서 홀로 《씨올의 소리》를 읽는 것을 교회 목사가 보더니 그런 것 보면 안 된다며 얼굴을 찌푸렸다.[11] 권정생은 그 뒤로 한동안 그 책을 보지 않았다. 그런 형편이니 교회의 문간방에 사는 것이 점점 더 괴로워졌다. 홀로 견디어 내려니 외로움이 더욱 몰아쳤다.

"일직은 너무 외로워요. 아무도 애기할 상대가 없어서요. 전 마음에 가득 쌓인 것을 때로 풀어놓을 기회가 있어야겠어요."[12]

인간이면 누구나 갖는 외로움, 권정생에게는 너무 익숙한 것이었다. 그런대로 견디어낼 수 있었다. 그러나 교회의 횡포와 목사의 억압을 견뎌야 하는 괴로움에 이야기 나눌 상대가 없는 외로움이 더해지

9. 〈우리들의 하느님〉, 《우리들의 하느님》, 23쪽.
10. 사단법인 함석헌기념사업회 〈씨올의 소리〉 홈페이지(http://www.ssialsori.org) 참조.
11. 《이오덕 일기 1》, 258쪽.
12. 같은 책, 297쪽.

니 고통은 몇 배로 깊어만 갔다. 권위주의, 물질만능주의, 거기에 교인들을 인간상실로 빠져들게 하는 신비주의까지 더해지는 교회의 문제가 꼭 그가 살았던 일직교회만의 문제라고 생각하지는 않았다. 그러나 교회에 살면서 그 모든 것을 직접 보고 몸으로 겪다 보니 더욱 상실감이 커졌다. 터놓고 얘기할 사람이 절실히 필요했다.

1975년 3월, 참다못한 권정생은 이오덕을 만난 자리에서 일직을 떠나 어디 다른 곳으로 옮기고 싶다는 얘기를 다시 꺼낸다. 처음에는 교회를 떠나고 싶은 마음뿐이었는데 기왕이면 일직을 떠나 이현주 곁으로든 이오덕 곁으로든 가고 싶었다. 그들과 가까운 곳에 살면서 함께 밥도 먹고 이야기도 나누고 싶었다. 그러나 그 당시 이오덕은 산골학교를 돌아다니며 근무를 하던 터였고 이현주 근처로 가는 것도 방세니 뭐니 계산을 하다 보니 이사를 결정하기가 쉽지 않았다.

그렇게 1년 반이 지난 1976년 여름, 권정생은 일본에 사는 형에게 돈을 좀 부쳐달라고 편지를 보낸다. 조그만 초가집이라도 살 생각이었다.[13] 그해 가을, 일본에서 형이 30만 원 가까운 돈을 보냈는데 그돈으로 권정생은 일직 조탑리에 조그만 집을 산다. 정든 아이들과 사람들 때문에 일직을 떠날 수가 없었던 것이다.

1월 25일 이사했다. 약 20년 전에 어머니, 아버지, 동생과 함께 살던 그 집 바로 앞집이란다. 우리 집은 헐려 버리고(그때도 남의 농막집이었

---

13. 같은 책, 368쪽.

지만) 없지만 이사 오던 날 밤은 한잠도 못 잔 것 같다.

집 사기 전에는 옛집을 찾는 기분으로 약간은 흥분했드랬는데, 그게 아니었어.

아주 조그만 집이야. 하지만, 덩그런 빈집에 총각이 혼자 살고 있다는 것 상상해보렴. 이렇게 멋없는 것 세상엔 없을 거다.

목적은 다만 생각을 정리하고 싶어서였지.

난 아직도 자신을 속이고 있는 것이 많은 것 같아. 솔직한 글을 쓰고 싶어 좀 조용하고 싶어서였어.

일직 교회도 조용한 곳이지만, 왜 교회란 것이 터놓고 말할 수 없는 장소라는 걸 현주도 잘 알 거다. (……)

1977. 1. 31 밤 권정생 씀[14]

권정생은 '솔직한 글을 쓰고 싶고 조용하고 싶어' 이사를 했다고 이현주에게 편지를 보낸다. 그러나 그 집은 결코 조용하지 못했다. 마을 한가운데 있는데다가 앞집에서 라디오를 크게 틀어놓아 시끄러워 견딜 수 없었다. 결국 그는 두 달 정도 살다가 다시 교회 문간방으로 돌아간다. 한편으로는 교회가 텅 비어서 누군가 지켜야 한다는 말도 마음에 걸리던 참이었다. 다시 교회로 돌아가긴 했지만 교회에 사는 것이 권정생에게 육체적 정신적으로 얼마나 고통스러운 일인지 아는 지인들은 그에게 집을 얻어줄 궁리를 했다. 조용한 외딴 집, 권

---

14. 《오물덩이처럼 딩굴면서》, 234쪽.

정생에게는 그런 집이 너무도 간절했다. 그는 1983년 빌뱅이 언덕으로 이사할 때까지 그로부터 6년을 더 교회 문간방에서 산다.

그 6년 동안 정권이 바뀌었다. 1979년 10월 26일, 유신정권이 19년의 장기집권에 종지부를 찍었으나 신군부가 정권을 찬탈하였다. 권정생은 '어두운 시대에 비굴하고 비겁한 글쟁이이기보다 차라리 침묵하고 있는 쪽이 당당할지 모른다.'고 생각했다. 그는 '어린이들이 가장 먼저 진리를 깨닫는다.'고 한 예수의 말을 믿으며 교회 아이들에게 고리키의 소설 《어머니》를 조심조심 얘기해주면서 시간을 보낸다.[15]

그런 속에서도 가난한 교인들의 주머니를 털어 교회를 단장하는 것으로 목사의 권위를 내세우려는 일은 멈춰지지 않았다. 교회가 외형적으로 크고 화려해지고 권위를 내세우는 것은 비단 교회에 국한된 일이 아니었다. 교회의 문제는 우리 사회의 부조리한 단면을 그대로 보여주는 축소판일 뿐이었다. 권정생은 교회 문간방에서 절망과 분노의 심정으로 〈김 목사님께〉(1981~1982년)라는 글을 잇달아 쓴다. 〈김 목사님께〉는 구체적으로 누구를 지칭하는 것이 아니라 이 땅의 모든 목사를 향한, 더 나아가 부와 권력을 쥔 지배집단을 향한 따끔한 일침이었다.

저는 잃어버린 진짜 하느님을 찾고 싶습니다. 진짜 예수를 믿고 싶습니다. (……)

---

15. 《살구꽃 봉오리를 보니 눈물이 납니다》, 208쪽.

수천 명, 수만 명이 모이는 커다란 교회보다 두세 사람이라도 진짜 예수 이름으로 모이는 교회가 되게 해주십시오.

아아 목사님, 어떻게 하시겠습니까? 사람 숫자보다 무기가 더 많은 나라, 자기 민족을 원수로 삼고 남의 나라 힘으로만 살아가려는 어리석은 백성, 자유롭기보다 얽매이길 좋아하는 인간이 되어버린 당신의 조국은 어쩌시렵니까? (……)

교회당 짓지 말고 인간을 죽이는 무기부터 걷어주십시오. 사람과 사람 사이를 가로막고 있는 벽부터 헐어주십시오. (……)

하느님을 시멘트 건물 속에 가두어 놓고 한 주일에 한 시간씩 면회 가는 것이 하느님 사랑입니까? 내 혈육에겐 살인 무기를 들이대놓고 불우이웃돕기를 하는 것이 이웃사랑입니까?

목사님, 제발 그런 엉터리 나발은 불지 마십시오. (……) 인간이 물건 취급받는 교회이니까 당연한지도 모르겠습니다만, 예수 팔아 썩어버릴 육체 보존하려고만 하지 마십시오. (《김 목사님께》)[16]

제발 우리 교회 안에서는 거짓말 좀 시키지 말아 주십시오. (……)

교회는 정치와는 떨어져 순수한 도덕적 수양만으로 높은 신앙인이 되라 가르치면서, 어쩌면 그렇게 정치와 결탁해서 하느님의 자녀들을 기만하는 것입니까?

갈보리 산 언덕에서 죽은 예수는 진실로 정치와 대결했던 인간이었

---

16. 〈김 목사님께〉, 《빌뱅이 언덕》, 286~288쪽.

습니다. 예수는 이 세상의 모든 정치를 부정했기 때문에 죽은 것입니다. 정치를 비판하다 보니 왕의 미움을 샀고, 사제들의 미움을 샀고, 로마의 앞잡이들에게 미움을 산 것입니다. (……)

정말이지 우리 모두가 인간을 하느님의 형상 그대로 지음을 받은 하느님으로 모신다면, 어째서 이 땅에 또다시 슬픈 피 흘림이 있겠습니까? (……)

정말 개코 같은 민주주의를 앞세워 총칼로 백성 위에 군림하는 군주도 없을 것입니다.

어디서 빌어먹던 뼈다귀 귀신인지 모르는, 사상이니 이념이니 이데올로기니 하면서 동족끼리 총부리를 겨누는 어리석음도 없을 것입니다. 《다시 김 목사님께 2》[17]

권정생은 1980년 독서모임에서 신채호의 〈용과 용의 대격전〉을 읽고 토론한 적이 있다. 소설에서 민중들은 지배계급에게 편의를 준 예수를 죽이고 통쾌한 승리를 한다. 지배계급에게 이용되어 민중을 억압하고 부정과 부패의 원인을 제공하는 예수는 죽음으로써 새롭게 태어날 수 있는 것이다. 권정생은 당시 토론을 하며 민중이 나서서 예수를 죽일 수밖에 없을 정도로 억압되고 부패한 소설 속 현실과 그가 살고 있던 현실이 다르지 않다고 인식하고 공감했었다.

독서모임이 끝나고 넉 달 뒤 권정생은 〈김 목사님께〉를 쓰기 시작

---

17. 같은 책, 311~316쪽.

한다. 이 글에서 "진짜 예수를 믿고" 싶다거나, '예수 팔아 썩어버릴 육체 보존만 하지 말라'고 한다거나, 교회가 "정치와 결탁해서" 하느님의 자녀들(민중)을 기만한다거나 하는 표현에서 〈용과 용의 대격전〉의 그림자가 언뜻 보인다. 권정생은 평소에 신채호를 가장 존경한다고 말하곤 했는데 토론 후 '아나키스트 신채호'를 더욱 가슴에 새기게 되는 것이다.

현재 알려진 〈김 목사님께〉는 모두 3편이다. 1981년 4월 17일에 〈새로 안수 받으신 김 목사님께〉를 처음 썼는데 《오물덩이처럼 딩굴면서》에 수록될 때 제목이 〈김 목사님께〉로 바뀌었다. 그리고 〈다시 김 목사님께〉란 제목으로 두 편을 더 쓴다. 이 3편의 글에서 권정생은 교회문제는 물론, 1980년 '민주화의 봄'이 꺾이고 다시 동토의 땅이 되어 통일과 민주의 꿈이 멀어져버린 현실에 울분을 토로한다. 이 글을 쓸 때 권정생은 사십대 초반이었다. 여전히 병 때문에 죽을 만큼 고통스러웠지만 글쓰기를 멈추지 않았다. 살아 있기 때문에 그는 글을 썼다.

권정생은 삼십대 초반부터 사십대 중반까지 16년을 교회문간방에서 살았다. 병마와 추위와 더위, 외로움에 시달리며 죽을 만큼 고통스러운 날이 수없이 지나갔다. 그러나 그곳에서 사는 동안 행복한 순간도 많았다. 무엇보다 그는 새벽마다 종을 울리던 때를 잊지 못했다. "깨끗한 하늘에 수없이 빛나는 별들과 종소리가 한데 어울려 더없이 성스럽게 우주의 구석구석까지 아름다운 음악으로 채워지는 그 순간"[18]이야말로 "진짜 하느님을 만나는 귀한 시간"[19]이었다.

교회문간방은 오늘의 권정생이 있게 한 곳이다. 들어갈 때만해도 그곳에서 죽음을 맞을 거라 생각했지만 오히려 작가로의 삶을 시작했다. '거꾸로' 세상을 보며 '똥이 꽃보다 아름답다' '가난한 사람이 부자보다 행복하다'는 인식의 씨앗을 틔운 곳이고 그 씨앗이 《강아지 똥》과 《사과나무밭 달님》으로 열매를 맺은 곳이다. 아동문학작가로서 결코 외면해 버릴 수 없는 전쟁의 상처, 민족적 슬픔을 다룬 동화 《초가집이 있던 마을》과 《몽실 언니》를 쓴 곳이기도 하다.

교회에 살면서 논쟁을 하고 현실을 비판하는 글을 쓰기란 쉬운 일이 아니다. 교회가 좋아할 리 없다. 그러나 권정생은 용감했다. 글쓰기를 무기로 세상과 그리고 자신과 치열하게 싸웠다. 고통스럽게 세상에 맞섰다. 그러나 마음이 편할 리만은 없다. 그는 자신이 쓴 글 때문에 교회가 경찰의 감시를 받는 등 폐를 끼치는 것 같아 교회에 거처하는 것이 이래저래 더 불편하였다.

---

18. 〈새벽종을 치면서〉,《빌뱅이 언덕》, 318쪽.
19. 〈우리들의 하느님〉,《우리들의 하느님》, 23쪽.

권정생의 창작과 이오덕의 비평이 만난 곳

　권정생은 1976년 이원수 동화집《호수속의 오두막집》서평을 썼다. 그리고 그 즈음 조대현 동화집《범바위골의 매》서평도 쓴다. 이들 서평은 〈두 권의 동화집〉이란 제목으로 1976년《창작과비평》여름호에 발표된다.《호수속의 오두막집》은 "한 그루 노송의 맥박"이라는 제목으로 "마냥 기다려온 겨레의 가슴 속에 포근한 사랑을 안겨다 줄 수 있는 이 땅 위에 피어난 동화의 꽃이요 별"[20]이라고 했고,《범바위골의 매》는 "성인 취향의 동화"라고 제목을 붙여 '어린이가 바라는 꿈이 무엇이며 어린이의 참된 행복은 어떤 것인가를 염두에 두지 않고 입신출세를 지향하는 어른위주의 동화이며 착하고 순진한 인간(동심)이 한층 더 가혹하게 물질만능주의의 희생물이 된 동화'라고

---

20. 〈두 권의 동화집〉,《창작과비평》, 1976년 여름, 722쪽.

했다.

그러나 이 두 서평은 서로 견주어 쓴 것이 아니라 각각 쓴 글이고 정황으로 보아도 권정생이 두 글을 함께 모아 발표하려고 했던 것은 아닌 것 같다. 그는 1976년 2월에《호수 속의 오두막집》을 읽고 있었는데 섣불리 쓸 수 있는 동화가 아니란 생각이 들었다. 이오덕의 재촉이 있었지만 천천히 쓰기로 마음먹고《범바위골의 매》서평을 먼저 쓴다. 그것을 읽은 이오덕은 1976년 4월 27일 권정생에게 편지를 쓴다.

조대현 씨 작품집의 서평 쓰신 것 그대로 창비에 보내 주십시오. 창비에도 제가 권 선생님 서평 곧 보낼 것이라 연락해두었습니다. 쓰신 것 아주 잘되었습니다. 작품을 올바로 보셨고, 보신대로 소신을 썼으니 조금도 주저하실 것 없습니다. 그리고 이원수 선생 작품집에 대한 서평도 빨리 발표하셔야지요.[21]

이렇게 해서 권정생은 각각의 서평을 써 보냈는데 잡지사에서 〈두 권의 동화집〉이란 제목을 달아 함께 실은 것 같다. 어쨌든 잘 썼다며 이오덕은 물론 다른 사람들도 칭찬을 해주어서 권정생은 쑥스러워하면서도 안도했다. 존경하는 아동문학의 원로이며 대선배의 동화집 서평을 쓴 것이 부담스럽고 신경이 쓰였던 것이다.

21.《살구꽃 봉오리를 보니 눈물이 납니다》, 134쪽.

그러나 어느 정도 염려는 했지만 조대현 동화집 서평에 대해서는 후폭풍이 거셌다. 김상남은 〈아동문학계에 휴업계를 내며〉[22]라는 반론 글에서 "서평이란 저자의 노작勞作에 대한 문단의 찬사이며 우정"인데 "이의 상식을 깨고 사전식 풀이대로 알고 있는 아동문학의 무지, 또한 아동문학계의 반목, 질시의 일면을 본 것 같아 자못 답답"하다고 했고, 김문홍은 김상남 글에 동조하며 "휴업을 철회 바람—〈현장의식의 고수〉"[23]라는 글에서 "어떻게 1회 수상자가 2회 수상자의 작품집을 그렇게 직설적인 목소리로 독자 앞에서 작자의 얼굴에다 똥물을 끼얹느냐"고 했다. 〈범바위골의 매〉는 권정생의 〈금복이네 자두나무〉 뒤를 이어 제2회 한국아동문학상을 받은 작품이다.[24]

박경용은 〈모럴, 아쉬운 동업의식〉[25]이라는 글에서 《호수속의 오두막집》은 "거의 무조건적으로 우상시한 반면", 상대적으로 《범바위골의 매》는 "사갈시蛇蝎視하고 있는 그 관점이 평형을" 잃었다며 "불순한 동기가 작용"했다면 "이제라도 수정 발언"을 하라고 했다. 그는 '엿장수도 동업자끼리는 의리를 존중하는데 선비로 자처하는 문학인끼리의 의리가 그에 못 미친대서야 말이 되지 않는다'며 권정생의 서평이 '비정하게도 동화작가로서의 동업의식이 손톱만큼도 엿보이지 않는다'고 했다.

---

22. 《아동문예》 1977. 1.
23. 《아동문예》 1977. 2.
24. 동화 부문은 〈범바위골의 매〉로 조대현이, 평론 부문은 〈부정의 동시〉로 이오덕이 수상했다.
25. 《아동문학평론》 1977 봄.

권정생의 서평에 문학적인 반론보다 한목소리로 "아동문학계의 반목"이니 "불순한 동기"니 하며 문학 외적인 문제를 들고 나서게 된 원인은 2년 전으로 거슬러 가야 한다. 이오덕은 1974년에 평론 〈아동문학과 서민성〉〈시정신과 유희정신〉을, 1975년에는 〈부정의 동시〉, 〈표절동시론〉을 발표한다. 이 논문들에서 그는 "8·15이후 활동한 몇몇 작가의 작품을 분석하여 우리 아동문학에 반영된 서민성이 훌륭한 작가정신의 소산임을" 밝히고 '동심천사주의 작품들이 우리 아동문학을 지배하여 아동들을 정신적으로 해쳐'[26]왔는데 그 작품들이 표절과 모작으로 양산되는 것이 더 큰 문제라고 하였다.

　'적당히 서로 작품평과 서평으로 칭찬해주고 잘못된 것 삐뚤어진 것은 덮어두는 문단 풍토'는 아동문학 작가의 '안일주의와 창작 부진'으로 이어져 "창작의 새 길이 열릴 수 없고 평론의 싹이 돋아날 수"[27] 없다며 이오덕은 현역작가들의 작가와 작품에 대해 날카롭게 논평하였다. 이오덕의 비평은 당시에 만연했던 '창작과 비평이 서로 정답고 점잖고 화목스럽게 지내는 미풍'[28]의 싹을 자르고 그러한 아동문학의 현상에 대해서 '부정'하는 글이었기 때문에 문학적인 논쟁보다 인신공격, 비난과 비방 등 문학 외적인 공격의 빌미가 되었다.

　비평의 대상이 된 작가들과 이오덕이 날선 공방을 하고 있을 무렵 권정생의 서평이 나온 것이다. 권정생 서평에 반론 글을 쓴 김상남,

---

26. 이오덕, 〈아동문학의 문제점〉, 《시정신과 유희정신》, 창비, 1977, 145쪽.
27. 같은 책, 140쪽.
28. 같은 곳.

김문홍, 박경용은 또다른 문제를 두고 그들끼리 공방이 오고갔지만 서평은 '우정'이고 '동업의식'이라는 생각에는 의견이 일치했다. 이원수와 권정생 동화는 이오덕이 주장한 '아동문학과 서민성'[29]의 모범 사례였다. 이오덕은 그들 동화와 다른 동화를 비교하며 칼날 같은 비평을 하였으니 그들이 이오덕, 이원수, 권정생은 모두 같은 편이라는 인식에서 대적하였음은 물론이다.

권정생은 반론 글에 대해 〈더 넓은 안목을〉[30]이라는 글로 맞섰다. "작품비평에 무슨 인정人情이 따르고 단체가 개입"되느냐며 "까닭 없이 시비조로 나오는 아동문인과 아동문단을 생각하면 가슴을 치고 싶다"고 쓰면서 그는 자신의 문학적 소신을 밝히는 것도 소홀히 하지 않는다. 그는 《범바위골의 매》가 어떤 면에서 "동심부재" "인간부재"인지를 꼼꼼히 짚고 동심은 '입신출세' '물질만능'의 세속과 타협하지 않는 것임을 거듭 강조한다. 또한 '성공한 동화들은, 손끝으로 어린이의 유치한 행동이나 완상하면서 자신들의 유년시절의 달콤한 환상 속에 빠져들어 감상적인 미담이나 써놓는 것이 아니라 인간적인 고뇌와 깊은 사상과 철학을 가지고 인생의 궁극적인 삶까지 조심스레 다루고 있다'[31]고 했다.

이렇게 소비적인 논쟁과 공허한 인신공격이 더해지니 그는 그것을

29. 〈아동문학과 서민성〉, 《시정신과 유희정신》, 105쪽. "서민성이란, 권력이나 금력의 속성일 수 없다는 것, 위에서부터 내려오는 것이거나 외부에서 들어오는 성질의 것일 수 없다는 것, 그리하여 어디까지나 밑에서부터 올라가는 인간스런 마음이요, 내부에서부터 터져 나오는 주체적 정신의 나타남이라는 것이다."
30. 《아동문예》 1977. 2.
31. 〈더 넓은 안목을〉, 《아동문예》 1977. 2, 78쪽.

벗어나 더 아래로 내려가 진정한 동심과 인간적 고뇌와 삶이 담긴 동화쓰기에 전념한다. '거지 이야기'와 6·25전쟁을 다룬 작품을 쓰기 시작하는 것이다. 권정생은 쉼 없이 글을 썼고, 이오덕은 평론으로 권정생 문학에 길을 밝혀주었다. 권정생의 창작이 있기에 이오덕의 비평은 더 힘을 받을 수 있었다. 권정생의 창작과 이오덕의 비평, 우리 아동문학사에 한 시대를 열어놓은 그들이 처음 만난 곳, 바로 교회문간방이었다.

빌뱅이 언덕 작은 집

1983년 봄, 권정생은 빌뱅이 언덕에 작은 집을 짓기로 한다. 권정생은 자신이 무엇을 한다는 걸 남에게 잘 알리지 않는 성격인데 그가 집을 짓고 있노라고 전우익이 벌써 소문을 다 내놓았다. 이현주는 한창 집을 짓고 있을 때 바로 달려와 집터가 명당이어서 부럽다며 덕담을 해주고 갔다.[32] 권정생은 집을 짓는다고 마음을 쓰지만 서둘지 않고 천천히 여름 동안 시간 나는 대로 지어도 될 것이라 생각했다. 그러나 마을 청년들이 저희들끼리 집터를 다듬고 벽돌을 쌓고 슬레이트 지붕을 덮고 언제 하는지도 모르게 일을 해주고 갔다. 청년들이 막걸리에 소금 찍어 먹으며 알뜰히 일을 해주어 여름이 시작되기도 전에 집은 거의 다 지어졌다. 권정생은 미안하기도 하고 고마운

---

32. 《살구꽃 봉오리를 보니 눈물이 납니다》, 261쪽.

마음이 들어 일한 사람들에게 《한한사전漢韓辭典》을 한 권씩 사주었다. 어느 정도 고마운 마음을 표시하고 나니 마음이 조금 놓였다.[33]

교회문간방에서 시작한 《몽실 언니》는 1984년 3월에야 연재가 끝나는데 권정생은 1983년 가을에 원고를 벌써 다 써두었다. 원고 쓰기를 마치자마자 단행본 출판을 계약하는데 인세는 75만 원이었다. 초판을 5천부나 찍은 것이다.[34] 요즘 돈 가치로 치면 5백만 원쯤 되니 권정생은 이 많은 돈을 어떻게 해야 할지 쑥스럽고 이상한 마음까지 들었다. 인세를 받은 돈에 가지고 있던 것을 조금 더 보태 인세는 집 짓는데 요긴하게 쓰인다. 모두 120만 원이 들었다.[35] 권정생은 마침 돈이 들어온 것도 마을 청년들의 수고도 지인들의 덕담도 모두 고마울 따름이었다.

1983년 가을, 권정생은 빌뱅이 언덕 작은 집으로 이사를 한다. 모두의 마음과 정성으로 그는 "따뜻하고, 조용하고 그리고 마음대로 외로울 수 있고, 아플 수 있고, 생각에 젖을 수 있"[36]는 그만의 공간을 갖게 된 것이다. 어릴 때부터 권정생에게 집은 늘 칙칙하고 그늘지고 어두운 곳이었다. 게다가 자라면서도 늘 살 곳을 찾아 떠돌아다녀야 했다. 그런 그가 처음으로 자신을 위한 집을 짓고 둥지를 튼 것

33. 《오물덩이처럼 딩굴면서》, 269쪽
34. 《살구꽃 봉오리를 보니 눈물이 납니다》, 290쪽.
35. 조연현, 〈작가 권정생, "교회나 절이 없다고 세상이 더 나빠질까"〉, 한겨레신문 2006. 11. 1.
36. 《살구꽃 봉오리를 보니 눈물이 납니다》, 275쪽.

빌뱅이 언덕 아래에 권정생은 처음으로 자신을 위한 집을 짓고 이사를 했다.

이다. 창문만 열면 산과 들이 한눈에 바라보이는 자신의 집이 있다
는 것, 권정생은 생각할수록 과분하다는 마음이 들었다.[37] 그는 한
번도 내 집을 가져본 적이 없이 고생만 하다 간 가엾은 어머니 생각
에 눈물이 났다. 혼자 있으니까 울고 싶을 때 실컷 울 수 있는 것조
차 너무 좋았다.

"아침에 일어나 개울에서 세수하는 것, 세수하고 나서 뒷산에 올
라가는 것"[38]까지도 그는 새로웠다. 해마다 피었던 뒷산에 가을꽃들
도 처음 만나는 양 새롭고 좋았다. 그는 안개가 낀 날 "해가 뜨면 그
안개 사이로 나타나는 산국화 꽃"의 아름다움에 취했다. "연보라의
쓸쓸한 빛깔"을 내는 산국화 꽃이 "후미진 골짜기 기슭으로 무덕무

37. 같은 책, 283쪽.
38. 《오물덩이처럼 딩굴면서》, 259쪽.

덕 피어 있는" 모습을 보면 그 아름다움에 가슴이 저려왔다. 억새풀 사이에 피어나는 분홍빛의 패랭이꽃, 좀 더 골짜기로 들어가면 도라지와 과남풀, 초롱꽃…… 그는 "야단스럽게 피었다가 덧없이 져버리는 봄꽃과는 너무도 대조적"으로 "조심스럽게 천천히 아주 천천히 피어나서 또한 아주 천천히 시들어가는" 가을꽃이 너무 좋았다.[39] 이사를 간 그해 처음 느꼈던 뒷산에 핀 가을꽃들은 두고두고 그의 마음을 설레게 했다.

빌뱅이 언덕 작은 집으로 이사를 가서 뒷산 꽃들의 아름다움에 취했던 그 마음으로 그는 〈오소리네 집 꽃밭〉이라는 동화를 쓴다. 그림책으로도 출판되어 많은 사랑을 받은 이 동화는 바람에 읍내까지 날려간 오소리 아줌마가 학교에 만들어진 꽃밭을 보고 집으로 돌아와 꽃밭을 만들려고 하는데 아줌마네 마당은 손 하나 댈 것 없이 그대로 무엇과도 견줄 수 없는 아름다운 꽃밭이었다는 이야기다. 봄에는 봄꽃들이, 가을에는 가을꽃들이 철철이 피고 지는 뒷산의 아름다움에 그가 얼마나 흠뻑 젖어 있었는지 이 작품에 그대로 담겨져 있다. 권정생의 빌뱅이 언덕 집 뒷산에는 〈오소리네 집 꽃밭〉처럼 사람의 손 하나 댈 필요가 없는 아름다운 꽃밭이 있었고 권정생은 날마다 그 꽃들에 취했다. 그 빌뱅이 언덕 집에서 권정생이 가장 좋아한 건 저녁시간이었다.

---

39. 같은 곳.

하늘이 좋아라
노을이 좋아라

해거름 잔솔밭 산허리에
지욱이네 송아지 울음소리

찔레 덩굴에 하얀 꽃도
떡갈나무 숲에서 불어오는 바람도

하늘이 좋아라
해 질 녘이면 더욱 좋아라[40]

해가 지고 빌뱅이 언덕 작은 집에 어둠이 깔리면 사방에 반딧불이
황홀하게 날아다녔다. 반딧불은 "열 마리 스무 마리 그리고 더 많이
빌배산 머리 둘레로 개울 쪽 과수원 울타리 너머로 한없이 날아"[41]다
녔다. 그는 반딧불을 보며 자신이 느끼는 포근함과 아늑함이 깨뜨려
질까봐 꼼짝하지 않고 지켜보았다. 그는 가난하고 외롭기 때문에 이
런 평화를 누릴 수 있는 것이라고 생각했다. 가끔 외롭고 서글퍼 눈
물을 흘리기도 했지만 아무도 없는 빌뱅이 언덕배기집에 편안하게
누워 있을 수 있는 작은 평화만으로도 감사했다.

---

40. 〈빌뱅이 언덕〉,《빌뱅이 언덕》, 331쪽.
41. 《오물덩이처럼 딩굴면서》, 259쪽.

이사를 한 지 1년 반이 지난 뒤 권정생은 마당에다 새로 우물을 팠다. 거의 20자(약 6m) 파 들어가니 바위가 나왔는데 물은 꼭 눈물만큼씩 남쪽 한 틈바구니에서 나왔다. 그게 어쭙잖게 밤새 고이는데 하루 동안 차면 서른 동이가 되었다. 물맛이 처음에는 텁텁한 것이 눈살을 찌푸리게 했는데 이상하게도 새 우물물을 먹고부터 소변이 잘 나왔다. 우물물을 먹은 지 20일 만의 일이다. "어쩐지 꼭 이 우물물이 약이라도 되어주는"[42] 것 같은 생각이 들 정도로 빌뱅이 언덕의 가난하고 작은 그의 집은 몸과 마음을 안정시켜주었다.

1986년 3월 27일, 이사한 지 3년 만에 권정생의 방에 전기가 들어온다. 그전에는 호롱불을 켜고 살았지만 불편한 것을 몰랐다. 그러나 안과의사이면서 안동문협 회원이던 최유근이 마침 그에게 안과진료를 받던 군수에게 이야기를 해서 전기가 들어오게 되었다. 3년 동안 전기 없이 살았는데 갑자기 전기가 들어오니 동네 사람들은 돈이 얼마 들었는지 누구 빽으로 들어오게 되었는지 물어댔다. 권정생은 호롱불이 밀려난 것도, 자신에게 무슨 큰 빽이 있어 전기가 들어온 것인 양 동네 사람들이 관심을 보이는 것도 모두 불편했다. 무엇보다 '이제는 영원히 자연으로 돌아갈 수 없다'는 절망감이 가장 컸다.[43]

권정생은 물질의 풍요와 편안함을 주는 과학문명이 인간에게 참다운 행복을 가져다줄 수 있는 건 아니라고 생각했다. 전기불빛 아래

42.《살구꽃 봉오리를 보니 눈물이 납니다》, 302쪽.
43. 최유근, 〈권정생 선생을 생각하며〉, 《안동문학》 제30집, 2007, 25쪽.

에서 이렇게 동화를 쓸지가 그에겐 무거운 숙제가 되었다.[44]

《알프스의 소녀》의 주인공 하이디의 영원한 고향은 알프스의 산과, 그 산 속의 바람, 풀밭, 들꽃, 그리고 한 컵의 양젖과 외로운 할아버지였다. 《피이터팬》은 웬디의 가족 모두가 함께 살며 학교도 다니고, 그리고 어른이 되기를 권유하지만 결국 영원히 어린이로 살 수 있는 꿈의 섬을 돌아간다.

《플란다스의 개》 주인공 넬로 소년少年은 어린이의 몸으로 금력金力과 권력權力의 도전을 받으며 추위와 굶주림으로 끝내는 차가운 교회 마룻바닥에 쓰러져 죽어버리지만 루우벤스 그림 속 그리스도의 초상화에 동화同化되어 육신은 얼음처럼 싸늘하게 식어가면서도 따뜻한 미소를 소유한 채 그 영혼만은 살아남는다.

이처럼 세속과의 타협을 불허하는 것이 동심이며 우리가 만들어나 갈 동화의 귀중함이다.[45]

권정생에게 '호롱불'은 하이디의 영원한 고향인 알프스 산이요, 웬디가 선택한 꿈의 섬이요, 넬로에게 따뜻한 미소를 준 루벤스 그림 속 그리스도의 초상화 같은 것이다. 권정생의 동심이 머무는 곳이다. 그래서 전깃불 아래에서 동화를 쓰게 된 것이 권정생으로서는 도전처럼 느껴졌다. 호롱불이 사라지면 점차 소쩍새와 부엉이 울음도 퇴

---

44. 같은 곳.
45. 〈더 넓은 안목을〉, 《아동문예》 1977. 2, 75~76쪽.

색해져갈 것이고 달빛도 흐려질 것이다. 그런 소중한 것을 버리고 어떻게 동화를 쓸지 고통스러울 수밖에 없었다. 그는 "다시 한 번 가난해져야 하겠다는 의지를"[46] 되살렸다. '가난'만이 호롱불을 대신하며 소중한 것들을 조금이나마 지켜줄 수 있으리라 생각하는 것이다.

전기가 들어오고 나니 텔레비전까지 들여놓게 되었는데 권정생은 그것마저 구역질이 났다.[47] 그의 마음을 몰라주고 그가 바라지도 않는 일이 생기는 것이 정말 괴로웠다. 그 일을 계기로 권정생은 세상에 시달리며 휘둘리지 않고 "탄탄하게 배짱부리며" 살겠다고 다짐을 한다. 사람들의 호의나 관심보다는 내키지 않으면 물리치며 자신의 뜻대로 살 결심을 하게 되는 것이다. 그러고 나서야 빌뱅이 언덕 작은 집은 비로소 권정생의 집이 되었다. 원하는 대로 그의 작은 집은 문명보다는 자연과 더 가까워졌고 그는 강아지와 생쥐와 개구리와 개똥하고도 친구가 되어 살았다. 권정생은 그 집에서 25년을 사는 동안 마당의 풀조차 함부로 베어버리지 않고 자연 그대로 우거지게 놔두었다.

그러나 그가 단단하게 먹은 배짱은 채 4년도 되지 않아 무너져버렸다. 집에 전화가 놓인 것이다. 이현주와 이오덕의 큰아들이 "서류 떼고 난리를 피워서"[48] 달아놓고 갔다. 권정생은 "저 물건이 아주 고약한 놈"이라며 혼자 탄식할 도리밖에 없었다. 전기와 전화가 들어왔

---

46. 최유근, 같은 곳.
47. 《오물덩이처럼 딩굴면서》, 284쪽.
48. 손수호, 〈아, 권정생〉, 《책을 만나러 가는 길》, 열화당, 1996, 197쪽.

다 해도 그의 생활이 크게 바뀐 것은 없다. 전기가 들어오니 필요할 것 같다며 최유근이 작은 냉장고를 하나 사서 보냈는데 권정생은 다른 사람에게 주어버렸고 고작 5촉짜리 전등 하나만 켜고 살았다. 그의 집에 전기를 넣기 위해 전봇대 2개를 세우고 전선 150미터 이상이 든 공사가 그에게는 부질없는 일이었다. 여전히 그의 집은 '자연'과 동시에 '가난'의 상징이 되었다. 권정생은 그 집이 가난해서 더 좋았다.

동화가 세상에 알려지자 그의 가난한 집에 사람들이 몰려오기 시작했다. "동화를 읽으면 됐으니 찾아오지 마세요." 사람들에게 아무리 찾아오지 말라고 해도 발길은 끊이지 않았다. 빌뱅이 언덕 그의 집은 일종의 "관광명소 비슷한 것"[49]으로 되어 그는 끊임없이 찾아오는 사람들 때문에 큰 괴로움을 겪었다. 일반 독자뿐만 아니라 신문사나 잡지사, 방송국에서도 인터뷰를 청했다. 그는 성격상으로도 방송이나 언론 인터뷰를 좋아하지 않았고 사람들이 우르르 몰려 들어오거나 승용차를 타고 마을 앞까지 쑥쑥 들어오면 들에서 일하는 마을사람들에게 미안하기도 하고 마음이 상했다.

한번은 도법 스님이 방문한 적이 있다. 2004년 3월부터 지리산을 시작으로 전국을 걸어 다니던 도법스님이 2005년 11월 21일에는 권정생을 만나러 간 것이다. '생명평화 탁발순례단'이라며 열 명이 넘는

49. 김종철, 〈개정증보판에 부쳐〉, 《우리들의 하느님》, 6쪽.

사람들이 신문사 사람들과 함께 갑자기 몰려드니 권정생은 깜짝 놀랐다. "스님 혼자서만 오시는 줄 알았어요. 이렇게 많은 사람이 오신다 했으면 못 오시게 했을 텐데." 했지만 이미 때는 늦었다. 도법 스님이 '걸으며 사람들을 만나고 생명, 환경문제와 평화에 대해 얘기하고 있다'고 하자 권정생은 "걷는다고 생명이 살아나나"고 되물었다.

권정생은 지금 한 사람이라도 일할 농민이 더 필요한데 이렇게 걸어다니면 누가 일을 하냐며 "오히려 이야기를 하면 할수록 자꾸 문제가 생깁니다. 말이 무슨 소용 있습니까. 스님처럼 사람들과 만나 얘기할 게 아니라 다소곳이 시골에 내려와 일하면 됩니다. 정 걸어야 한다면 스님 혼자 걸으시고 나머지 사람들은 자기 일을 하면 되지요."[50] 했다. 권정생이 보기에는 우르르 몰려 걸어다니며 생명운동을 말하는 사람들보다 말없이 농사를 짓는 사람들이 더 건강하게 생명과 평화를 지키는 사람들이었다.

그러나 어떠한 방문이든지 간에 방문하는 사람들을 일일이 맞이하기엔 몸이 너무 아팠다. 그는 생이 다할 때까지 40년 동안 옆구리에 고무호스(카데타)로 연결한 소변주머니를 달고 살았다. 고무호스가 소변 찌꺼기 때문에 한번 막히면 옆구리 통증이 엄청났다. 혼자 집에 있을 때라면 얼른 방에 들어가 갈아 끼우면 되지만 손님이 와 있거나 밖에 나가 있어 교체 시기를 놓치면 통증은 이루 말할 수가 없었다. 그랬기에 권정생은 손님이 찾아오는 걸 꺼렸다. 누구하고 같

---

50. 조운찬, 〈도법과 걷다: '인간국보' 안동 권정생 선생을 찾아〉, 경향신문, 2005. 11. 25.

이 있다는 것 자체가 불안했다. 그를 잘 아는 사람들조차 그가 찾아오지 말라고 하면 섭섭해 하고 오해를 하기도 하니 심성이 여린 권정생은 하는 수 없이 소변주머니를 달고 사는 자신에게 옆구리 통증이 어떤 건지 글을 써서 다 밝혔다. 그로서는 옆구리 통증보다 더한 마음의 고통을 감내한 것이다.

혜담 스님께서 찾아오셔서 한 5분간 앉아 이야기하다가 먼 데서 걸어오셨으니 잠깐 누워 쉬시라고 했지요. 스님이 누워 한 1분쯤 지났을까 갑자기 옆구리에 통증이 일기 시작한 것입니다. 통증이 일어나면 걷잡을 수가 없습니다. 마치 무딘 송곳 끝으로 계속 찌르고 있는 듯한 고통이 오는 것입니다. 카데타에 소변 찌꺼기가 막힌 것입니다. 나는 스님께 이런저런 설명을 할 여유도 없이 "스님, 그만 돌아가주십시오." 할 수밖에 없었습니다. 스님은 영문도 모르고 일어나 돌아갔습니다. (……)

나는 스님을 보내놓고 부랴부랴 방문을 잠그고 석유곤로에 불을 붙이고 모든 의료 기구를 꺼내놓고 손수 카데타를 갈아 끼우는 준비를 했습니다. 물을 끓이고 새 카데타를 끓는 물에 넣고 가위와 핀센트도 함께 소독을 하고 거즈를 알맞게 잘라 수증기에 찌고. 그렇게 모든 준비가 끝난 뒤 옷을 벗고 막힌 카데타를 뽑았습니다. 요강 안에 시뻘건 피고름과 함께 막혔던 오줌이 물총에서 쏟아지는 물줄기처럼 뻗쳐 나옵니다. 옆구리를 지긋이 눌러 모든 찌꺼기를 다 뽑아내고 나서 과산화수소에 탈지면을 적셔 구멍 난 옆구리 둘레를 깨끗이 닦아냅니다.

둘레의 피부가 헐어 벌겋게 벗겨져 있습니다. 깨끗이 닦은 다음 소독한 카데타를 끼워넣습니다. 30센티 중에 25센티가 몸속으로 들어갑니다. 눈물이 찔끔찔끔 나올 만큼 몹시 아픕니다.

작업이 끝나 요강을 비우고 모든 걸 치우고 나면 몸은 파김치가 되어버립니다. 그대로 누워 하루 이틀 꼼짝없이 누워 있어야만 세균 감염을 막을 수 있습니다.[51]

1976년 무렵 그는 서울에 갔다가 이현주 집에 하룻밤을 묵은 일이 있다. 그런데 다음 날 아침에 카데타가 막혀버려 이곳저곳 비뇨기과 병원을 찾아갔는데 이런 시술은 할 줄 몰랐다. 간신히 어느 대학병원까지 가서 갈아 끼운 일이 있은 뒤로 그는 좀처럼 먼 길을 나서지 않았다. 오늘은 얼마쯤 움직일 수 있을지 항상 계산을 하고 외출을 할 때나 빨래를 할 때도 몸 상태를 가늠하면서 살았다. 40년을 온통 카데타에 신경을 쓰면서 살았던 것이다.

병마의 고통이 늘 따라다녔지만 권정생은 글쓰기를 멈추지 않았다. 빌뱅이 언덕 집으로 이사를 가서 단편집 《하느님의 눈물》(1984), 《벙어리 동찬이》[52](1985), 《도토리 예배당 종지기 아저씨》(1985), 《달맞이산 너머로 날아간 고등어》(1985), 《바닷가 아이들》(1988) 들을 연이어 낸다. 그러고는 《점득이네》와 《하느님이 우리 옆집에 살고 있네

---

51. 〈최교진 선생님께〉, 《우리말과 삶을 가꾸는 글쓰기》, 2003. 7.
52. 1991년 《짱구네 고추밭 소동》으로 제목이 바뀐다.

요》를 연재한다. 그가 연재를 한 기간과 작품집을 낸 시기를 맞춰보면 건강한 사람보다 빡빡하게 글쓰기 노동을 했음을 알 수 있다. 그렇게 쉬지 않고 동화를 쓰다가 1990년대에 들어서는 조금 고삐를 풀어놓는데 마을에 아이들도 없고 세상이 너무 변하여 동화 쓰는 게 전 같지 않게 자신이 없어진 까닭이다. 권정생 단편집은 1990년대에도 꾸준히 출판되었으나 대부분이 1970~80년대에 발표한 것에 새로운 옷을 입혀 재구성한 것이다.

1994년부터는 잠시 동화 쓰기를 접고 조금씩 준비해오던 소설《한티재 하늘》을 쓰기 시작한다. 연재를 마치고 나니 그의 나이 어느덧 육십이 되었다. 2년이라던 시한부 인생이 육십 갑자를 다 돌고 다시 처음으로 돌아온 것이다. 그 세월을 돌아보는 권정생의 마음은 어땠을까? 전쟁 마당에 태어나서 전쟁의 두려움 속에서 60년을 살았는데 아직도 끝나지 않은 전쟁이 가장 무겁게 그의 가슴을 짓누르고 있었던 것일까?

그는 1998년《밥데기 죽데기》를 쓰기 시작한다. 거기에서 늑대할머니는 밥데기 죽데기와 만든 "노란 금가루처럼 된 똥가루"를 뿌려 모든 무기를 녹여버리고 세계 인류에게 평화를 맞게 한다. 똥가루를 뿌리니 휴전선 철조망이 모두 녹아내리고 모든 전쟁 무기도 하나도 남지 않고 탱크도 장갑차도 대포도 유도탄도 심지어는 군인들이 쓰고 있던 철모자도 다 녹아버린다. 전쟁 무기만 없애 버리는 것이 아니라 사람의 마음까지 녹여서 평양 주석궁에서는 지도자 장군님이 울면서 북남통일을 선포하고 남쪽의 서울 청와대 대통령도 눈물로 코리아의 통일을 온 나라에 선포한다.' 60년 인생을 돌아보고 20세기를 마무리하며 쓴 이 동화는 전쟁이 끝나지 않은 이 땅과 전 세계에 띄우는 평화의 메시지인 것이다.

'아이들이 재미있게 읽으라고 조금 익살을 떨며 〈강아지똥〉을 쓴지 30년 만에 다시 똥 이야기'《밥데기 죽데기》를 써보지만 그는 점점 동화보다는 산문을 많이 쓴다. 그 글을 모아서 펴낸 것이 산문집 《우리들의 하느님》(1996)[53]이다. 이 책에 담긴 글은 '권정생 눈으로 본 세상 이야기'쯤 될 것 같다. 자연, 환경, 농촌, 종교, 가난, 전쟁, 통일, 분단 등의 문제에 대해서 그는 목소리 높여 구호를 외치기보다 각자 제 자리에서 올바로 사는 속에서 답을 찾고자 한다. 그러나 그가 사는 마을에 골프장을 건설할 계획이라는 말이 나왔을 때 그는 여러 지면에 글을 발표하며 목소리 높여 반대했다.

골프장 건설 얘기가 나온 건 1988년 무렵이었다. 중앙고속도로 남안동 나들목 맞은편 지작골이란 산에 골프장이 건설된다는 것이다. 지작골은 권정생 집이 있는 조탑리 맞은편이다. 마을 사람들은 골프장 건설을 반대했고 권정생은 1990년 〈옥이의 편지〉란 글을 써서 반대의사를 분명히 했다. 이 글은 옥이가 서울로 이사 간 모과나무집 아저씨에게 보내는 편지 형식으로 되어있다.

골프장이 건설된다는 못골 산에는 할아버지 할머니들이 땔나무를

---

53. 2008년 권정생 1주기에 맞춰, 1996년 이후에 쓴 글들을 추가한 개정증보판이 나왔다.

하고 산나물을 캐던 곳이어요. (……) 골프장의 홀이 무엇인지, 1홀의 넓이가 어느만큼 되는지 모르지만 36홀을 만드는데 못골 골짜기 모두 다 망가뜨리고 그 너머 산까지 깎아버린댔어요. (……) 골짜기가 돈 많은 사람들의 놀이터가 되는 건 참으로 슬픈 일이에요. (……)

그렇게 엄청난 돈이 있으면 그 돈으로 좀 더 살기 좋은 농촌을 만드는데 썼으면 얼마나 좋을까요. (……)

근이네 엄마는 부녀회장님이어서 골프장 건설 찬성하니까 근이네 아버지도 찬성을 하고, 그러다 보니 처음부터 반대 운동을 나섰던 근이네 큰아버지와는 원수가 되어버렸어요. 참으로 슬픈 일이지요. 큰집 작은집, 앞집 뒷집이 골프장 때문에 말을 안 합니다. (……)

모과나무집 아저씨, 아저씨도 비록 먼 곳에 계시지만 고향을 위해 한 말씀해주세요. "골프장 건설 결사반대!"라고요.[54]

마을 사람들의 반대에 아이엠에프와 부동산 경기침체를 맞으면서 골프장 건설은 일단 주춤했다. 권정생은 골프장 건설이 소강기였던 1996년 〈까치골 다람쥐네〉[55]라는 동화를 쓴다. 사람들이 골프장을 짓는다며 아름드리 큰 나무부터 작은 꽃나무까지 마구잡이로 없애버려서 다람쥐네가 까치골을 떠나는데 또 갑자기 다른 사람들이 "골프장 건설 결사반대!"를 사흘 동안 외치더니 여름이 다 지나가고 가

54. 〈옥이의 편지〉,《교회와 세계》, 1990년 9월호, 2~5쪽.
55. 《경향잡지》 1996년 4월호에 처음 발표했고 《아기 토끼와 채송화꽃》(창비, 2012)에 재수록되었다.

을이 올 때까지 아무 일이 없어 다람쥐네는 온 골짜기가 숲으로 우거지는 꿈을 꾸며 나무를 심는다는 이야기다.

그러나 2003년 여름 다시 골프장 건설이 추진되었다. 건설업체가 바뀌고 안동시장이 경상북도 도청에 사업승인 요청을 하여 12월에 승인을 받았다. 권정생은 2003년 8월 1일 〈안동 시민 여러분께〉라는 글에서 안동시민들도 동참해주기를 호소하며 강력하게 반대했다. 마을 사람들은 온몸으로 격렬하게 싸웠으나 점차 반대 싸움도, 찬성하는 사람들과의 갈등도 힘겨워 지칠 대로 지쳐갔다. 결국 2004년 4월 19일 조탑리 마을 스피커에서는 "동민 여러분, 말씀드리겠습니다. 골프장 건설 반대가 적힌 노랑 깃발을 모두 내려주십시오. 다시 말씀드립니다. 집집마다 달아놓은 골프장 반대 깃발을 이제는 내려주십시오."[56]라는 방송이 나왔다.

권정생은 가슴이 철렁 내려앉았다. 귀를 의심하지 않을 수 없었다. "동민 여러분, 속히 나오십시오! 늦어도 여섯시 반에는 출발해야 합니다. 경운기가 있는 집에는 경운기를 끌고 나오고 자동차가 있는 집에는 자동차를 몰고 나오십시오! 노인들까지 한사람도 빠지지 말고 현장으로 나오십시오. 골프장 건설을 끝까지 막아야 됩니다." 며칠 전까지만 해도 이런 방송이 나오면 "여든 살 노인까지 머리에 빨간 띠를 질끈 매고 골프장 건설현장까지 몰려"가서 "불도저를 끌어내고 포크레인을 막아서고 나무를 베는 전기톱을 빼앗았던 것이다."

---

56. 〈골프장 건설 반대 깃발이 내려지던 날〉, 《우리들의 하느님》, 233쪽. 《녹색평론》 제77호(2004년 7·8월)에 처음 발표되었다.

업체 측에서 마을 청년들을 매수하고 폭력이 난무해도 반대시위를 멈추지 않았는데 "어쩔 도리가 없었습니다. 하루 이틀도 아니고 매일 주민들을 동원하는 것도 무리라는 걸 깨달았습니다. 그래서 포기하기로 했습니다."라는 반대대책위원장의 말에 권정생은 허탈하기 그지없었다. 그러나 무엇보다 가슴이 아픈 건 험악해진 마을 인심이었다. 장장 16년간이나 시달리며 "앞뒷집 이웃끼리, 친척 간에도 찬반으로 나뉘어져 서로 어울려 싸움까지 일어난 것이다."

나는 조탑리에 살아오면서 그동안 일어난 여러 일들을 보고 과연 문명은 발전인지 퇴보인지 알 수가 없었다. 과연 인간은 영혼을 지닌 고귀한 동물인지, 아니면 영특한 악마인지.

2004년 4월 19일은 이곳 송리동, 조탑동 사람들이 30만평 지작골산을 지키기 위해 16년간이나 애쓴 보람도 없이 또 다른 탑 하나가 무너져버린 날이다. (……)

나는 가끔 우리 집에 승용차를 타고 오시는 손님에게 물어본다. "고속도로를 달려올 때 어떤 기분이 드십니까?" 그러면 대부분의 사람들이 빨리 올 수 있어서 좋다는 말을 한다. 그분들은 고속도로가 뚫리는 과정을 잘 몰라서 그렇게 대답하는 것일 게다. 산이 잘려나가고 논밭이 쓸려나가고, 심지어 옛 무덤들이 파헤쳐지고 조상님들의 혼이 불도저에, 포크레인에 무자비하게 짓이겨진 것을 모르기 때문이다.

나는 고속도로로 씽씽 달리는 자동차들이 바그다드를 향해 폭격을 하는 전투기와 하나도 다르지 않다고 생각한다. 내가 지나치게 민감하

다고 할지 모르지만 수많은 생명이 죽었고 또 죽어가는 게 현실이기 때문이다.[57]

　권정생, 가난한 그의 마을에 고속도로 길이 뚫리고, 골프장이 만들어졌다. 빌뱅이 언덕 작은 집에 호롱불이 사라질 때 그의 염려는 그대로 현실이 되었다. 문명의 이름으로 자연이 파괴되고 인간성이 파괴되고 있었다. 그가 좋아하는 저녁시간이 되어도 더이상 반딧불이 날지 않았다. 권정생은 농약 안 치며 농사지어 밥 먹고 산나물 무쳐 먹고 어두워지면 호롱불 켜고 싸움 없이 평화롭게 사는 세상이 그리웠다. 그는 "랑랑별"에 그가 꿈꾸던 세상을 만들어놓고 지구별 아이들을 초대했다. 2005년 12월부터 2007년 2월까지 연재한 《랑랑별 때때롱》은 권정생이 쓴 마지막 동화이며 마지막으로 우리에게 보내는 꿈의 메시지다.

---

57. 앞의 책, 235~237쪽.

자연의 순리대로 가난하게

랑랑별은 "북두칠성에서 다섯 걸음쯤 떨어진 곳"[58]에 있는 작은 별이다. 그곳에 때때롱이 살고 있다. 때때롱은 지구별 한국에 사는 새달이네 집 강아지 흰둥이에게 날개 나오는 법을 알려주었다.

"그 자리에서 깡충깡충 뛰면서 '날개야 나온나, 날개야 나온나!' 그렇게 하루 다섯 번씩 열흘만 해 봐."[59]

그렇게 해서 겨드랑이에 날개가 나온 흰둥이를 따라 새달이 마달이 형제와 외양간 누렁이, 왕잠자리, 딱정벌레, 온갖 벌레들, 개구리, 물고기들이 랑랑별로 여행을 떠났다. 때때롱과 새달이 형제는 만나

58. 《랑랑별 때때롱》, 보리, 2008, 12쪽.
59. 같은 책, 89쪽.

자마자 "유리알처럼 깨끗한 물속에"[60] 들어가 헤엄을 치며 놀았다. 그리고 때때롱네 집으로 가서 호롱불을 켜고 저녁을 먹는다. 노란 쌀밥에 반찬은 까만 콩조림같이 생긴 쫀득쫀득한 것, 하얀 두부같이 생긴 어묵 맛이 나는 것, 그리고 산나물 무침이었다. 때때롱네는 바다와 산과 밭에서 나는 것으로 골고루 반찬을 만들어 언제나 세 가지 반찬만 먹는다.

얼핏 보면 랑랑별은 미개해 보이지만 이미 5백 년 전에 지구별보다 더 과학문명이 발달했던 곳이다. 5백 년 전 랑랑별 사람들은 좋은 유전자만 골라 만든 맞춤인간으로 어머니 뱃속이 아니라 기계에서 태어났다. 농사도 집안일도 아이를 돌보는 것까지 모두 로봇이 해주고 모든 것이 풍족하고 편리했다. 그러나 사람들은 "웃지도 않고 애기도 안 한다." 그렇게 할 일 없이 편하게만 살다가 병원에서 그냥 죽는 순서만 기다리다 죽는 것이다. 5백 년 후 랑랑별 사람들은, 자연을 거스르는 과학문명을 거부한다. 땀 흘려 농사짓고 쓰레기가 남지 않게 반찬은 세 가지만 먹고 깨끗한 자연 속에서 가난하게 사는 삶을 선택한다. 《랑랑별 때때롱》에서 권정생이 꿈꾼 세상은 자연의 순리를 따르며 농사를 짓고 가난하게 사는 것이었다.

우리가 살고 있는 세상은 모든 게 과학으로 되어 있습니다. 거기 살고 있는 나무도 풀도 모든 동물들도 과학으로 살아가고 있습니다. 과

---

60. 같은 책, 113쪽.

학은 사람들만의 특별한 깃이 아닙니다.

그런데 사람들이 언제부터인가 과학을 잘못 알고 과학을 마음대로 어지럽히고 있습니다. 말로는 인류를 위하여라고 하면서 원자탄 같은 전쟁 무기를 만들어 수많은 목숨을 앗아 갔습니다.

복제 양 돌리가 태어나자 세계가 온통 떠들썩하더니 너도 나도 다투어 복제 동물을 만들고 있습니다. 개, 고양이, 송아지, 늑대, 앞으로 또 무슨 동물이 복제되어 태어날까요? (……)

이 세상의 모든 생명들은 수십억 년 동안 저마다 조금씩 조금씩 노력하고 애써서 오늘날과 같은 풍요로운 세상이 된 것입니다. 이것을 갑자기 사람이 마음대로 생명의 질서를 깨뜨린다면 앞으로 큰 재앙이 닥칠 것입니다.[61]

"노벨이 다이너마이트 만들어 놓고" 세상이 "이렇게 망가질 줄은 몰랐을"[62] 것이다. "만약 천재 물리학자 아인슈타인이 없었더라면 히로시마와 나가사키의 원폭은 없었을지 모른다. 에디슨의 전기 발명으로 인간들은 달빛과 반딧불과 아늑한 등잔불을 잃어버렸다."[63] 권정생은 앞으로 우리가 살아갈 세상은 어떠해야 할지 그 답을 찾기 위해서는 과학이 먼저 반성을 해야 한다고 했다. "원자탄 같은 전쟁 무기를 만들어 수많은 목숨을 앗아"간 것이나 복제동물 만들어 "사

---

61. 같은 책, 5~6쪽.
62. 정현상, 앞의 글.
63. 〈사라져가는 것들에 대한 슬픔마저도〉, 《빌뱅이 언덕》, 190쪽.

람이 마음대로 생명의 질서를 깨뜨"리는 것이나 서로 다를 바 없는 "큰 재앙"이다. 과학의 이름으로 더 이상 생명과 자연의 질서를 파괴해서는 안 되는 것이다.

2003년 이라크에 파병을 할 때 노무현 대통령은 미국이 한반도에 핵 공격을 할 수도 있다는 말을 내비쳤다.[64] '우리가 이라크 파병을 거부하고 미국의 심사를 불쾌하게 하면' 핵 공격을 받을 수도 있다는 말이다. 권정생은 히로시마나 나가사키에 원자탄을 떨어뜨려 태평양 전쟁에서 승리함으로써 한반도의 반쪽을 전리품으로 얻은 미국이라면[65] 그런 협박을 할 수도 있을 거라 생각했다. 미국은 원자탄과는 비교도 안 되는 핵폭탄을 앞세워 우리의 자유와 평화를 위협했다. 세계를 지배하려는 미국의 패권주의에는 그들의 '위대한 과학'이 뒷배를 봐주고 있었다. 이럴 때 강대국의 과학은 약소국을 위협하는 하수인에 불과했다.

과학문명은 풍요와 편리를 가져다준다. 그러나 그것 때문에 결국 전쟁을 일으키고, 환경을 오염시키고, 생태계를 어지럽히고, 쓰레기를 넘치게 만든다. 그러면 강도 바다도 초목도 죽고, 새들도 죽고 결국에는 인간도 죽을 수밖에 없는 것이다. 권정생은 그렇기 때문에 "우리는 더욱 가난해"[66]져야 한다고 했다. 승용차를 버리고 30평 아파트에서 달아나면 '석유전쟁'터로 파병을 하지 않아도 되고, 농약 안

---

64. 〈승용차를 버려야 파병도 안 할 수 있다〉,《우리들의 하느님》, 240쪽.
65. 같은 책, 241쪽.
66. 〈쓰레기를 만드는 사람들〉,《빌뱅이 언덕》, 178쪽.

치고 텃밭 가꾸며 농사지어 먹으면 자연환경은 파괴되지 않고 쓰레기도 사라진다는 것이다. 그가 말하는 가난은 바로 자연과 맞닿아 있었다. 저마다 농촌으로 돌아가 "다시 괭이로 흙을 쪼고, 자연친화적으로"[67] "내가 그렇게" 살면 되는 것이다. "생명운동은 먼저 내가 가난해지고 겸손해지는 데서 출발해야 한다."[68] 그것이 권정생이 내린 결론이었다.

해진 양말을 기워 신고, 낡은 물건일수록 자랑스러워하며, 좀 더 춥게 좀 더 불편하게 살아가면 쓰레기도 줄고 공기도 맑아지고 산과 바다도 깨끗해질 것이다. 내가 그렇게 살고 난 다음에 핵무기와 전쟁을 반대하는 운동에 앞장서야 한다.[69]

1993년 7월 21~22일 권정생은 유기농실천전국협의회 모임에 곁다리로 따라간다. 봉화 강문필 집사 집에서 하룻밤을 묵는데 "그 큰 집 모두 석유로 덥히려면 기름 값이 많이 들 텐데"[70] 싶으니 그는 장작불 지피는 구들방 하나 만들었으면 하는 아쉬움이 들었다. "농촌에도 기름보일러가 점점 늘어나는데 경제사정도 사정이지만 저 먼 중동에서 얼마큼 석유를 실어 와야 하나" 하는 생각이 들었던 것이다. 그러나 한편으로는 장작으로 구들을 덥힌다면 산에 나무가 거덜

---

67. 같은 곳.
68. 〈남북의 아이들아, 밤새 잘 잤니?〉, 《우리교육》, 1992. 1, 36쪽.
69. 〈쓰레기를 만드는 사람들〉, 《빌뱅이 언덕》, 178쪽.
70. 〈유기농 실천회에 다녀와서〉, 《우리들의 하느님》, 103쪽.

날 생각에 그는 '가장 좋은 방법은 불편하지만 좀 비좁게 사는 것이라고 결론을 내린다.' 무엇보다 "유기농 실천을 아무리 잘해봤자 실컷 먹고 쓰고 편하게 살면 결국 자원을 낭비하고 자원낭비는 더 큰 환경오염과 자원고갈을 낳게" 되는 것이니 농촌으로 돌아가 가난하고 불편하게 사는 것만이 답이라고 확신했다.

병마 때문에 농사를 지을 수 없던 권정생은 빌뱅이 언덕 작은 집에서 '글쓰기 농사'를 지었다. 겨울에는 춥고 여름에는 덥게 살며 좋아하는 산나물 반찬을 먹으며 살았다. 가끔씩 못 지킬 때도 있었지만 이현주와 절대 승용차를 타지 말자고 약속하고 가까운 곳은 걸어가고 먼 곳은 버스 타고 다녔다. 그는 태어나서부터 한 번도 '가난'하지 않은 적이 없었다. 가난하게 태어난 것이 그의 운명이라면 가난하게 산 것은 그의 선택이었다.

사람들은 대부분 저 가난의 밑바닥에서 도망나오려고 한다. 그러나 그는 스스로 더 '지독하게' 가난 속으로 들어갔다. 정호경 신부의 잔소리도, 가혹하리 만큼 '지독하게' 가난을 실천한 그에 대한 안쓰러운 마음에서 시작되었다. 그러나 그가 선택한 지독한 가난은 한편으로는 오히려 지인들의 마음을 아프게 했고, 또 한편으로는 보통 사람들은 도저히 할 수 없는 비현실적인 일처럼 여겨지게 되었다. 그가 세상을 떠난 뒤 그에게 가장 많이 붙여진 수식어가 '성자'였던 것도 바로 그 지독한 가난을 스스로 선택한 것에서 나온 말일 것이다.

그는 자신처럼 '지독하게'는 아니더라도 가난하게 사는 사람이 하나둘씩 늘어나 한국 사람의 절반만이라도 텃밭 가꾸며 예쁘게 산다

면 지금보다 훨씬 살기 좋은 세상이 되리라 믿었다. 결국 그가 주장
한 '가난'에는 '자연'과 '노동'이 따를 수밖에 없다. 자연을 해치지 않
고 각자 스스로의 노동으로 사는 것, 이것이야말로 그가 실천하고
세상에 내놓은 궁극적인 해답이었다.

흙이 되고 물이 되고 바람이 되어

　권정생은 결혼을 하지 않았다. 많은 사람들은 그가 병을 앓았기 때문에 결혼을 하지 않았다고 생각한다. 그는 자신이 건강하다면 조그만 논과 밭에서 농사를 지으며 될 수 있으면 결혼도 하고 아기도 키우며 산새와 들꽃과 함께 어울려 살고 싶었다. 그것이 사람답게 사는 길이라고 믿었다. 하지만 그는 외로움을 해결하기 위해 결혼을 해야 한다고 생각하지 않았다. 결혼을 해서 가정을 이루면 겉으로 보기에는 외로움이 없어 보일지 모르나 보이지 않는 인간 본연의 외로움은 어찌할 수 없는 것이다. 권정생은 죽음의 문턱까지 간 병마의 고통 때문에 결혼에 대한 생각을 멀리하기도 했으나 그가 결혼을 하지 않은 건 겉으로 보이는 것보다 보이지 않는 세계를 더 동경했기 때문이다. 그는 결혼이라는 유형有形의 세계가 부담스러웠다. 그래서 외로움의 실체를 찾으며 독신으로 사는 것이 그에게 "부과된" 인생이라고 생각했다. 그가 보이지 않는 세계를 동경하는 성격이 된 데에는 어린 시절 상상으로 만난 목생과 예수의 영향도 크다.

혼자 사는 외로운 권정생 곁에는 "샛문을 사이에 둔 옆방을 오락가락하면서 말썽을 부려온 생쥐 몇 마리"가 있었다. "꼭 어머니들이 바느질할 때 손가락에 끼는 골무만한 쥐가 밤낮으로 방구석으로 볼볼 기어" 다녔다. 그는 생쥐를 처음 보았을 때는 잡으려고 했다. 그러나 잡으려고 해도 잡히지 않고 그럭저럭 십수 년 같이 살다 보니 그만 정이 들어버렸다. 생쥐는 "추운 겨울철엔 아랫목 이불 속에 들어와 옹크리고 자고 가기도" 했다. 밤중에 발바닥이 간지러워 퍼뜩 잠이 깨서 보면 생쥐가 발밑으로 자꾸 파고드는 것이었다. 그는 생쥐가 이불 속에 잠든 채 오그리고 있는 모습이 밉지 않았다. 생쥐는 이불 속에 깜장 깨알만 한 똥덩이를 싸놓기도 했고 가끔은 오줌을 눈 자국도 있었다.[71]

권정생은 그의 방을 들락거리는 생쥐를 등장시켜 《도토리 예배당 종지기 아저씨》를 쓴다. 이 동화는 세상에 눈 감고 귀 막은 채 '허수아비가 되어 해해해해 웃으며 쩨쩨하게' 사는 '종지기 아저씨'와 그런 아저씨에게 시시비비하는 '생쥐' 이야기다. 종지기 아저씨와 생쥐가 티격태격 벌이는 입씨름 속에 권정생의 진심이 해학과 풍자로 꽃을 피운다. '생쥐의 죽음'으로 끝나는 이 동화는 웃음 뒤에 눈물을 머금게 한다. 열아홉에 결핵을 시작으로 죽음의 문턱을 몇 번이나 들락거

---

71. 〈다시 김 목사님께 1〉, 《빌뱅이 언덕》, 291~292쪽.

린 권정생은 생쥐의 죽음을 통해 자신의 죽음을 미리 본다.

내가 아픈 것이 아저씨가 아픈 것하고 많이 닮았었습니다. 열이 45도까지 오르고 춥고 온몸이 쑤시고 아팠습니다. (……) 그런데 아프니까 보리쌀이고 쌀이고 아무것도 먹고 싶은 생각이 없었습니다. 자꾸 웅크리고만 있었지요. 닷새 동안 아무것도 먹지 않고 앓기만 했습니다. 그러다가 가슴이 터질 것 같아졌습니다. 웅크리고만 있다가 그때는 이리 갔다가 저리 갔다가 했습니다. 마지막엔 숨이 꽉 막혀 옆으로 넘어졌습니다. 그것이 끝이었습니다.[72]

〈강아지똥〉을 쓸 때부터 늘 죽음이 그의 코앞에 있었다. 삼십대 초반이었던 그때 그는 '강아지똥'이 잘게 부서지는 장면을 그리며 죽음은 끝이 아니라고 믿었다. '강아지똥'은 민들레꽃의 거름이 된 후 하늘에 올라가 빛나는 별이 된다. 그렇게 십수 년이 지나 사십 중반에 이르기까지 그는 혼자 끙끙 앓으면서 수도 없이 죽음을 생각했다. 이제 그는 죽음에 큰 의미를 부여하지 않는다. 죽음은 '숨이 꽉 막혀 옆으로 넘어지면 그것으로 끝인 것'이다. 2005년 5월 1일에는 미리 '유언장'을 쓰며 죽음을 준비한다.

앞으로 언제 죽을지는 모르지만 좀 낭만적으로 죽었으면 좋겠다.

72.《도토리 예배당 종지기 아저씨》, 분도출판사, 2007년 신정판, 184쪽.

하지만 나도 전에 우리 집 개가 죽었을 때처럼 헐떡헐떡 거리다가 숨이 꼴깍 넘어가겠지.

눈은 감은 듯 뜬 듯 하고 입은 멍청하게 반쯤 벌리고 바보같이 죽을 것이다.

요즘 와서 화를 잘 내는 걸 보니 천사처럼 죽는 것은 글렀다고 본다.

그러니 숨이 지는 대로 화장을 해서 여기저기 뿌려주기 바란다.

유언장 치고는 형식도 제대로 못 갖추고 횡설수설했지만 이건 나 권정생이 쓴 것이 분명하다.

죽으면 아픈 것도 슬픈 것도 외로운 것도 끝이다. 웃는 것도 화내는 것도, 그러니 용감하게 죽겠다.

사는 내내 '삶'보다 '죽음'과 더 가까웠던 그가 마지막으로 남긴 말은 "용감하게 죽겠다"였다. 정작 죽음이 다가오자 '낭만적인 죽음이나 천사 같은 죽음'이란 얼마나 사치스럽단 말인가. 죽으면 모든 것이 끝이고 끝은 다시 시작이다. 삶과 죽음은 둘로 갈리는 것이 아니라 자연처럼 하나로 돌고 도는 것이다. 우리의 몸은 자연에서 태어나 자연으로 돌아간다. 어머니가 아기를 배었을 때 "햇볕을 쬐고 바람을 마시고, 이것저것 먹으니까" 아기가 만들어지고 "어머니 뱃속에서 밖으로 나와 괜히 헐떡거리며 싸우다가 숨이 딱 멈추니까 부서지기 시작한다."[73] 죽음이란 그것들이 산산이 부서져서 바람이었던 것은 바

---

73. 같은 책, 187쪽.

람으로 돌아가고 물이었던 것은 물로 돌아가고 흙이었던 것은 흙으로 돌아가는 것이다.

2007년 3월 12일, 권정생은 갑자기 콩팥에서 피가 쏟아져 나왔다. 뭉툭한 송곳으로 찌르는 듯한 통증이 계속되었는데 1초도 참기 힘들었다. 지난날에도 가끔 피고름이 쏟아지고 늘 고통스러웠지만 이번에는 아주 다르게 느껴졌다. 너무 참기 힘이 들어 끝이 났으면 싶은데 그것도 마음대로 안 되었다. 그는 이렇게 견디기 힘들게 아픈 속에서 3월 31일 오후 6시 정호경 신부에게 "제발 이 세상 너무도 아름다운 세상에 사람이 사람을 죽이는 일은 없게" "그만 싸우고, 그만 미워하고 따뜻하게 통일이 되어 함께 살도록" 기도해달라고 마지막 편지를 쓴다. 마지막까지 그는 '북측 굶주리는 아이들과 중동, 아프리카, 그리고 티벳 아이들'을 걱정하다가 "어매"를 부르며 2007년 5월 17일 오후 2시 17분 눈을 감는다.

죽어서 "바람이 되어 씽씽 날기도 하고, 산들산들 춤추기도 하고, 물이 되어 강물 따라 흐르기도 하고, 빗방울이 되어 꽃잎에 내리고, 겨울에는 얼어서 눈이 되어 솜털처럼 내리고"[74] 싶었던 권정생은 그가 바란 대로 "숨이 지는 대로 화장을 해서 여기 저기 뿌려"졌다. 그는 빌뱅이 언덕 작은 집 뒷산에 뿌려져 흙이 되고 물이 되고 바람이 되어 자유롭게 훨훨 날아갔다.

---

74. 같은 책, 190~191쪽.

이야기를 마치며

2007년 5월 17일 권정생은 우리 곁을 떠났다. 그의 유언장이 공개되었을 때 사람들은 병마의 고통과 죽음까지도 해학으로 승화시킨 그의 글과 진실한 마음에 경의를 표했다. 그런가 하면 또 한편으로는 병마에 시달리던 한 아동문학가의 죽음보다 다른 호기심이 분주하게 일기도 했다. '가난한' 줄만 알았던 그에게 10억이 넘는 예금통장이 있었다는 사실이 입방아에 올랐다. 정작 그 자신은 8평의 작은 흙담집에서 가난하게 살았고, 그가 남긴 돈은 전쟁과 가난에 굶주리는 아이들을 위해 쓰라는 유언장을 남겼다는 데 이르면 어느새 그는 '천국으로 간 성자'가 되어 있었다.

권정생처럼 사는 것이 쉬운 일은 아니다. 아무나 할 수 있는 일이 아닌 것도 사실이다. 사람에 따라서는 스스로 가난을 선택하여 산 그를 성자처럼 생각할 수도 있겠다. 그러나 권정생은 생전에 그의 병들고 가난한 삶이 사람들에게 미화되는 것을 치를 떨며 싫어했는데 세상을 떠나자 '성자'까지 들먹이며 칭송하는 걸 본다면 얼마나 기겁을 할까 싶다.

권정생, 그는 일제강점기에 일본에서 태어나 전쟁과 굶주림 속에서 '조센징'으로 살았고 고국으로 돌아와서는 6·25전쟁 때문에 모든 것을 잃었다. 그의 현실은 너무 아프고 외롭고 가난했다. 무엇보다도 건강을 잃은 것은 그에게 너무도 큰 슬픔과 분노와 좌절을 안겨주었다. 고작 열아홉 살 때, 한창 인생을 설계하며 꿈을 꾸어야 할 나이에 병을 얻었고 서른 살에는 2년밖에 살 수 없다는 사형선고를 받았다.

그러나 권정생은 〈강아지똥〉을 쓰는 동안 그 2년을 넘겼다. 어려서부터 작가를 꿈꾸었던 그는 글을 쓰는 동안 2년을 20번이나 넘겨 40년을 더 살았다. 권정생은 그 40년 동안 글쓰기를 멈추지 않았다. 그의 몸으로는 글쓰기가 힘에 벅찬 노동이었지만 그는 겨우겨우 죽을 넘기고 누워서도 글을 썼다. 끙끙 앓아누워서도 몸 상태를 가늠하며 '이번 달에는 몇 편을 쓸까?' 스스로 목표를 세워 글을 썼다. 그는 제가 먹을 것은 제 손으로 농사를 지어 먹어야 한다고 생각했지만 정작 자신은 그러질 못했다. 농사는커녕 제 한 몸 지탱하기 힘들었던 그는 농사를 짓는 마음으로 글을 썼다. 글을 쓰는 것이야말로 그가 가장 하고 싶었던 일이기도 했지만 다른 사람의 도움 없이 밥벌이를 할 수 있는 것이기도 했다.

권정생은 〈강아지똥〉을 시작으로 40년 동안 세상에 드러나 보이지 않는 버려진 것들과 그런 사람들의 이야기를 썼다. 그리고 동화작가들이 '북한 공산당을 때려잡자'는 반공동화를 쓰고 있을 때 같은 동화작가임을 부끄러워하며 북한도 우리와 한 핏줄 한겨레라고 주장하며 반반공동화를 썼다. 그가 반공을 반대한 것은 어떤 이념이나 정치적인 이유가 아니라 사람답게 살기 위한 것이었다. 그는 세상을 '거꾸로' 보며 〈강아지똥〉을 썼고 《몽실 언니》로 이어져 마지막 동화 《랑랑별 때때롱》에 이르기까지 일관되게 세상과 싸웠다. 그는 고된 현실 속에서도 유머와 웃음을 잃지 않았고, 해학과 풍자 넘치는 《도토리 예배당 종지기 아저씨》를 썼다.

권정생 '작품'을 읽지 않고는 진정으로 '권정생'을 만날 수 없다. 통일을 꿈꾸며 가난하고 고통받는 사람들 편에서 쓴 그의 작품으로 그를 만날 때에야 비로소 입에서 입으로 전해지며 공중부양된 그를 이 땅 위에 제대로 안착시킬 수 있을 것이다. 권정생은 동화, 소설, 시 뿐만 아니라 동극과 콩트도 썼고 1990년대 이후부터 2000년대 들어서는 산문을 많이 썼다. 그 산문을 모아 펴낸 책이 《우리들의 하느님》인데, 사실 권정생의 소박하고 가난한 삶과 사상을 만나려면 꼭 읽어야 할 책이다.

녹색평론사에서 처음 《우리들의 하느님》을 펴내려고 했을 때 권정생은 출간을 원하지 않았다. 그는 "자기의 '하잘것없는' 글들이 책으로 엮어져 출판될 가치가 있는 것인지에 대해서, 그리고 책이 팔릴 가능성에 대해서 대단히 회의적이었다." 공연히 출판사를 곤경에 빠트릴 것이라고 염려해서 그는 《녹색평론》이 지불하는 원고료를 받기는커녕, 오히려 자신의 원고 속에 잡지제작에 보태라고 우편환을 동봉해 보내곤 했다.

《우리들의 하느님》에는 또 하나 유명한 일화가 있다. '느낌표'라는 텔레비전 프로그램에서 이 책을 필독도서로 선정하였는데 권정생과 출판사 모두 책이 무더기로 팔리고 유명해지는 것을 거부했다. 권정생은 건강도 좋지 않은데 텔레비전 때문에 유명해져서 생활이 번잡해지는 것이 싫다면서 "책은 서점에서 한 권 한 권 골라 읽는 것이고 그것이 얼마나 행복한 일인데 왜 그 경험을 텔레비전이 없애려 합니까?" 했다.

《우리들의 하느님》에 실린 권정생의 글들은 돈으로 모든 것을 판단하고 평가하고 가치를 두는 세상을 거부하고 가난한 삶을 지향한다. 권정생의 말과 글과 행동은 하나도 흐트러짐 없이 일관되었다. 《우리들의 하느님》이 보여준 책으로서의 가치와 존재감은 권정생의 삶을 대하듯 고개가 숙여진다. 그래서인지 《우리들의 하느님》을 읽는 것이 결코 쉽지는 않다. 문장으로는 권정생 글만큼 쉽게 잘 읽히는 글이 또 있을까 싶지만 그 속에 담긴 뜻을 새기며 살기란 결코 쉬운 일이 아니기 때문이다. 《우리들의 하느님》을 읽고 또 읽으며 거기에 담긴 그의 삶과 사상을 조금씩 알아가는 것이 앞으로도 계속 우리에게 주어진 숙제가 될 것이다.

경향신문 이대근 기자는 〈권정생, 그의 반역은 끝났는가〉《경향신문》 2007. 5. 23)라는 글에서 권정생을 "매우 위험하고 불온한 사상가였고, 반역자였으며 혁명이 사라진 시대의 혁명가"이며 "'위대한 부정의 정신'의 소유자"라고 했다. 40년간 권정생이 보여준 삶과 문학은 충분히 불온했고, 반역이었다. 그러나 혁명을 꿈꾼 그의 위대한 '부정의 정신'은 어쩌면 그가 태어나면서부터 시작되었을지 모른다.

돌이켜보면 권정생의 삶은 태어나면서부터 어느 한 순간도 '혁명적'이지 않을 때가 없었다. 일본에서 살던 어린 시절 그는 '상상'으로 전쟁과 굶주림의 현실을 견디었다. 어머니가 들려주는 이야기를 들으며, 동화책을 읽으며, 영화를 보며 그가 들락거린 상상의 세계는 힘든 현실을 아름답게 해주었다. 상상으로 현실을 바꿀 수는 없었지만 상상은 현실을 이겨낼 힘을 주었다. '상상'은 권정생이 처음으로 눈에 보이는 현실 세상에 대해 '아니오.'라고 답한 세상이었다.

서른 살 때 '거꾸로' 세상을 보기로 인식의 전환을 한 뒤 그것을 실천한 그의 삶 또한 '혁명적'이었다. 그는 '똥이 꽃보다 아름답다', '거지가 부자보다 행복하다'는 '거꾸로' 세계관을 펼치며 부자가 지배하는 세상에 대해 '아니오.'라고 답했다. 그리고 스스로 가난을 선택하여 가난한 삶을 살았다. 권정생에게 '가난'은 '사상'이다. 그가 주장하는 가난에는 '자연'과 '노동'이 맞닿아 있다. 부자로 "잘산다는 것은 가난한 동족의 몫을 빼앗고 모든 자연계의 동식물의 몫을 빼앗는" 것이다. 그러나 가난한 사람은 자연의 넓은 들판에서 밭을 갈며 땀을 흘리며 산다. 자연 훼손과 노동 착취로 이루어진 부자 세상에 맞서 그는 자연과 더불어 제 몸으로, 제 노동으로 사는 가난한 삶을 주장했다. 그것이야말로 가장 인간적이고 행복한 삶이라고 믿었다.

권정생은 '압제자를 향해 피를 흘리는 저항과 투쟁도 해야 하지만 진정한 혁명은 자신의 삶이 먼저 바로 서는 것'[75]이라 했다. 권정생, 그야말로 어린 시절부터 상상과 가난과 정직한 노동으로 관철된 삶을 살아온 진정한 '혁명적 인간'이었다.

혁명적 인간은 〈아니No〉라고 말할 수 있는 사람이다. 다르게 표현한다면 혁명적 인간은 불복종의 능력을 가진 사람이다. 불복종이 그에게는 미덕이 될 수 있는 사람이다. (⋯⋯)

혁명적 인간이란 혈연과 지연地緣에 대한 속박으로부터, 부모로부터, 국가·계급·민족·당파 또는 종교에 대한 특수한 충성으로부터 자기 자신을 해방시켜버린 사람이다. 혁명적 인간은 자기 자신 속에서 모든 인간성을 체험하고 비인간적인 것은 그와 무관하다는 의미에 있어서 인간주의자인 것이다. 그는 생을 사랑하고 외경한다. 그는 회의하는 사람임과 '동시에' 신념의 사람이다.

(⋯⋯) 그는 졸고 있지 않고 자기 주위에 있는 개인적 및 사회적 현실에 완전히 눈뜨고 있다. 그는 독립하고 있고, 현재의 그는 그 자신의 노력에 힘입은 것이고, 자유이고 어떤 것의 노예도 아닌 것이다. (에리히 프롬, 백범사상연구소 역편, 《혁명적 인간상》, 화다출판사, 1975, 23~29쪽)

75. 〈녹색으로 가는 길〉, 《우리들의 하느님》, 120쪽.

권정생은 세상 사람들이 꽃이 아름답다고 할 때 '아니오.'라고 말했다. 꽃의 거름이 된 똥이 더 아름답다며 세상에 '불복종'했다. 그는 돈의 노예가 되지 않았고 가난하고 고통받는 사람들을 사랑하며 그들과 함께 살았다. 그리고 자신의 삶을 먼저 바로 세우기 위해 그는 스스로 똥처럼 거름이 되어 살았다. 권정생, 그는 똥이 버려지는 것이 아니라, 똥이 거름으로 귀하게 쓰이는 세상이야말로 사람이 가장 사람답게 살 수 있는 세상이라는 신념을 가진 사람이었다.

1997년 권정생이 회갑을 맞던 해, 임길택은 〈작은 사람, 권정생〉이라는 헌정 시를 썼다. 시집 《탄광마을 아이들》(1990)의 작가 임길택은 초등학교 교사이며 시인이며 동화작가였다. 〈작은 사람, 권정생〉을 쓸 때 폐암 투병 중이었던 그는 이 시를 발표하고 두 달 만에 세상을 떠난다. 마흔여섯이었다. 임길택은 죽음 앞에서 권정생의 삶을 시로 썼다. 삶과 죽음이 공존하고 있는 그의 시는 그대로 권정생이다.

작은 사람, 권정생

어느 고을 조그마한 마을에
한 사람 살고 있네.
지붕이 낮아
새들조차도 지나치고야 마는 집에
목소리 작은 사람 하나

살고 있네.
이다음에 다시
토끼며 소며 민들레 들
모두 만나 볼 수 있을까
어머니도 어느 모퉁이 서성이며
기다리고 있을까
이런저런 생각 잠결에 해보다가
생쥐에게 들키기도 하건만
변명을 안 해도 이해해주는 동무라
맘이 놓이네.
장마가 져야 물소리 생겨나는
마른 개울 옆을 끼고
그 개울 너머 빌뱅이 언덕
해묵은 무덤들 누워 있듯이
숨소리 낮게 쉬며쉬며
한 사람이 살고 있네.
온몸에 차오르는 열 어쩌지 못해
물그릇 하나 옆에 두고
몇며칠 혼자 누워 있을 적
한밤중 놀러 왔던 달님
소리 없이 그냥 가다는
뒤돌아보고 또 뒤돌아보고
그러나 몸 가누어야지
몸 가누어

온누리 남북 아이들

서로 만나는 발자국 소리 들어야지

서로 나누는 이야기 소리 들어야지.

이 조그마한 꿈 하나로

서른 넘기고

마흔 넘기고

쉰 넘기고

예순마저 훌쩍 건너온 사람.

바람 소리 자고 난 뒤에

더 큰 바람 소리 듣고

불 꺼진 잿더미에서

따뜻이 불을 쬐는 사람.

눈물이 되어버린 사람

울림이 되어버린 사람.

어느 사이

그이 사는 좁은 창틈으로

세상의 슬픔들 가만히 스며들어

꽃이 되네.

꽃이 되어

그이 곁에 눕네.[76]

---

76. 임길택, 《우리말과 삶을 가꾸는 글쓰기》 1997. 10.

참고문헌

권정생, 《강아지똥》, 세종문화사, 1974

권정생, 《나만 알래》, 문학동네, 2012

권정생, 《내가 만난 고독》, 아리랑나라, 2005

권정생, 《내가 살던 고향은》, 웅진주니어, 1996

권정생, 《도토리 예배당 종지기 아저씨》, 분도출판사, 2007 신정판

권정생, 《랑랑별 때때롱》, 보리, 2008

권정생, 《먹구렁이 기차》, 우리교육, 1999

권정생, 《몽실 언니》, 창비, 1984, 2000 개정판

권정생, 《바닷가 아이들》, 창비, 1988

권정생, 《빌뱅이 언덕》, 창비, 2012

권정생, 《삼베 치마》, 문학동네, 2011

권정생, 《슬픈 나막신》, 우리교육, 2002

권정생, 《어머니 사시는 그 나라에는》, 지식산업사, 1985

권정생, 《우리들의 하느님》, 녹색평론사, 2008 개정증보판

권정생, 《점득이네》, 창비, 1990

권정생, 《죽을 먹어도》, 아리랑나라, 2005

권정생, 《짱구네 고추밭 소동》, 웅진, 1991, 2002 개정판

권정생, 《초가집이 있던 마을》, 분도출판사, 1985

권정생, 《한티재 하늘》 1, 2, 지식산업사, 1998

권정생, 〈교회와 예배〉, 《샘》 2001 봄.

권정생, 〈꾸밈없이 산 예수의 말〉, 《생활성서》 1986. 11.

권정생, 〈남북의 아이들아, 밤새 잘 잤니?〉, 《우리교육》, 1992. 1.

권정생, 〈생전에 이오덕 선생님을 생각하며〉, 《어린이문학》, 2003. 9.

권정생, 〈안동 톳제비〉, 《향토문화 사랑방 안동》, 1989 가을호

권정생, 〈흑인 노예선과 하나님〉, 《교회와 세계》, 1990. 7.

권정생, 〈옥이의 편지〉, 《교회와 세계》, 1990. 9.

권정생, 〈위선에서 진실을 일깨워주는 일〉, 《아동문학평론》, 1976 여름 창간호

권정생, 〈최교진 선생님께〉, 《우리말과 삶을 가꾸는 글쓰기》, 2003. 7.

권정생, 〈하늘에 부끄럽지 않는〉, 《아동문예》, 1976. 11.

권정생 강연, 김회경 정리, 〈'사람'으로 사는 삶〉, 《어린이문학》, 1999. 2.

김삼웅, 《단재 신채호 평전》, 시대의 창, 2005

민청학련운동계승사업회 엮음, 《실록 민청학련》 2, 학민사, 2004

박기범, 《어린이와 평화》, 창비, 2005

손수호, 《책을 만나러 가는 길》, 열화당, 1996

신채호, 《백세 노승의 미인담(외)》, 도서출판 범우, 2004

안상학, 《권종대-통일걷이를 꿈꾼 농투성이》, 민주화운동기념사업회, 2004

역사학연구소, 《함께 보는 한국근현대사》, 서해문집, 2004

원종찬 엮음, 《권정생의 삶과 문학》, 창비, 2008

이기영, 〈무명저고리와 엄마 다시 보기〉, 《어린이와문학》, 2012. 5.

이오덕, 〈대추나무를 붙들고 운 동화작가〉, 《새생명》 1977. 1.

이오덕, 《시정신과 유희 정신》, 창비, 1977

이오덕, 《우리글 바로쓰기》 1, 한길사, 1992

이오덕, 《이오덕 일기》 1, 2, 양철북, 2013

이오덕·권정생, 《살구꽃 봉오리를 보니 눈물이 납니다》, 한길사, 2003

이주영,《이오덕 삶과 교육사상》, 나라말, 2006

이철지 엮음,《오물덩이처럼 딩굴면서》, 종로서적, 1986

정호경,《손수 우리 집 짓는 이야기》, 현암사, 1999

최유근,〈권정생 선생을 생각하며〉,《안동문학》제30집, 2007

한상봉,《농민이 된 신부 정호경》, 리북, 2013

현실과발언편집위원회,《민중미술을 향하여》, 과학과사상, 1990

한국이라크반전평화팀 지원연대,《한국이라크반전평화팀 활동 백서》, 2003

니꼴라이 오스뜨로프스끼, 김규종 옮김,《강철은 어떻게 단련되었는가》,

　　열린책들, 2000년 신판

미야자와 겐지, 심종숙 옮김,《바람의 마타사부로/은하철도의 밤》,

　　지식을 만드는 지식, 2008

사카자키 오쓰로오, 이철수 옮김,《반체제예술》, 과학과사상, 1990

안동교구,〈공소사목〉, 1980. 2. 3 ~ 3. 30.

〈민들레 교회 이야기〉 510호, 519호

《기독교교육》 1969. 6.

《동화읽는어른》, 1999. 7·8

《박기범이라크통신 활동모음집》, 2004

《뿌리깊은나무》, 1978. 2.

《신동아》 1997. 12.

《아동문예》 1977. 1, 1977. 2

《아동문학평론》 1977 봄.

《우리교육》, 1991. 3.

《우리말과 삶을 가꾸는 글쓰기》, 1997. 10, 1999. 5.

《종로서적》, 1991. 6.